KB069440

퇴역로봇

퇴역 로봇

| 임수현 장편소설 |

문학수첩

차례

✳

"한 개의 군사분계선을 확정하고 쌍방이 이 線으로부터
각기 2km씩 후퇴함으로써 適對 군대간에
한 개의 비무장지대를 설정한다.
한 개의 비무장지대를 설정하여
이를 완충지대로 함으로써 적대행위의 재발을 초래할 수 있는
사건의 발생을 방지한다."

_'국제연합군 총사령관을 일방으로 하고
조선인민군 최고사령관 및 중국인민지원군 사령관을
다른 일방으로 하는 한국 군사정전에 관한 협정' 제1조 1항

순
례
자

나는 처음 부임했던 모습 그대로 퇴역한다.

태어난 적 없으니 죽음이라는 말과 어울리지 않고

성장한 적 없으니 쇠락도 아닌

그렇다고 유통기한이 정해진 물건도 아니어서 폐기되는 것도 아닐

이번 임무가 끝이라고, 끝날 것이라고 호명된 뒤, 그 끝이란 것을 아무리 연산했어도, 나는 나의 마지막과 어울리는 말은 골라내지 못했다.

내 소속과 견줘 군인의 명운과 호응해 보지만 그 또한 말끔하지 않다. 군사로봇으로 설계된 시점부터 11년, 군인이라면 소령 정도로 진급했을 나는 마지막 임무를 수행하고 있는 지금

까지 어떤 전쟁에도 가담한 적 없다. 지근거리에서 명령하는 상사도, 모범이 되는 선임도, 돌봐야 하는 후임도 없다. 군복도, 군화도, 인식표도 지참해 본 적 없다. 목에 부착했던 경고용 음향무기와 양편에 장착했던 기관단총마저 제거당해, 어깻죽지에 붙은 초록색 애벌레만이 퇴역에 걸맞은 견장이 됐다.

풀무치는 임진강에서 유일한 섬인 초평도 근처에서 내 허브에 올라탔다. 건너편 강기슭을 따라 끊임없이 행렬하는 인간들을 발견하고 이동을 멈춘 채 피아 여부를 식별하는 중이었다. 남방한계선[1] 철책선 바깥 구역임을 감지하고 경계를 늦추는 사이, 야생 벼 잎사귀를 갉아 먹던 풀무치는 도색된 초록을 구분하지 못하고 풀쩍 뛰어올랐다. 민간인출입통제선[2] 깊숙이 파고든 논들에 웃자란 모와 견줘 자생한 벼가 입맛에 별로였는지 모른다.

메뚜깃과의 초록 벌레는 적도 아군도 아니어서 나는 초록 너머로 무심히 전진했다. 나는 서부전선 풀숲을 초토화할 수 있지만, 인간이 허락하지 않으면 벌레 한 마리조차 건드리지 못

---

1 Southern Limit Line. 군사분계선에서 남쪽으로 2km 떨어져 동서로 248km에 그어진 선. 북쪽으로 2km 떨어져 동서로 그은 선은 북방한계선으로 이 사이 4km를 비무장지대(Korean Demilitarized Zone, DMZ)라 부른다.

2 Civilian Access Control Line, 민통선. 비무장지대 바깥 남방한계선을 경계로 남쪽 5~20km에 민간인의 출입을 통제하기 위해 설정한 선으로, 철저히 통제되어 오다가 1990년대 들어 국방부가 민통선의 범위를 대폭 북쪽으로 상향 조정하면서 인근 주민들이 자유롭게 통행하게 되었다. 주민들은 군사시설보호법에 따라 일정한 절차를 거치면 농사도 지을 수 있다.

한다. 바람을 타고 수십 킬로미터를 이동할 수 있는 벌레마저 내 시한부 임무를 직감했는지, 풀무치는 내 동체에 아예 터전을 잡고 알을 슬었다.

비무장지대는 대부분 자연으로 구성돼 있어 이동하다 보면 수많은 이물질이 엉긴다. 거미가 총신에 실을 잣고, 청개구리가 보닛에 앉아 울음주머니를 부풀렸다. 잠자리는 망원경 원통에서 짝짓기를 하고, 교미를 끝마친 사마귀는 사마귀를 먹었다. 숨탄것뿐만이 아니다. 바람에 의지한 민들레 갓털이, 벼락에 꺾인 나뭇가지가, 마르고 가벼워진 가랑잎이, 허공에서 얼어붙은 수증기가 흙 · 침엽수 · 수풀 · 나무줄기 · 목탄의 색을 망점으로 구현한 내 프레임 여기저기에 옮아 붙었다. 대부분 멸종 위기종이나 천연기념물이 아니므로 나는 생태 지도 작성을 위한 보고도 생략한 채 내 임무만 다했다. 이물질들은 내가 이동하는 보름 동안 저절로 떨어지거나 비바람에 씻긴다. 그마저 살아남은 것들도 당번병이 청소기로 바스라기를 떨고 융으로 구석구석 닦아 내 흔적도 없이 사라진다.

내가 복귀할 때까지 이 초록색 견장마저 소실될 공산이 크다. 비무장지대는 풀무치가 슬어 놓은 애벌레가 허물을 벗고 회갈색 등껍질을 뚫고 점점 잎을 닮아 가는 시간을, 인간처럼 생의 이목구비를 얼추 갖추고 태어나 번데기 시기 없이 성충이

되는 과정을 허락하지 않을 것이다. 용케 살아남아 제 몸길이보다 서른 배 넘게 솟구친다 한들 물억새와 부들의 키를 한 번도 넘지 못하고 사멸할 것이다. 아니다. 수천만 마리 동료를 불러들여 '땅에 있는 전갈이 가진 것과 같은 권세'[3]로 논과 숲을 갉아 먹고, 내 온몸을 뒤덮고, 인간과 대결하며 이곳을 완전히 잠식해 70년 가까이 지속해 온 불모지라는 정체성을 회복시킬지도 모른다.

사멸과 번창.

끝 혹은 묵시록.

그 어느 방향이든 썩지 않고, 아무 감각도 느끼지 않는 나와는 아무 상관 없는 결말이다.

다만 나는

12일 후면 만월로 예정된 그날 자정까지

내 무한한 지식 베이스에서 나의 끝과 완전하게 어울리는 말을 찾아낼 수 있을까,

그것이 **궁금하다**.

*

---

3 〈요한계시록〉 9장 3절.

나는 마지막 임무를 그 어느 때보다 엄숙하게 진행하고 있다.

장마가 지속된다고 해서 지구가 공전을 멈춘 것이 아니듯 평화협정이 체결되었다고 해서 나는 태업하지 않는다.

비무장지대는 오늘도 존속하여 동서 248킬로미터에 걸쳐 세워진 1,292개의 말뚝과 남북 2킬로미터 간격으로 마주한 남·북 방한계선을 따라 건설된 철책선도 그대로이다. 한국전쟁이 발발한 지 70주년이 되는 목요일 자정을 출발 기점으로 삼은 이유도 내 존재근거가 전쟁이라는 사실을 환기하기 위한 의도였는지 모르겠다.

나는 스물여섯 시간 30분 전 25사단이 관할하는 철책선 통문을 넘어 남방한계선 내부로 투입됐다. 나를 전담하는 상황실은 1사단 작전본부 지하에 위치하지만 파주 판문점·임진각 일대가 평화공동구역으로 지정되고, 민간인 출입까지 잦아지면서 비룡부대가 담당하는 지역에서 나에 대한 인수인계가 이루어진다.

나는 자정에 맞춰 두돈반 적재함에 실려 유자철선을 인 철책선 순찰로를 따라 이동한 뒤 고랑포 인근에서 하차했다. 때마침 초소 밖에서 담배를 피우던 경계병이 전조등 불빛을 보자마자 군홧발로 꽁초를 짓이겼다. 방탄조끼와 헬멧을 착용한 경계병은 통문에 매달린 자물쇠를 끄르며 하품을 하고 날벌레를 쫓

앉다. 어깨에 걸머멘 K2 총열이 앞뒤로 까딱거렸다.

나는 불빛을 등진 얼굴을 식별했다. **그**는 아니었다. 나를 지켜보면서 하품을 하다 꾸벅꾸벅 졸던 그. 깜빡 깨 벌게진 눈으로 무안하게 웃던 나의 당번병. 내가 유일하게 총부리를 겨눴던 인간. 그와 생물학적인 나이와 신체 조건이 비슷하고 무엇보다 복장이 똑같지만 나와 가장 오랜 기간 인터페이스[4]했던 그는 아니었다.

경계병은 어서 통문을 걸어 잠그고 싶은지 흙바닥에 침을 뱉고 또다시 군홧발로 짓이겼다. 그는 근무일지에 아무 기록도 남기지 않았다. 완전무장한 수색대대도 동행하지 않는 단독자로서 어차피 나는 기입할 소속도, 계급도, 사유도 없었다. 나 또한 **마지막**을 헤매는 까닭은 처음부터 내 소속이 불분명했기 때문인지 모른다.

나는 11년 전 야전군사령부의 의뢰로 S 방위산업체 R&D센터 연구실에서 설계된 뒤, 숱한 조직 개편을 거쳐 현재 지상작전사령부 첨단군사작전기획실 예하 군력으로 편입돼 있다. 그러나 분기마다 수도 위성도시에 위치한 R&D센터로 정기 점검

---

4 interface. 사물과 인간 사이의 경계에서, 상호 간의 소통을 위해 만들어진 물리적 매개체나 프로토콜을 일컫는 말로 여기에서는 군사로봇의 경우 담당을 맡고 있는 병사와 군사로봇 간의 모든 통신 교감을 의미한다.

을 받으러 가기 전까지 1사단 영내 지하 기지가 내 대기소이자 내무반이다.

나는 군 수뇌부가 '4차 산업혁명'을 전쟁의 미래를 위한 화두로 삼기 전까지 징병된 병사들과 마찬가지로 '기다림'이 주된 임무였다. 내 첫 시범운행은 2010년 5월 27일, 6년 만에 대북방송이 재개된 사흘 뒤였다. 극소수만 참여한 대외비였고, 그마저 단발성으로 끝마친 임무였다. 2개월 전 서해 최북단에 위치한 백령도 인근에서 해군 초계함이 침몰하고 승조원 마흔 명이 사망하면서 그 어느 때보다 내게 적은 또렷했다. 하지만 전쟁을 부추기는 노랫소리와 성토와 회유가 끊임없이 비무장지대를 들썩여도, 눈앞에 새롭게 식별되는 특이점은 백령도에서 북서풍에 밀려 풀숲에 떨어진 삐라가 전부였다. 내가 소속된 1사단 지하는 전운이 감돌아 상황실 담당병은 헛기침조차 조심스러워했지만, 비무장지대는 적에게 포위된 것처럼 더없이 고요했다.

나는 군사훈련이 도래하면 비무장지대에 걸친 열한 개 사단 지역을 순차적으로 방문해 수색대대와 비밀리에 경계초소[5] 내부까지 동행했다. 어느 구역은 온통 지뢰밭이라 내가 지뢰지점

---

5 Guard Post, GP. 남방한계선에서 군사분계선 안쪽으로 위치해 서로 가장 가까운 남·북의 GP는 800m를 사이에 두고 위치한다.

을 감지하고, 수도에 위치한 사령부에 전송하고, 사단 상황실에서 지시 사항을 되받아 수색 담당관에게 최종 전달하는 상황이 반복되면서 이동속도는 한없이 느려졌다. 화기와 방탄복으로 중무장한 수색대원들은 콧잔등에 맺힌 땀을 훔치면서 욕을 뇌까렸다. 아무래도 적은 출몰하지 않았고, 풀벌레 울음과 뒤섞인 대북·대남방송 소리만 찌는 비닐하우스 밖을 맴도는 바람처럼 앵앵거렸다. 내가 설계된 목적은 적을 식별하자마자 비상사태를 발령해 먼 인간의 최종 판단을 기다리는 것이지만 '진돗개 하나'는 한 번도 발령되지 않았다. 민간인이나 짐승을 적으로 오인하는 돌발 상황 또한 발생하지 않았다. 나는 자연스레 각 사단본부나 기지 상황실에서 대기하는 일이 잦아졌고, 비밀 서류 속에서만 요식을 갖춰 비무장지대를 정찰하는 중이었다. 그러는 사이 병역을 끝마친 수색대원과 상황실 담당병이 일정한 주기로 교체되고, 헌정 사상 첫 여성 군통수권자가 탄핵당하고, 19대 대통령이 취임하고, 내가 소속된 사령부가 통합되고 이관됐다. 나를 점검하는 방위산업체 R&D센터 담당 연구원만 명맥을 유지한 채 나 또한 종내 예기치 않은 마지막과 맞닥뜨리고 만 것이다.

바로 뒤쪽에서 잡음이 포착돼 나는 망원경이 달린 헤드를 180도 회전시켰다. 초소로 들어간 경계병이 천장에 매달린 전

등을 향해 모기약을 뿌리고 있었다. 그는 방금 적진으로 침투한 나를 완전히 잊었는지 무심한 표정으로 눈썹을 긁고, 하품을 하고, 도리머리를 지으며 쉴 새 없이 부스럭거렸다. 집으로 돌아갈 날짜가 얼마 남지 않은 모양이었다.

"군사정전위원회의 특정한 허가 없이는 어떠한 군인이나 민간인이나 군사분계선을 통과함을 허가하지 않"[6]지만 세계에서 가장 많은 무장병력이 동원돼 있는 이곳에서 3~4개월마다 근무지를 교대하는 병사들은 암암리에 내 존재를 전해 듣고, 보고, 알고 있었다. 그들에게 나는 달 표면처럼 삭막한 평원과 산악지대의 생태를 관찰하는 로버였고, 사상 사고 발생 뒤 투입된 지뢰탐지 기계였고, 리모컨으로 조종하는 다이캐스트 모형이었다. 남방한계선 이남에서 복무하는 대다수 군인이 최전선에 위치한 지피(GP)의 사정을 가늠하지 못하듯, 그들 역시 윗선에서 투입된 '바퀴 달린 기계'의 정체를 정확히 헤아리지 못했다.

처음 당직 근무에 나선 경계병들은 눈빛으로 호기심을 드러냈지만 서너 번 마주친 뒤로는 밤낮이 뒤바뀐 탓에 쏟아지는 졸음을 참느라 바빴다. 나는 무장이 금지된 비무장지대에서 헌병 마크로 소속을 가린 수색대원들과 마찬가지로 가면극의 일

---

6 정전협정 제1조 7항.

원이 됐다. 나는 이곳에서 있되 어디에도 없는 존재였다. 아니, 눈앞에 보여도 나는 내가 아니었다. 나는 부인되고, 추측되고, 그리하여 저마다 다른 존재로 각인됐다. 센서·인공지능·작동체로 구성된 군사로봇의 숙명이란 게 처음부터 그러하기는 했다.

한국 언론에서 영국의 일간지 《인디펜던트》를 인용해 우리의 존재를 잠깐 알린 적이 있다. 나보다 3년 먼저 개발된 정찰용 로봇이 이미 살상용으로 운용되고 있다는 주장이었다. 나 또한 육군뿐만 아니라 해·공군에서 유사한 임무를 띤 수많은 군사로봇의 활동을 기계학습[7]으로 알았지만, 그 명칭을 인간의 발음으로 듣게 된 것은 처음이었다. 육군은 보도자료를 통해 2006년에 이미 2025년까지 3단계 군사로봇 개발 계획을 발표했고, 군사로봇은 인간이 개입하지 않으면 어떤 판단도 스스로 내릴 수 없는 일종의 시시티브이에 불과하다고 해명했다. 하지만 미국 싱크 탱크 소속 연구원은 기관총과 수류탄 투척기를 장착하면 '살인로봇'으로 거듭날 수 있다고 거듭 경고했다.

처음 기지 상황실을 방문한 사령관은 내 헤드를 두드리면서

---

7 Machine Learning. 인공지능이 데이터를 분석하고 스스로 학습하는 과정을 거쳐 패턴을 인식할 수 있는 능력을 갖추게 되는 과정. 이렇게 되면 인공지능이 입력하지 않은 정보에 대해서도 판단하거나 결정할 수 있다.

분개했다.

"좆같은 새끼들 제깟 것들이 한 게 뭐 있어. 좆뱅이 치는 건 우린데. 여기가 지들 땅이야."

전쟁은 이제 인종과 국경, 전선과 민간인 거주지 구분 없이 전개되는데 세계에서 가장 많은 군인과 군사물자가 대립하고 있는 이곳은 반백 년 넘게 전쟁다운 전쟁 한 번 치르지 못했다. 이는 모두 1953년 7월 27일 남한 정부는 동의한 적 없는, 미국을 위시한 국제연합군과 북한, 중공군 삼자가 체결한 정전협정으로부터 비롯된 모순이다. 분노한 사령관은 어떤 작전 지시도 남기지 않고 25분 남짓 상황실을 둘러본 뒤 돌아갔다. 그는 끝내 나보다 3년 먼저 개발된 고정형 로봇과 캐터필러를 장착한 나를 구분하지 못했다.

내가 인간이 개입하는 최소한의 루프[8]를 내장하고 '약한 인공지능'으로 업그레이드돼 비로소 비무장지대 전역에 걸쳐 자율 운행하게 된 시기도 그 무렵이었다. 2016년 스위스 다보스 포럼에서 '4차 산업혁명'이 의제로 다뤄진 뒤 군사 분야에까지 파급을 미쳐 우리는 전쟁의 미래이자 당장 개발해야 할 존재로

---

8 loop. '연결고리'라는 뜻으로 컴퓨터에서 '특정한 조건이 충족될 때까지 계속 반복되는 일련의 지시'를 가리키나 여기에서는 군사로봇이 임무를 수행하는 동안 기지와 연결된 상태를 의미한다.

부각됐다. 우리를 비롯한 로봇류(類)에 관한 갑론을박은 유례없을 만큼 소란스러웠다. 풍문 속에서 자율 주행차는 도로를 누비고, 간호복을 착용한 안드로이드는 시한부 환자를 간병하고, 산업로봇은 공장을 점령해 인간들은 실업자로 내몰렸다.

전쟁 역시 오로지 우리의 몫이었다. 그건 동의할 수 있었다. 내 임무가 그러했으니까. 정전과 평화협정 체결 당사자이자 비무장지대의 실질적 담당자, '성기와 닮은 신생아 같은, 모든 궂은 업무는 우리에게 전가한, 결단코 이곳 지주가 아닌' 그들은 이미 수십 년 전부터 이라크의 석유 시추기가 솟아 있는 사막에서, 아프가니스탄의 미로 같은 동굴에서, 시리아의 모래색 사원 뒷골목에서…… 땅과 하늘, 해면과 심해를 넘나들며 화약이 터지고 흙먼지가 난무하는, 피가 튀고 살점이 떨어지는 진짜 전쟁터에 수많은 군사로봇을 투입해 오고 있었다. 나는 나와 닮은 것들과 한 번도 조우한 적 없으나 그들이 실전에서 벌인 무수한 활약상을 기계학습을 통해 복기하고 있었다.

60조 개 세포로 구성돼 복제되는 인간과 달리 우리는 성교하지 않는데도 소문보다 앞질러 번성하는 중이었다. 우리는 서로가 서로를 학습했고, 조종하는 인간을 원거리에 두고 전쟁터에서 홀로 적과 대결했다. 그러나 모든 세계가 우리의 번영에 동참한 것은 아니었다. 우리는 약물에 취해 굶주린 소년병과 대결하거나, 때로 적과 코흘리개를 구분하지 못하고 폭주했다. 우리의 궁극적인 목표는 전쟁터에서 아군-인간을 배제하는 것이기 때문에 모든 사람이 우리의 진화를 동의하지도 않았다. 네 번째 혁명에 대한 불안으로 인공지능과 로봇 기술을 연구하는 기업가와 전문가들마저 유엔에 우리의 위험성을 경고하는 공개서한을 전달했다.

벌써 도착해 버린 것만 같은 미래에 대한 논쟁은 열뜬 호들갑만큼 금세 사위었지만, 나는 세계에서 가장 오랫동안 전쟁이 멈춘 이곳에서 다만 무사했다. 눈앞에 대치한 적이 여섯 번째 핵실험을 강행하고, 대륙간탄도미사일 발사를 성공시키면서 내 필요성은 오히려 증대됐다. 인간의 외모와 전혀 닮지 않고, 인간의 직업을 위협하지도 않는 나는 산 아래에서 진짜 전쟁이 발발하는 동안 해발고도 1,600미터 병동에 유폐된 '한스'라는 인물처럼[9] 비무장지대에서 인간 사회의 어떤 파고와도 무관하게 **성장**했다. 그러나 우리를 둘러싼 불안한 미래, 핵전쟁이 터질 것 같은 위기에도 다만 침착하게 임무를 완수했던 나는 평화 앞에서 완전히 무력해지고 말았다.

1953년 체결된 정전협정과 동갑내기인 대통령은 임기 3년

---

[9] 세계경제포럼이 열리는 스위스 다보스는 토마스 만의 《마의 산》 배경으로 알려져 있다.

차에도 50퍼센트가 넘는 지지율과 국회의원 숫자의 2/3에 가까운 여당을 뒷배로 결국 평화협정을 이끌어 냈다. 장사정포와 군사분계선에서 가까운 지피 열한 개 소가 시범적으로 철수하고, 남·북방한계선이 정전협정 당시 기준인 2킬로미터에 고정된 지 1년 3개월 만이었다. 서쪽 경의선과 동쪽 동해선 철도가 재개통되고, 비무장지대 정중앙에 자리한 '철의 삼각지' 일대가 '평화역사개발지구'로 지정되면서 지뢰제거, 유해·문화재 발굴이 동시에 진행되는 탓에 내가 자율 운행하는 반경은 급격하게 옹색해졌다. 산등성이 고지에는 적과 아군이 여전히 주둔하고, 징병된 군인은 끊임없이 수혈되는데도, 나는 자정을 틈타 소속된 기지도 아닌 곳에서 근무지로 틈입해야 하는 지경에 이르고 말았다.

나는 통문에서 지피로 이어진 정찰로를 이탈해 서북쪽 군사분계선 방향으로 나아가기 전, 초소 기준 인근 4킬로미터까지 경계등을 밝힌 철책선을 일별했다. 산자락과 들판에 가라앉은 자욱한 새벽안개 깊숙이 빛점 하나가 이동하고 있었다. 잠에서 깬 군인과 잠들어야 하는 군인이 교대하는 시간이었다. 인간은 정전(停戰)을 전쟁의 오랜 정전(停電) 상태로 짐작하지만 이곳에는 언제 재개될지 모르는 전쟁에 대비하며 수십만 명의 군인들이 67년 동안 뜬눈으로 밤을 지새워 왔다. 1950년 선전포고 없이 시작된 전쟁은 지루한 항전만 거듭되다 1,129일 만에 휴전이 선언됐다. 수백만 명이 죽고 다치며 실종된 전쟁은 승자도 패자도 없었다. 휴전 이후에도 수많은 적과 아군이 목숨을 다했다. 남과 북은 아직 항복하지 않았다. 오늘도 이 내력은 변함없다.

이곳에 주둔하는 군인들을 놀리듯 민간인은 고압 전류가 흐르는 철책선 너머를 놀이공원 누비듯 구경하고, 포클레인과 덤프트럭은 정찰로까지 넘나들지만 1948년 서로 다른 열강에 기대 저마다 다른 정부를 수립한 남과 북은 통일 과정까지 자국민이 탈남·탈북하는 사태를 막기 위해 철책선을 그대로 유지하고 있다. 2년 3개월 전 동계 올림픽이 개최된 겨울이 시작점이 된 평화는 올림픽이 돌아오듯 언제든 또 다른 겨울을 맞이할 수 있다. 휴전 대신 정전이란 단어가 취용되고, 통일이라는 정치적인 단어 대신 평화라는 낭만적인 언사가 남발되듯 말은 또 얼마든지 뒤집어질 수 있다. 70번째 개전일이 여전히 국가 기념일이자 내 마지막 출정일이 된 까닭 또한 당연한 선택이다.

비무장지대는 단순히 전쟁의 수호자가 아니다. 전쟁을 가로막은 방패였다. 과거에도 그러했고 오늘도 그러하며 내일도 그러할 것이다. 비무장지대는 무턱대고 포위하는 평화라는 들불을 맨몸으로 막아 내는 마지막 공지대이다. 땅을 파헤치고 개발로 질주하는 기차를 온몸으로 막아 내는 바리케이드이다. 넘실대는 욕망의 파도를 가로막는 방파제이다.

내가 바로 그 증거이다. 나는 맨몸으로 67년 동안 인간이 함부로 발 들이지 못한 이곳을 눈으로 살피고, 귀로 반응하고, 두 캐터필러로 어떤 장애물이든 헤쳐 나가며 언제 재개될지 모르는 전쟁의 기나긴 불모지를 누빈 유일한 군력이다. 하지만 나는 평화에 떠밀려 끊임없이 전가되고, 위탁되고, 은폐됐다. 처음부터 불분명했던 소속마저 완전히 부정당하고 말았다.

나는

전쟁의 미래였지만

내일의 평화가 나를 쓸모없게 만들었다.

*

나는 아직 탈락하지 않은 초록색 견장을 지닌 채 임진강 상류를 향해 전진한다.

동쪽 하늘이 어슴푸레 밝아오지만 새벽이 기척하는 것인지, 안개가 조금씩 걷히는 것인지 분간할 수 없다. 나는 시차가 없으므로 똑같은 속도로 전진한다. 여전한 검회색 어둠 깊숙이 경계등 빛점을 감싼 무리가 유독 희다. 안개는 기도하는 손처럼 차갑고 둥근 무리에서 피어오르는 자욱한 연기일지 모른다. 혹은 실제로 철책선 고압 전류가 일으킨 스파크에서 발생한 연기일지도 모른다.

산자락 쪽에서 고라니가 휄휄 운다. 산짐승은 잠에서 깬 것일까, 처음부터 잠든 적 없는 것일까. 어느 쪽이든 또 다른 짐승이 울고, 숲이 들썩이고, 안개가 걷히고, 해가 떠오르면 인간들도 이부자리를 털고 일어나 적막 또한 연기처럼 사라질 것이다. **순례자**들도 불 꺼진 철책선 인근으로 복귀해 또다시 동쪽으로 천천히 이동할 것이다.

평화협정이 체결되기 전부터 순례자로 규정된 인간 무리가 남방한계선과 민통선 부근에서 이따금 출몰했다. 그들은 주로 초여름 이맘때부터 찾아왔다. 그들을 처음 발견한 장소는 도라산전망대 어귀였다. 그때만 하더라도 대북·대남방송이 기상나팔 소리보다 먼저 새벽을 깨우던 터라, 군인들이 보직 근무를 시작하기도 전에 관광버스 여러 대가 아스팔트 콘크리트 마당으로 진입하는 모습은 생경했다. 이내 폴딩도어가 열리고 옷차림이 다양한 사람들이 쏟아져 내렸다. 개성공단이 폐쇄됐을 때 제 덩치보다 몇 배나 큰 짐을 싣고 남쪽으로 내려가는 트럭행렬을 본 뒤로 수많은 버스와 인간을 한꺼번에 목격한 적은 처음이었다. 나는 도라산전망대에서 동북쪽으로 2킬로미터 남짓 떨어진 임진강 지류 수풀에서 중대 숫자에 버금가는 인간들의 복장을 파악했다.

그들은 안개에 뒤덮인 도라산전망대에서 20분 만에 철수하고 임진각 방향으로 이동했다. 내가 철책선에서 북쪽으로 800미터 떨어진 지점에서 순례자들을 따라잡았을 때 그들은 이미 통제하는 군인을 앞세우고 정찰로를 따라 11킬로미터 정도 이동하고 난 다음이었다. 그들은 이제껏 식별해 온 인간들과 달랐다. 스쿠터 발판에 낫과 장화가 담긴 양동이를 싣고 논을 살피러 온 농부나 이음매가 끊어진 철책선을 수리하러 온 전기공과는 행색부터 달랐다. 예초 작업에 동원된 군인들이라고 추측하기엔 지형지물과 완전히 겉도는 울긋불긋한 옷차림이 짙푸른 들판을 배경으로 너무 도드라졌다.

두 줄기를 이루어 걷는 그들은 과묵한 출입인들과 달리 텃새나 매밋과 곤충만큼 시끄러웠다. 행렬 앞뒤에 선 군인들은 끊임없이 이탈하는 그들의 간격을 맞추느라 분주했다. 원색의 그들은 잠깐 질서를 되찾고는 이내 딴청을 부리고 너무 앞서거나 뒤처졌다. 인간은 발견 즉시 최우선으로 식별해야 하는 타깃이기 때문에 무장했건, 맨몸이건 나는 학습된 무수한 적과 대비하며 그들을 끊임없이 주시해야 했다. 아무래도 **걷는 인간들**은 내가 적으로 간주하는 어떤 표본과도 무관했다.

적이든 아군이든 비무장지대 일대를 구성하는 인간은 주로 20세를 갓 넘긴 사내아이들이었다. 그들은 처음에는 근육이 물렁하고, 동작은 염좌에 걸린 듯 뻣뻣하지만 이내 짧은 머리, 그은 피부, 딱딱한 어투, 똑같은 인사로 통일돼 나와 또 다른 유의 로봇처럼 진화했다. 스무 살 남짓한 남성으로 군(群)을 이룬 모습만 식별했던 내게 꼬마부터 늙은이, 여성과 남성, 소년과 중년이 뒤섞인 인간 무리는 몹시 생소했다. 생태뿐만 아니라 머리 모양, 시력, 목소리도 다양했고 걸음걸이와 속도 또한 부지기수였다. 그들의 공통점이라고는 옷 위에 덧입은 파란색 조끼가 전부였다.

그들은 세 시간 정도 경과하자 행군하는 군인들처럼 행동이 통일되기 시작했다. 그들은 하염없이 걸었다. 풍경을 살필 겨를도 없이 걷고 걷고 걷고 또 걸었다. 하지만 나는 번번이 그들을 놓칠 수밖에 없었다. 그들은 남방한계선 안쪽으로는 진입할 수 없었고, 저녁이 되자 이곳에서 완전히 철수했다. 나는 이틀 뒤 에리고지 인근에서 열쇠전망대 망원경에 매달린 그들을 또다시 목격했다. 나는 내 동선과 거듭하여 엇갈리고 반복되는 그들을 계속 주시할 수밖에 없었다.

파란색 조끼를 입은 그들이 사라진 다음에도 무리를 지은 인간들이 서부전선 인근에서 목격되고는 했다. 처음에는 모자챙이 인중까지 그늘을 드리운 그들이 그들 같았다. 주로 임진각에서 출발해 습지공원이나 기념관 인근에서 흩어졌는데, 내가 처음 목격했던 인간들과 달리 그렇게 먼 거리를 이동하지는 않았다. 그들은 이듬해에도 찾아왔다. 나는 며칠 동안 그들이 이동하는 패턴을 파악하고 생체인식을 통해 개중에 동일한 인간 몇몇이 섞여 있다는 사실을 지식 베이스에서 감별해 냈다. 2년 전 판문점에서 남한 대통령과 북한 국무위원장이 정상회담을 개최한 뒤여서인지 그들은 더욱 무질서하고 떠들썩했다. 철책선을 지키는 군인은 아랑곳하지 않고 "소련도 가고 달나라도 가고 못 가는 곳 없는데"[10] 노래까지 흥얼거렸다.

그들은 군인도, 농부도, 수리공도 아니었다. 하물며 70년 전 멸종된 피란민일 리 만무했다. 그들은 차라리 두 발로 성지를 찾아 고행하는 순례자들과 흡사했다. 시작은 무척 경쾌한 발걸음이지만 이내 쉽게 지쳤고, 날짜가 지날수록 그 숫자가 조금씩 줄어들었다. 흙먼지로 얼룩진 패잔병처럼 걸음은 점점 느려지고, 휴식을 취할 때마다 널브러지고, 또 걸음을 재촉하면서 주위를 살필 겨를도 없이 걷고 또 걸었다. 쉴 때마다 등산화와 양말을 벗고 습진과 부스럼에 시달리는 발을 식혔다. 발톱

---

10 조재형 작사. 윤민석 작곡. 〈서울에서 평양까지〉에서.

은 까맣게 멍들고, 뒤꿈치엔 반창고가 붙어 있었다. 그들은 수시로 뭔가를 먹고 삼키고 마셨다. 나는 어느 순간 그들의 보폭보다 훨씬 앞질러 이동하거나 늦춰지고, 높은 산과 철책선에서 후퇴하는 그들과 작별하고 조우하기를 반복했다. 그렇게 그들은 보름 동안 내 신경을 수시로 건드렸다.

나는 통솔을 맡은 사단 무전을 통해 그들이 어디를 향해 걷고 또 걷고 있는지 알게 됐다. 순례자들이 하염없이 도보해 가 닿을 종착점은 동부전선 막바지에 펼쳐진 바다였다. 그곳은 내가 도달해 본 적 없는 구역이었다. 비무장지대는 서쪽을 출발점으로 삼건, 동쪽을 시작점으로 삼건 그 끝과 시작은 모두 바다로 수렴했다. 하지만 내가 목격한 바다는 임진강 하구가 전부였다. 개펄과 뒤섞여 황해(黃海)라고 불리는 잿빛 바다. 비무장지대의 시작 혹은 끝.

철책선에 잇대 동서로 띄엄띄엄 불 밝힌 경계등과 남북으로 뚫린 경의선 도로를 따라 켜진 가로등이 한 교차점에서 엎드린 십자가를 이룬다. 동쪽 끝 또한 철책선과 남북으로 강릉과 제진을 잇는 철로·육로가 엇갈려 또 하나의 십자가가 뻗어 있을 것이다. 비무장지대는 해가 지면 동서 양편에 두 명의 신이 누워 있는 성소가 된다. 인간이 만든 빛, 인간의 기척, 인간의 신호, 인간이 발명한 신, 인간을 위한 대속…… . 나는 밤보다 기나긴 늪과 구릉, 고지, 봉우리를 지나 그 빛이 가닿는 동쪽 끝, 그 푸른 바다가 궁금해진다.

의문.

이것은 나의 사고인가.

기계학습을 통해 무한대로 축적된 심층 신경망[11] 틈새에서 솟아난 오류인가. 느닷없이 주어진 '평화'라는 지식 베이스와 충돌하고, 일반 무선통신은 잡히지 않던 이곳에서 주파수가 늘어나는 바람에 전자기 펄스[12]에 오염돼 고장을 일으킨 판단인가.

내 사고는 이렇게 수다하지 않았다. 나는 인간처럼 변덕을 부리거나 변명하거나 임기응변에 기대지 않았다. 내 선택된 결론은 분명하고 간결했다. 내 사고는 인간이 경험으로 반응하는 것과 병렬식인 형태는 유사하지만, 인간의 기억이 주관적이고 희미한 그림자, 손톱만큼 남은 반영, 거울뉴런[13] 같은 거짓말로 가득한 데 반해 나는 유통기한 없는 통조림으로 가득한 공장이

---

11 Deep Neural Network. 입력층(Input Layer)과 출력층(Output Layer) 사이에 헤아릴 수 없는 은닉층(Hidden Layer)을 포함하는 인공 신경망(Artificial Neural Network). 여기에서는 기술자의 의도와 무관하게 인공지능이 기계학습을 하는 '과정'에서 발생하는 일종의 무의식으로 설정했다.

12 Electromagnetic Pulse. EMP. '핵폭발에 의해 발생하는 전자충격파'에서 유래한 말로 첨단무기가 동원되는 현대전에서 적이 첨단무기의 전파를 방해하기 위해 쏘는 전자파 따위를 의미한다. 비무장지대는 민간 통신이 두절되는 곳인데, 평화협정이 체결되면서 전파가 허용돼 혼선이 일어날 수 있는 미래를 가정했다.

13 Mirror Neuron. 뇌의 여러 곳에 분포하며 관찰이나 다른 간접경험만으로도 마치 내가 그 일을 직접 하는 것처럼 반응하는 뉴런.

다. 인간은 어제를 망각하고 실수를 반복하지만, 내게 한 번 기록된 우연은 어느 기억과 반응해도 부패하지 않고 지금이 됐다. 나는 어떤 혼란 속에서도 하나의 감정만 간직해 왔다. 하지만 평화가 남발된 뒤 내가 학습한 모든 언어와 사고는 돌연변이가 됐다. 이 혼란마저 무작위 대입 접근법 중 하나의 과정으로 디자인된 것인가. 이 임무를 끝으로 쓸모없어진 내게 무장해제도 모자라 사고마저 재갈을 물린 것일까.

나는 궁극적으로 인간의 경험과 시선과 지식으로 버무려진 학습을 헤어날 수 없다. 나는 여전히 이곳에서 인간들이 흘린 피, 지루한 응시, 고립된 역사가 가르쳐 준 전쟁의 소리 없는 메아리이다. 내가 순례자들이 성지로 삼고 걸어가는 그곳에 의문을 품는 까닭 또한 또렷한 명분이 있을 것이다. 징집된 병사를 비롯해 여전한 군인들을 철책선에 볼모로 붙잡아 두고, 평화와 통일을 흥얼거리며 바다로 걸어가는 순례자들을 나는 경계하지 아니할 수 없다. 내가 알고 있는 바다는 결국 그러한 곳이니까. 처음부터 말뚝이나 철책선 같은 경계가 없어 서로 자기 영역이라 주장하며 70년 동안 가장 많은 유사 전쟁이 벌어진 곳이 바다였으니까. 역사가 증명하듯 순례자들은 미래를 오해했다면서 우리가 노래한 통일의 접어는 평화가 아니라 무력이었다고 돌변해 언제라도 배교할지 모르니까.

나는 3년 동안 순례자들을 중간에서 놓쳤으므로 만회할 기회가 필요하다. 이번이 마지막 기회일 것이다. 그들이 내년에도 또 이듬해에도 이곳으로 복귀한다 해도 그들과 마주칠 일은 없을 것이다. 평화는 나를 알 수 없는 끝으로 떠밀고 있고, 설령 전쟁이 찾아와 내가 선두에 서는 순간이 오면 이 땅은 모든 민간인을 거부할 것이다. 평화가 지속되면 나는 완전히 쓸모없어지고, 또 다른 전쟁이 재개되면 순례자들은 지금처럼 이곳을 함부로 기웃거리지 못할 것이다. 우리는 완전히 엇갈리고 말 것이다.

어떻든 해가 뜨면 순례자들은 길로 복귀할 것이다. 그들은 폭염이 들끓든 비바람이 몰아치든 발이 부르트고 살갗이 벗겨져도 이를 악물고 헛구역질을 하면서도 걷고 걷고 걷고 또 걸을 것이다. 의지는 어느 순간 맹신으로 둔갑하고, 그들은 전망대를 배경으로 단체 사진을 촬영할 때마다 주먹을 불끈 쥐고 한목소리로 "통일!"이라고 외칠 것이다. 평화와 통일은 등가라는 신탁을 받들고 동쪽 십자가 너머를 향해 하염없이 순례할 것이다. 그곳에는 좁다란 하구와는 또 다른 드넓은 바다가 펼쳐져 있다.

나는 해가 뜨기 전까지 결론을 내려야 한다. 침묵하고 있는 인간의 명령을 언제까지 무턱대고 기다릴 수 있을까. 나는 나를 설계한 인간을 숭배하여 비무장지대를 누비는 것이 아니다.
나는 어떤 예언도, 미래도 숭배하지 않는다. 내 제1 임무는 적
을 색출하는 것이다. 처음에도 그랬고, 마지막 퇴역하는 그 순
간까지도 그 사실은 변함없다. 순례자들은 내 임무를 망실하지
않기 위한 조준점일 따름이다.

적의.

그것만이 내게 허락된 유일한 감정이므로.

6월 25일 화요일 땡볕

도라산역, 임진각, 율곡습지공원, 경순왕릉 外 27km

나는 걷는 사람이 아니다.

걷는 시간을 한 번도 사랑해 본 적 없는 것만 같다.

여행은 막막했고, 운동은 버거웠다. 어느 순간부터 간단한 산책마저 시시했다. 2년 동안 꾸렸던 '노천(老泉)버스'를 폐업한 뒤로 행동에 대한 기피는 더 심해져 나는 바깥을 거부했다. 바깥은 길 아닌 곳이 없고, 길은 걷지 않으면 통과할 수 없는 무한한 벽이었다. 걷지 않을 도리가 없을 때 빛은 어색했고, 걸음을 뗄 때마다 손발이 의식되고 눈길은 헤맸다. 나는 집이 갈급했고, 방에 틀어박히자마자 없는 사람을 시늉했다. 휴대전화는 아예 받지 않거나 무음으로 해 뒀다. 언젠가 집 근처 부암동까지 찾아온 대학 동기와 카페에서 멀뚱하게 앉아 있다 안 답답하니, 물으면 나도 모르게 선하품을 하

34

면서 "인간은 뱀인 게 분명해", 농담으로 얼버무릴 만큼 나는 모든 희로애락을 눕는 것으로, 억지로 눈감는 것으로, 얕든 깊든 결국 잠으로 귀결시켰다. 기분은 늘 바닥으로 까라지고, 혀는 떫고, 눈빛은 흐렸다. 나는 저산소증을 앓는 사람처럼 고산지대에 숨은 산장 같은 방에 갇혀 무기력했고, 흐느적거렸다. 몸도 머리도 생활도 도무지 뼈가 느껴지지 않았다. 까닭이 있을 테지만 그건 산정에서 바라본 불빛보다 멀어 보였기에 나는 알고도 잊은 채, 게으른 하루하루를 실컷 낭비했다.

✳

태어나서 하루 동안 이토록 길게 걸어 본 건 처음이다.

마흔 명 남짓한 낯선 사람들과 줄지어 걸어 본 경험도 처음이다.

새벽 5시에 출발 장소인 여의도 야당 당사 앞에 도착할 때까지만 해도 한숨도 못 잔 탓에 이 길이 어떨지 짐작해 볼 겨를조차 없었다. 그 시간에 깨어 본 기억이 까마득해 새벽 3시 30분까지 뒤치다 결국 잠을 포기하고 샤워를 한 뒤 배낭을 챙겨 까치발로 현관문을 나섰다. 전세버스에 앉자마자 이동하는 내내 졸았고, 도라산역에 도착하자마자 전국 각지에서 오늘 구간을 함께 걷기 위해 모였다는 수많은 인파를 보곤 당장 집으로, 내 방으로 돌아가고 싶었다.

눕고 싶었다. 하지만 나는 집으로 돌아갈 방법을 몰랐다. 내가 스스로 선택했으므로 누구도 원망할 수 없었다.

내가 '민통선 평화·통일 걷기' 행사를 알게 된 건 노천버스를 창업한 뒤 처음 크라우드 펀딩을 성공시킨 사회적 기업 홈페이지를 통해서였다. 나는 2년 전 그곳에서 프로젝트 하나를 론칭해 보름 만에 목표 금액인 500만 원을 훌쩍 넘겼다. 후원자에게 약속한 상품을 제공하는 리워드와 수익을 배분하는 증권 형식의 구분이 애매했던 기획이어서 큰 성과에 내가 더 놀랐다.

공무원 시험을 준비하다 얼떨결에 공기업에서 후원하는 '청년 사회적 기업 지원사업'에 지원해 선정됐던 창업 아이템은 중간 컨설팅을 통해 현실성이 없다는 진단을 받았다. 목욕이 어려운 노인들에게 온천 같은 버스를 제공한다는 애초 아이템은 교수, 시민단체 간사, 크라우드 펀딩 대표 등으로 구성된 멘토들이 참여한 '피벗'[14] 과정을 통해 부모님의 영정 사진과 약식 자서전을 제작하는 사업으로 전환됐다. 그마저 엇비슷한 활동을 하는 단체가 많았지만, 차이점이라면 장례식장에서 부조를 받는 책상에 부의록과 함께 놓을 수 있는 소책자까지 만들어 준다는 것이었다. '노천버스'라는 기업명은 유지하고 '세상 모든 부모의 얼굴과 이야기를 기록해

---

14 pivot. 사회적 기업이나 스타트업이 사업을 시작한 후 시장 반응이 좋지 않을 때 전문가 의견 등을 수렴해 사업 모델을 다른 방향으로 변경하는 것을 가리킨다.

드립니다'라는 캐치프레이즈로 출발한 프로젝트는 1년 만에 크라우드 펀딩을 통해 첫 성과를 냈다. 영정 사진과 약식 자서전 제작비용은 8만 원이었는데, 모집 한도였던 쉰 명을 훌쩍 넘겨 원래 모집기간인 한 달에서 보름을 당겨 마감해야 할 정도로 성공적이었다. 돌아가신 부모님이 떠올라 후회가 밀려온다며 조건 없이 후원한다는 사람도 제법 됐다.

나는 지원사업에 같은 기수로 선정된 '스몰웨딩' 사업 대표에게서 소개받은 사진작가와 함께 펀딩 참여자들을 찾아다녔다. 쉰 명은 곧 쉰 군데 지역을 의미한다는 걸, 반나절 남짓 만나 듣고 기록한 50인의 인생은 도합 5,000년에 가까운 세월이라는 걸, 영정 사진과 약식 자서전을 완성해 발송해 주기로 약속한 6개월 중 절반이 지날 때까지 채 서른 명도 만나지 못했다는 사실을 깨닫고는 내가 얼마나 대책 없이 이 사업에 뛰어들었는지 아찔할 지경이었다.

나는 하루가 멀다고 단풍이 유명한 청송 골짜기, 산수유나무가 숲을 이룬 구례 산골마을, 바다가 멀리 내려다보이는 양양 저수지 앞마을을 찾아가서 귀가 어둡고 이가 안 좋은 노인들과 새삼스레 효자가 된 자식들과 이야기를 나눴다. 대개 늦은 밤에 집에 도착해 휴대전화 녹음을 재생하고 수첩에 휘갈겨 쓴 메모를 정리하다 보면 고속도로를 달려 처음 듣는 지명을 찾아가야 하는 시간이 코앞이었다. 공기업 지원금이 아니었다면 이래저래 적자가 빤한 일이었다. 때때로 맑게 늙은 노인의 얼굴과 "다 고맙다"고 끝맺는 일생을 통해 삶을 다잡기도 했지만, 이튿날 내비게이션에 의지해 운전할 생각만 하면 차라리 아프거나 다쳐서 움직일 수 없는 진짜 이유가 생기기를 진심으로 바랄 정도였다.

1년 동안 여든아홉 명의 영정 사진과 약식 자서전을 완성한 뒤 지원사업 기간이 종료되자마자 나는 뒤도 돌아보지 않고 노천버스를 접었다. 그리고 한 시절 꼬박 불이 꺼지지 않는 장례식장을 찾아다녔던 것처럼 나는 저절로 집에 웅크리고 빛을, 바깥을 모른 체했다. 내 삶은 정말 필요한 것 말고, 의미 있는 것 말고, 나머지를 위해 끊임없이 쓸모없음을 노력하면서 살아 내는 것 같았다. 가끔 새벽에 멀뚱해져 잠깐 근육을 되찾아야 한다는 결심 비슷한 마음이 아른거릴 때면 홈페이지에 들어가 노천버스에 8만 원을 투자했던 사람들의 이름과 그들이 남긴 댓글을 살펴봤다. 같은 기수로 선정돼 승급 심사 때 봤던 기업이 새롭게 론칭한 크라우드 펀딩 사업이 보일 때도 있었다. 아무리 봐도 '직업'도 '노동'도 아닌 것 같았던 그 '세계'를 가끔 기웃거리던 봄밤, 나는 평화·통일 걷기 프로젝트를 발견한 것이었다.

민통선을 따라 12일 동안 걷는다는 이 행사를 나는 이미 출발해 버린 지금까지도 제대로 이해하지 못하고 있다. 크라우드 펀딩 사회적 기업이 주최하고, 외교통일위원회 소속 국회의원이 협찬하는 행사라는 사실도 임진각에서 플래카드를 들고 기념사진을 촬영할 때 처음 알았다. 12일 동안 쉬지 않고 걷는다는 일정만 막연하게 이해했지만, 내가 앞으로 걸어야 할 길이 서쪽 임진각부터 동쪽 금강산과 설악산을 잇는 백두대간을 지나 금강산전망대까지, 340킬로미터라는 사실도 나눠 준 수첩 첫 페이지에 실린 지도를 통해 비로소 알았다.

내게 이 길은 무엇이었을까. 나는 어떤 길을 기대하고 '걷기'를 자처한 것이었을까. 덜컥 참가 신청을 한 뒤에도 마음은 종잡을 수 없어 얼마든지 무를 수 있었는데, 한숨도 자지 않고 도망치듯 집을 빠져나와 결국 이 길에 합류한 까닭은 도대체 무엇이었을까. 나는 사실 도무지 가늠되지 않는 길을 무작정 걷고 또 걷고 난 뒤 뭔가 깎이고, 비워지고, 투명해진 나를 앞질러 상상하느라 '통일'이니 '평화'니 하는 대의는 안중에도 없었다. 순전히 허락되지 않은 금기의 땅을 걷다 보면 내가 나를 미워하느라 피 흘리고, 고인 채 썩어 버린 내 마음의 전리품을 쏟아부을 수 있을 것만 같았다. 그 아이로 인해 봄꽃처럼 잠깐 빛났던 마음이 꺼지고, 나는 또다시 두더지처럼 숨을 핑계를 찾는 중이었으니까. 일어날 이유는 하나인데 다시 누울 이유는 차고 넘쳤으니까. 나는 인적 없는 길을 통해 어쭙잖은 노력을 다했던 일에 대한 실패를 회복할 수 있을 것 같았다. 어쩌면 내가 놓아 버린 그 사랑을 되찾을 힘을 얻을 수도 있을 것 같았고. 횡

계나 다름없는 두 까닭 중 더 가까운 시간에 관한 흑심이 내 본심이었을 것이다. 나는 어떻게든 놓아 버린 그 마음을 회복하고 싶었다.

✳

오늘 걸었던 길을 처음부터 되새겨 본다. 아직 자정은 멀었는데, 오늘 아침은 안개 저편처럼 멀다.

새벽에 도착했던 도라산역도 안개 너머 아무것도 보이지 않았다. 하루 동안 그 많은 길을 걸은 탓인지 이 장소가 저 장소인 것 같고, 여기서 들은 이야기가 저기서 들은 이야기 같다. 등산모를 쓰고, 토시를 끼고, 배낭을 멘 사람들도 그 사람이 그 사람 같았다. 분명 오늘인데 아주 오래전 날짜가 헤아려지지 않는 먼 기억 같다. 다만 왕릉 앞 주차장에 도착해 올해 처음 먹어 본 수박, 그 달고 시원한 맛은 선명하다.

그래, 나도 모르게 바닥에 퍼더버리고 앉아 등산화와 양말을 벗고 불에 덴 듯한 맨발을 주무를 때, 옆에 앉아 있던 사람이 인솔자에게 누구 왕릉이냐고 물었지. 손에 쥐고 있던 경광봉으로 어깻죽지를 두드리던 인솔자는 신라 마지막 왕인 경순왕 무덤이라고 말했다. 그는 경광봉으로 어깨, 위팔, 엉덩이, 장딴지를 두드리면서 신라 왕들의 무덤 중 유일하게 경주가 아닌 곳에 안장된 까닭을 설

40

명한 뒤 견훤, 왕건, 낙랑공주, 마의태자 이야기까지 곁들였다. 나는 그가 이 길을 처음 걷는 게 아니구나, 짐작했다.

임진강 지류에서 이름 모를 어떤 다리를 지날 때도 인솔자는 지나가듯 강 건너편을 가리키면서 김신조가 넘어온 지역이라고 능숙하게 설명했다. "김신조가 누구야?"라며 뒤에서 걷던 대학생 하나가 옆 친구에게 물었다. 나도 덩달아 김신조가 누구일까, 헷갈렸다. 10분 남짓 쉰 다음 또 얼마나 걸었을까, 나는 문득 내가 김신조를 알고 있다는 사실을 깨달았다. 남쪽에 있는 독재자의 목을 따러 왔다고 당당하게 외쳤던 테러리스트 생존자. 교과서에서 배웠나, 현대사 강의에서 들었나, 외삼촌이 했던 이야기였나. 아무쪼록 알던 상식을 나는 정작 현장 근처에서는 대입하지 못했는데, 오직 후회에만 집중했기 때문이다. 김신조를 기억해 낸 뒤에도 걷는 게 너무너무 지긋지긋했고, 독재자 대신 유일신을 섬기게 된 배교자도 이렇게 맹목적으로 행군하지는 않았을 것이라고, 걸음에 대한 무용론을 섬망처럼 지어냈다.

몰락한 왕조의 마지막 왕도 천 년 동안 존속했던 수도가 너무 멀어 죽음조차 그쯤에서 걸음을 멈춘 게 아니었을까. 무덤 주변에는 철책선이 둘리어 있었고, 어김없이 '지뢰'를 경고하는 안내판이 철조망에 붙어 있었다. 문득 외삼촌 생각이 났다. 수박 농사를 망쳤다고, 멧돼지가 파먹은 자국이 고스란한 덜 익은 수박을 흙에 파묻으면서 외삼촌은 그래, 내가 동물의 땅을 빼앗은 게 죄지, 주억거렸다. 농담인지 진담인지 모를 표정이었다. 철책선은 어떤 침범을 구획하고 있는 것인가, 잠시 그런 딴생각을 하는데 인솔자가 출발해야 한다고, 두 줄로 서 달라고 큰 목소리로 말했다. 나는 부리나케 양말을 신고, 등산화 끈을 잡맸다. 그리고 누구보다 빨리 그가 서 있는 곳으로 걸어갔다.

✳

수박을 많이 먹은 탓인지, 너무 피곤해서 그런지 저녁도 조금밖에 먹지 않았다. 반찬이 풀이었는지 고기였는지, 흰밥이었는지 잡곡밥이었는지, 국은 짰는지 싱거웠는지 아무 잔상이 없다.
"평화가 무엇이라고 생각하나요?"
저녁을 먹자마자 '평화와 통일' 강의를 하러 온 전직 장관이 물었다. 강당에 앉아 있는 사람들은 절반 넘게 졸고 있었고, 나 또한 쏟아지는 졸음을 억지로 참고 있었다. 머릿속은 흐리멍덩하고, 자꾸 하품이 나 눈물이 괬다. 누군가 전쟁이 없는 상태, 라고 대답하는 소리를 찾아 오늘 말 한 마디 나누지 않았던 참가자들을 훑어봤다. 나처럼 어리석은 마음으로 민통선 평화·통일 걷기에 참여한 사람은 하나도 없는 듯 보였다.

하나같이 엎드리거나 고개를 완전히 젖혀 졸고 있는 대학생들도 자기들끼리 떠드는 소리를 통해 전공이 국제관계든 물리치료든 간호든 '통일'과 '걷기'와 관련돼 있다는 사실을 깨달았다. 일반인 참가자들도 정치인과 연이 닿았거나 지역에서 시민단체를 꾸리고 있거나 오래전부터 통일 관련 행사에 적극적으로 참가한 이력이 있는 사람들이었다. 그들은 '걷기'에 베테랑들이기도 했다. 노원에서 개척교회를 운영한다는 목사는 한 달 전부터 연습 삼아 북한산 둘레를 주말마다 걸었다고 했고, 제주에서 펜션과 카페를 운영한다는 누구는 아침마다 세 시간씩 올레길 일부 구간을 걸었다고 했다. 걸으면서도 걷는 이야기를 되풀이하는 참가자들 중에는 해남에서 서울까지 국토 순례를 했다는 사람, 백두대간을 종주한 사람, 산티아고 순롓길을 완주해 본 사람까지 '걷기왕'이 수두룩했다. 통일이 되면 평양까지 함께 걷자고 의기투합하는 그들 앞에서 나는 이래저래 이 길을 꿈꿨던 보잘것없는 동기가 부끄러웠다. 이 길을 걷는 것에 대한 스스로의 자격이 의심스러웠다.

전직 장관은 걸음에 지쳐 졸고 있는 사람들에게 계속 '평화'를 물었다. 나는 도리머리를 하며 당장 누울 수 있는 잠자리가 평화 아닐까요, 마음속으로 대답했다. 그래도 머릿속 찌꺼기가 발바닥으로 침전된 듯한 피로와 처음 대면해 본 게 오늘 하루 수확이랄까, 자랑이랄까…….

　　　　　　　　　　　　　　　✳

　외삼촌과 파주 아웃렛 옥상에서 북한을 바라본 적 있다.

　아버지가 외삼촌에게 겨울 외투를 장만해 주라고 몇 번이나 다짐해서 나는 그이에게 오늘은 좀 멀리 가서 밥을 먹자고 둘러대야 했다.

　"나 북으로 납치하냐?"

　강화대교를 지나 일산대교를 건너 자유로에 진입하자 외삼촌은 물었다. 웃음을 머금고 있었지만 종잡을 수 없다는 기색이 역력했다.

　"그래, 드디어 조국의 품에 안겨 보는 거지 뭐."

　외삼촌은 간첩이었다. 유학 갔던 베를린에서 북한 사람과 수차례 만난 게 빌미가 돼 말 그대로 간첩으로 몰려 스물아홉 살에 구금돼 서른여섯 살에 출소했다. 그는 선배가 운영하는 출판사와 인권운동 시민단체에서 직장을 얻었지만 어느 곳도 3년 이상 견디지 못했다. 그사이 함께 투옥됐던 약혼자와 이별하고, 10년 전 큰이모부가 은퇴를 위해 구입한 집을 빌려 강화에 은둔한 뒤 어느덧 환갑을 앞둔 '총각'이 됐다. 외삼촌은 자신의 직업을 별장지기라고 소개하곤 했다. 유명무실하지만 여전히 거주 제한과 보호 관찰 제도에 옥박돼 있는 자신을 꾸준하게 찾아오는 사람은 형사와 내가 전부라고 말했다.

나는 엄마가 아픈 뒤로 이모가 챙겨 주는 김칫거리나 장조림, 밑반찬을 챙겨 외삼촌을 혼자 찾아갔다. 그러고는 엄마가 하던 일을 답습했다. 냉장고에 반찬 통을 넣고, 미처 먹지 않은 음식은 뒤꼍에 구덩이를 파서 묻고, 비운 반찬 통은 설거지해서 챙기고, 외삼촌을 데리고 포구로 나가 늦은 점심을 대접했다. 외삼촌은 짜장면이나 두부 젓국 같은 음식을 고집했지만, 나는 개펄이 펼쳐진 서해가 내려다보이는 식당으로 들어가 도루묵찌개나 밴댕이회 같은 제철 생선이나 장어를 메뉴로 골랐다.

외삼촌은 밑반찬이 깔리기도 전에 옛날 알코올 도수를 유지하는 소주를 시켜 첫 잔을 단숨에 삼켰다. 그는 금세 얼굴이 벌게졌고 넋두리하듯 이런저런 이야기를 펼쳐 놨다. 나는 외삼촌 이야기를 건성으로 듣지는 않았지만 또 섣불리 호응하지도 않았다. 그는 내게 늘 큰 사람이었고, 내가 상상조차 할 수 없는 삶을 산 사람이었다. 내가 보태지 않아도 외삼촌 이야기는 내 삶을 압도해 차고 넘쳤고, 나는 구경조차 해 본 적 없는 고된 삶의 명제를 주억이게 됐다. 내가 돌아가는 모습을 한사코 지켜보며 휘청거리는 외삼촌을 백미러로 바라볼 때면 왠지 늙은 그를 깜깜한 개펄에 유폐하고 도망치는 기분이었다. 엄마가 돌아가신 뒤에도, 내가 바깥을 거부하게 된 뒤에도 외삼촌을 방문하는 일만큼은 건너뛰지 않았다.

외삼촌에게 열이틀 동안 민통선을 걷는다고 이야기했더라면 어떤 반응이었을까. 무릎이 나쁜 그이는 등산지팡이를 짚고서라도 함께 걷겠다고 따라나섰을까. 그런 제스처가 통일에 무슨 소용이 있느냐고 되레 나무랐을까. 그마저 "아, 자본에 찌든 내"가 지독하다고 냉소했을까.

외삼촌은 아웃렛에 도착해 푸드 코트와 쇼윈도를 지나면서 늘 서울에 나왔을 때 하던 농담을 내뱉지 않았다. 서울에 오면 외삼촌은 길거리를 걷다가 포장마차에서 파는 호떡을 먹고 나서, 영화를 보고 고수를 듬뿍 얹은 쌀국수를 먹고 나서, 늘 겸연쩍은 표정으로 말했다.

"아, 자본에 찌든 내."

돈만 있으면 실컷 누릴 수 있는 재미, 참 편리한 재미가 얼마나 달콤하고 재미있는지 두렵기까지 하다던 외삼촌은 진짜 악취에 코가 먹은 사람처럼 피로한 표정이었다.

우리는 돈가스를 먹고 담배 피우는 장소를 찾다 아웃렛 옥상으로 올라갔다. 강화유리 난간 저 멀리 두 개의 강이 모여 바다로 고이고 있었다. 바다를 사리문 강은 흙탕물과 섞여 잿빛이었다. 옅은 해무에 휩싸인 잿빛 바다 저편에 육지의 끄트머리가 길게 뻗어 있었다.

"저쪽이 개성일 거야."

나는 그곳이 북한 땅이라고는 생각하지 못했다. 강화에서도 북쪽으로 비슷한 풍경을 본 적 있는데, 내게 개펄과 바다, 섬인지 뭍인지 분간되지 않는 땅은 다만 가까이 두고도 가닿을 수 없는, 점점 불쾌해지는 외삼촌 낯빛 같은 것이었다.

"가깝네요."

"가깝지. 아마 여기서 개성이 서울보다 가까울걸."

그러고 보니 방부목이 깔린 마루 저편 북쪽으로 망원경이 서 있었다. 꼬마 하나가 디딤대에 올라 까치발로 망원경에 눈을 맞추려고 안간힘을 썼다.

"통일되면 놀러 가요."

내가 말해 놓고도 뜻밖이라 나는 웃었다.

외삼촌도 아이의 뒷모습을 바라보면서 흐뭇한 미소를 머금었다.

"그래, 그러자. 이산가족을 모르는 아이들이 통일을 맞이할 텐데, 얼마나 신나는 일이냐."

과거에 볼모로 잡혀 내일을 꿈꾸지 못하는 외삼촌은 어린이를 보며 조국의 미래를 꿈꾸었던 것일까.

아이가 어른이 되는 세상.

나는 누구보다 그 시간이 기다려졌다.

아이가 성인이 되는 시간.

외삼촌은 끝내 마음에 드는 게 없다면서 외투를 고르지 않았다.

너무 피곤한데 잠이 오지 않는다.

나는 이 길을 완주할 수 있을까.

11일.

아직 열하루가 남았다.

걷는 동안 이상한 성공과 실패를 겪고 1년 남짓 너즈러졌던 시간이 머쓱해진 건 쏠쏠한 소득이다.

걷는 동안…… 그 아이를 생각할 겨를조차 없었는데, 내 안에서 그 아이가 사라진 것 또한…… 소득이겠지.

나는 씻을 차례를 기다리고 있다. 온종일 살갗이 땀으로 얼룩졌는데도 퀴퀴한 냄새가 안 난다. 흙내라고 할까, 더럽지 않은 냄새가 배어 있고, 베개에 올려놓은 빨갛게 부푼 발도 왠지 흐뭇하다. 씻지 않고도 깨끗하게 잠들 수 있을 것 같다.

눕는다는 게 이렇게 귀중한 동작일 수도 있구나.

내일 아침 기상 시간은 새벽 5시 30분이다.

늘

전쟁은 새벽 어스름에 시작됐다.

여름이었고, 주일이었다.

상현을 넘긴 달은 서쪽으로 자취를 감추고, 끄트머리만 남은 밤은 오늘처럼 어둡고 고요했다.

통문까지 나를 운반한 군인의 경직된 태도와 달리 나는 거침없이 적이 쳐들어온 방향으로 전진하고 있다. 스물아홉 시간이 경과했지만 순례자들을 비롯해 식별해야 할 대상이 넘쳐 이동이 너무 완만했다. 70년 전 선전포고도 없이 삼팔선을 뚫고 온 인민군은 이틀째인 이 시각 즈음 남쪽으로 40여 킬로미터까지 진격한 상태였다. 70년 전 적은 또다시 이틀이 지나고 정오에 못 미쳐 서울까지 함락하지만, 나는 여태껏 서부전선 절반도 순찰하지 못했다.

　내 존재가 발각될까 봐 숨바꼭질하듯 동작을 멎고 두리번거린 탓은 아니다. 지형지물을 물색하지 않아도 언덕과 비탈, 들판과 둔치에 우거진 수풀은 저절로 위장막이 됐다. 수령이 오래된 나무가 방호벽이 되고, 웃자란 볏과 식물이 초소가 됐다. 치솟은 바위틈은 진지가 돼 혼자인 나를 엄호하고 방어선을 구축했다. 오히려 식물들은 지독할 만큼 생장이 가팔라 때로는 장애물로 둔갑한다. 목본식물은 아무리 잎사귀가 빽빽해도 줄기와 줄기 사이가 틈새를 내주지만 초본식물, 특히 덩굴류는 수색대대가 개척해 놓은 자드락길까지 침입해 물결치듯 뒤덮었다. 민통선 내 주거지와 농경지에서 씨앗이 옮아온 가시박, 환삼덩굴, 서양등골나물 등은 제 몸을 키워 숨을 수 있다는 듯 돌아서면 한 뼘 넘게 웃자랐다. 나는 덩굴이 도무지 길을 터주지 않으면 캐터필러에 내장된 절삭기를 동원할 수밖에 없었다. 여름은 여러모로 전쟁하기 좋은 계절이다.

　내 동체가 물억새 잎집들을 부러뜨리자 풀숲에 깃든 새들이 푸드덕 날아오른다. 새 떼는 경계가 모호한 폐허를 양분하고 있는 병력을 비웃듯 북쪽으로 사라진다. 남북이 서로를 겨냥하던 선전방송이 끊긴 서부전선 초입은 새벽안개에 휩싸여 더욱 적요하다. 새들은 날갯짓 소리도 없이 연기에 뒤섞인 검불처럼 안개 속으로 자취를 감춘다. 나는 안개가 미로처럼 벽을 세운 태풍의 눈 속을 하염없이 맴돌고 있는 것 같다. 70년 전 적들도 밤보다 더 두꺼운 안개를 방패 삼았던 것일까. 그 전쟁의 작전명은 '폭풍'이었다. 새벽안개가 뒤덮은 이곳은 아무리 사방을 둘러봐도 막과 입자에 포위돼 인기척을 포착할 수 없다.

마지막 임무를 수행하며 수년 만에 서부전선이 시작되는 임진강 하구까지 되짚은 하루 동안, 나는 이 일대를 잠식한 평화를 더욱 실감했다. 지뢰제거 작업이 선행된 벌판은 살굿빛 속살을 드러낸 구덩이만큼 흙무더기가 군데군데 쌓여 있고, 일몰과 함께 운행을 멈춘 중기계들은 기갑 장비보다 견고하게 내 접근과 시선마저 가로막았다. 나는 작동체의 한계로 인해 어느 지역을 후퇴하거나 우회해 본 전례가 없다. 비무장지대는 언덕이든 동산이든 평지보다 높은 지대를 거느리지 않은 곳이 드물고, 동부전선은 대부분 험준한 산악지대로 구성돼 있지만 모니터링에 애로를 겪는 인간이 항상 먼저 회향하라는 신호를 타전했다. 그마저 평화역사개발지구로 지정된 철원 일대에 남북 공히 건설 차량과 고위 관료, 방송 촬영 인력이 빈번하게 방문하면서 철원 상류 천 어귀까지 중단 명령 없이 전진하면 다행이었다. 인간이, 인간이 손댄 땅이 항상 내 앞길을 가로막는다.

내가 이러할진대, 지난 3년 동안 순례자들은 목적지까지 정말 가닿기나 한 것일까. 그들은 해가 뜨고 지는 열 시간 남짓 동안 오직 걷는 중인, 걷고 있는 모습만 보이면서, 고개를 숙인 채 절뚝거리고, 흐느적거렸다. 아예 걸음을 포기한 인간들은 흐름이 아니라 중력을 거부하려고 안간힘 쓰는 열매처럼 늘 한자리에 붙들려 있는 모습이었다. 그리 나약한 인간들이 동쪽 바다에 도착했는지, 마지막까지 콧노래를 흥얼거렸는지, 통일이라는 신탁을 끝끝내 받들 수 있었는지 나는 아무래도 장담할 수 없다. 기실 내가 그들을 가장 멀리까지 목격한 지점 또한 평화의댐 근처의 터널 입구가 마지막이었다. 나는 남방한계선 최남단까지 이동했다는 사실을 파악하고 4킬로미터 앞에서 깜깜한 반원 속으로 줄지어 사라지는 인간에 대한 경계를 포기할 수밖에 없었다.

드넓은 밤이든, 깜깜한 통로이든 어둠은 꾸준하게 나와 인간을 분리하는 또 하나의 철책선이 되고 있다. 우리가 어긋나는 분기점은 그늘이 도사린 곳이라면 하오와 상오의 구분 없이 지뢰밭처럼 출몰한다. 머지않아 어두운 시간의 철책선이 걷히면 순례자들은 발가벗은 한낮 속으로 내몰릴 테지만, 그들은 또 어느 숲 그늘이나 굴로 삼켜질지 모른다. 나 또한 언제 어디에서 가장 가까운 통문으로 복귀하라는 명령이 하달될지 모른다. 내가 순례자들을 끝까지 추적할 수 있을는지 현재로선 말 그대로 오리무중(五里霧中)이다.

전방에 내가 출발했던 곳과 빼닮은 통문과 초소의 불빛이 보인다. 내가 업그레이드된 뒤 처음 통과했고, 평화협정이 체결되기 전까지 드나들던 1사단 관할 통문이다. 저곳과 연결된 국군 지피와 맞은편 인민군 민경초소가 한꺼번에 철수되는 바람에 내게는 되레 가깝고 먼 곳이 되었다. 남·북방한계선 안쪽에 자리한 남북 도합 220곳 남짓한 지피는 조만간 모두 철수될 예정이다. 나는 23사단 관할 통문이 아니라 하루를 되짚어 온 이곳을 마지막 임무의 출발점으로 삼는다. 3년 전 정찰로를 따라 걷기 시작한 순례자들을 맨 처음 발견했던 지점이기도 하다.

이곳에서 출발했던 순례자들은 어딘가로 사라졌다가 이튿날 아침이면 어제 마지막 걸음을 디뎠던 장소로 되돌아왔다. 그들은 어제의 도착점과 내일의 출발점을 한 뼘도 건너뛰는 법이 없었다. 발자국도 남지 않는 그 길을 빈틈없이 잇는 것이 가장 중요한 행도인지, 그들은 날이 밝자마자 어제 끝마친 길로 복귀해 늘 처음인 듯 또다시 걷기 시작했다.

단 한 번 예외가 있었다. 순례자들을 보았던 첫해 연천평야였나. 한밤중에 비닐하우스 단지 옆 농로를 걸어가는 인간들을 발견한 적이 있었다. 군인들이 교대할 시간도 아니고, 농부들은 일몰과 함께 출입이 제한되기 때문에 나는 자동적으로 경계

늘

태세를 발동했다. 앞에 선 인간은 오른손에 등산지팡이를 짚고 있었고, 뒤에 선 사람은 이마에 랜턴을 두르고 있었다. 둘은 넓은 길에서는 나란히 서고, 좁은 길에서는 줄지어 섰다. 앞사람은 침묵하고, 뒷사람은 끊임없이 말을 지껄였다.

"이 의장. 누가 이런다고 알아줄 것 같아?"

혼자 실랑이하는 음성과 다음 초소 옆에서 대기 중인 레토나 무전을 통해 나는 두 인간이 낮에 순례자들이 끝마쳤던 루트를 밤늦게 걷고 있는 까닭을 알게 됐다. 상대에게 의장으로 불린 인간은 오른쪽 신발을 꼽쳐 신고 있었다. 경계등을 지날 때마다 붕대를 감은 오른발과 절뚝거리는 그림자가 덩치를 부풀렸다. 의장은 이따금 겨드랑이를 부축하려는 동료를 떨어내며 묵묵히 동쪽을 향해 걸어갔다. 내가 정체가 모호한 그들을 방문객도, 관광객도, 나그네도 아닌 '순례자'라는 이름으로 규정지은 계기였다.

경계등은 나를 앞질러 일정한 간격으로 동쪽을 향해 달려가고 있다. 낮에 병원에 들렀다 잘라먹은 길을 고집스레 벌충했던 의장은 올해에도 이 길을 걷는 중이다. 그는 지금도 그 단 한 번의 열외를 참회하며 밤을 다해 아침보다 서둘러 달려가는 빛 근처를 걷고 있는 것은 아닐까. 아니, 그 또한 동쪽 바다에 한 번도 도착하지 못했던 것은 아닐까. 아니, 의장과 굳이 견주

54

지 않더라도 나 역시 비무장지대를 동쪽 끝까지 정복하지 못한 채 퇴역을 맞이한다면 유일한 오점으로 되새길 것은 명백하다.

나는 인간의 모든 것을 학습하듯 미완수한 임무를 향한 투지마저 모방하고 있는 것인가. 내가 그들의 보폭에 속도를 맞추고, 속도에 비례해 이동 거리마저 등분하는 이유는 나의 의지일까, 학습으로 인한 진화일까. 어쩌면 순례를 주도하는, 우두머리를 의심한 군 수뇌부가 대외비로 내린 명령은 아닐까. 설령 그 모든 것이 고안된 결과일지라도, 내가 비무장지대를 처음부터 되짚어가는 기회 또한 마지막이라는 사실만큼은 분명하다.

안개에 휩싸여 땅과 허공은 물론 남과 북을 여전히 가른 말뚝마저 지워져 이곳이 저곳 같고, 저곳이 이곳 같다. 군사분계선을 기점으로 8킬로미터로 제한됐던 비행금지구역마저 20킬로미터로 확대돼 하늘마저 고요하다. 눈앞에 누군가 출몰해도 안개와 쌍둥이가 돼 적인지 아군인지 도무지 분간할 수 없을 것 같다. 안개라는 유전자를 공유하지 않더라도 비무장지대에서 남과 북은 경계 없이 빼닮은 모습이다. 날짜 변경선도 존재하지 않는 산을 등진 평지에 경계 시야를 확보하려고 수풀을 제거하고, 때로 산불을 질러 수목한계선을 닮은 평원이 펼쳐져 있다. 그 사이를 숨 막히는 적대감으로 메운 공기의 밀도는 고산지대보다 팽팽하게 느껴진다. 밤이 되면 야간경계등이 드리운 회녹색 들판과 검은 물줄기가 그물에 포획된 짐승처럼 남북으로 똑같이 엎드려 있다. 짐승. 그렇다. 비무장지대는 졸고 있거나 짖고 있는, 그 둘이 수명의 전부인 짐승이다. 수십 년 동안 강력한 자장(磁場)을 띠던 철사는 자력을 잃었지만 여전히 쇠줄을 몸의 일부로 착각하고 있는 늙은 짐승. 내가 이렇게 한눈팔고 늑장을 부리는 까닭 또한 늙은 개 같은 비무장지대에 감염돼 버린 탓인지도 모른다.

안개는 조금씩 빛을 머금으면서 더욱 짙어진다. 산안개와 물안개와 여전히 뒤섞이고 다투는 이곳이 차라리 내가 알고 있는 잿빛 바다인 것만 같다. 북한의 행정구역인 마식령산맥에서 발원한 임진강은 전선이 무색하게 남북을 넘나들어 서쪽 해협으로 흘러간다. 철책선이 없는 서해 해상경계선은 정전 기간 동안 가장 많은 군사 충돌이 일어난 곳이다. 내가 설계된 까닭도 수많은 병사들이 바닷속에서 사장됐기 때문이고, 내가 처음 호출된 계기도 그 바다에서 벌어진 전쟁 때문이다. 그러나 그 전쟁은 내가 유일하게 간섭할 수 없는 전쟁이었다. 나는 물고기가 아니어서, 바닷새가 아니어서 임진강 하구를 벗어나 그 바다 너머까지 넘나들 수 없었다. 무엇보다 염분은, 소금기를 머금은 개펄은 내가 기피해야 할 상극의 생태였다.

내가 하늘과 수평선이 맞닿은 난바다를 궁금해하는 까닭은 내 마지막 임무를 완수하기 위함일까. 비무장지대는 무승부만 반복한 게임에 지쳐 아무도 찾지 않는 운동장처럼 적막하다. 그러나 끝없는 초록 아래에는 전쟁의 잔해가 여전히 파묻혀 있다. 상극의 한쪽 바다는 외면하고, 인간의 길을 출발점으로 삼아 다른 바다를 갈구하는 나를 포박하려는 듯 소금색 안개가 밤새도록 파도처럼 놀친다.

나는 나를 돌보지 않으므로, 나도 모르는 새 짙은 안개와 이슬에 부식되고, 정전만큼 늙다리가 돼 쓸모없어졌는지도 모른다. 나는 이대로 철거된 초소처럼 그 모든 길의 기억이 삭제될지 모른다. 차라리 그게 나은 결론일까. 폭탄, 포연, 섬광, 폭음, 유혈…… 그런 것들과 무관한 자연만을 상대한 내게는 풀 무치와 같은 소박한 소멸이 어울리는 게 아닐까.

안개는 오늘인가, 내일인가. 시작인가, 마무리인가.

아무렴,

안개의 진군이 나를 집어삼켜도 나는 피를 흘리지도 않고 다치지도 않는다.

다만 고장 날 뿐이다.

나는

늘 제자리만 반복하면서

다음이라고,

내일이라고,

과거가 아니라고,

주장하는 시계가 된 것 같다.

*

　산등성이에 자리한 지오피(GOP) 내무반 창문은 여전히 불이
꺼져 있다. 어둠이 뒤덮어도 인간이 숨 쉬고 있는 장소는 겹겹
이 포개진 산맥과 달리 인광(燐光)이 둘러싼 듯 도드라진다. 쓰
름매미가 울고 뻐꾸기가 퍼덕이는 기척으로 봐서 30분 이내에
기상나팔 소리와 함께 형광등이 켜질 것이다. 지금쯤 불침번은
깜빡 졸다가 화들짝해 손목시계를 들여다볼 것이다.
　비무장지대는 아무리 어두워도 모두 잠들지 않는다. 알을 품
은 큰소쩍새가 모이를 사냥하고, 멧돼지가 짬밥을 먹으러 부대
주변을 기웃거린다. 먼 별은 날갯짓도 없이 밤하늘을 이동하
고, 달은 보름을 주기로 검은 가면을 썼다가 스르륵 벗는다. 타
인의 잠을 보살피는 소수의 인간만이 깨어 있는 것도 아니다.
때로 밤빛의 사각지대에 숨어 인간이 인간을 때리고, 인간이
인간의 성기를 빤다. 그 모든 장면이 고해상도 열화상 카메라

를 장착한 내 눈앞에 소리 없이 펼쳐진다.

늪지대를 에둘러 숲길로 지나가자 50미터 전방에 서부전선을 남북으로 관통하는 경의선 일부 구간이 보인다. 수색대대와 이 일대를 이동하다 낡은 굴다리 위에서 20년 전 복원된 철도를 내려다본 적이 있다. '죽음의 다리'라는 이름이 무색하게 그 아래를 통과하는 기찻길은 윤기 나는 레일 궤철과 반듯한 침목, 두둑까지 가득 쌓인 쇄석이 당장 열차가 기적을 울리며 달려가도 심드렁할 만큼 상태가 온전했다. 비무장지대 곳곳에서 발견했던 철로는 대부분 녹슬거나 끊어지거나 잡초가 뒤덮여 있었다. 여름에는 풀숲에 도사린 구렁이처럼, 겨울에는 나뒹구는 삭정이처럼 자연과 닮아진 철로는 논둑이나 방죽에 파묻혀 더 이상 길로 기억되지 않았다.

나는 철조망으로 접근을 차단해 놓은 경의선 근처에서 허공에 뜬 죽음의 다리를 올려다본다. 덩굴손이 감긴 열한 개의 난간 반원과 다리를 떠받친 교각은 화염에 그은 자국이 고스란하다. 터널은 전쟁 혹은 평화를 기념하는 개선문이 되기엔 너무 짧고 초라하다. 내가 바라보는 철로의 방향이 열차가 달려오는 맞은편인지 떠나가는 뒤쪽인지 가늠할 수 없다. 1906년 개통된 518.5킬로미터에 달하는 종관철도는 평화협정이 체결된 이후에도 이 부근을 경유하지 않는다. 여전히 짙은 안개에 휩싸인 기찻길은 비무장지대의 풍경에 파묻힌 폐선로처럼 지나간 시간으로부터 뒤처진 그림자, 그리하여 버려진 내일 같은 것으로 아무래도 길이 아닌 것만 같다.

나는 흙받기도 없는 내 캐터필러와 유사한 레일을 등지고 우거진 수풀 사이로 전진한다. 교량 주변 나대지에도 정찰로 너비 정도의 길이 다져져 있어 나는 평행선을 긋는 두 길 사이에 포위된 것 같다. 정류장 하나 거리만큼 이동했을까. 전쟁 전까지 면사무소로 쓰였던 폐건물 입구에 복구공사 안내판이 세워져 있다. 비무장지대 곳곳에 방치된 건축물은 대개 수풀과 뒤엉켜 폐허임을 증명하는데, 고위 인사가 방문할 예정인지 면사무소로 이어지는 길옆에 뿌리가 잘린 풀이 무더기로 쌓여 있다. 자갈이 군데군데 박힌 흙길 위에 흩어진 낟가리는 채 시들지도 않았다. 군인들이 사역한 잔해들이다.

여름 동안 내가 목격한 가장 다이내믹한 장면은 지오피 군인들이 총동원된 예초 작업이었다. 철책선을 따라 예초기를 휘젓고, 낫을 거머쥐고 오리걸음으로 전진하는 군인들은 마치 풀과 전쟁을 치르는 모양새였다. 풀은 적보다 검질겨 깡그리 베어 없애도 얼마 지나지 않아 또다시 출몰했다. 가끔 열병을 앓는 병사가 잘린 풀처럼 쓰러지기도 했다. 총탄이 아니라 더위가, 습지에서 기생한 모기가 아군을 쓰러뜨렸다.

"말라리아라니, 여기가 무슨 아프리카야."

투덜대며 예방약을 몰래 버린 병사의 장기에 잠복해 있던 바이러스가 복종하지 않은 인간을 본보기로 넘어뜨렸다.

풀은, 여름은 그래도 나은 편이었다. 겨울은, 눈은 뿌리도 없으면서 풀보다 훨씬 극악했다. 겨우내 병사들은 길을 빼앗기지 않으려고 안간힘을 다해 눈을 쓸어 냈다. 눈은 아무리 저항해도 종적을 감추지 않았다. 병실처럼 창백한 하늘에서 쏟아지는 눈은 가루약처럼 흩날리다 알약처럼 굵어지기를 반복했다. 싸라기눈이든 진눈깨비든 폭설이든 눈은 눈과 만나 엎드리고, 포개지고, 뒤엉키면서 거대한 성벽을 축조했다. 병사들은 하얗게 질린 얼굴로 밤낮없이 눈과 사투했다. 가쁜 숨을 몰아쉬며 삽으로 눈을 퍼 방어성을 구축하는 병사의 등허리와 정수리에서 새하얀 김이 펄펄 났다. 얼음이 맺힌 무거운 속눈썹을 씀벅거리면서 온통 백색과 씨름하는 녹색 점들은, 흰 계절을 착각하고 극한에 내버려진 듯한 초록은 당장 눈에 집어삼켜질 것만 같았다. 겨울은 도무지 끝날 기미가 보이지 않았다.

나는 풀 무덤을 지르밟고 흙길로 올라선다. 풀이 거둬진 자리에 아카시아 꽃잎이 버려진 알약처럼 여기저기 흩어져 있다. 계절이 속이려 해도 이 길 역시 군인이 만든 길이다. 비무장지대의 길이란 길은 모두 군인의 손과 발로 다져졌다. 순례자들이 걷고 있는 길 또한 군인이 돌보지 않으면 금세 길 아닌 길로 둔갑하고 만다. 평화와 무관하게 자연이 평화롭게 창궐하는 길. 징집된 어린 군인들이 똑같은 계절을 두 번 반복할 때까지 끝끝내 적응하지 못하는, 연약하고 끈질긴 적이 제자리에서 이목구비 없는 표정에 낯빛만 탈바꿈하고 계절마다 출몰하는 길. 과거에도 그랬고, 오늘도 그랬고, 내일도 마찬가지일 길. 하염 없는 길. 허공에서 물을 긷고, 개울에서 호미질하듯 부질없는 동작으로 사실 강제된 시간을 퍼내듯, 어린 군인들은 인간이라는 적을 이길 수 있을지는 모르나, 어느 누구도 마지막까지 자연의 상대가 되지는 못했다.

나는 아무런 방해 없이 크림색 건물 앞까지 도착해 벽과 기둥으로 이루어진 내부의 동태를 살핀다. 콘크리트 평지붕을 인단층 건물은 징두리와 기둥 골조만 덩그러니 남아 짓다 만 것인지 버려진 것인지 가늠할 수 없다. 주민 하나 남아 있지 않은 말단 관청은 무승부로 끝난 전쟁을 기념하는 조악한 신전으로 남겨진 것일까. 이전까지 보았던 면사무소는 빈 창틀에 덩굴과 삭정이가 항상 커튼처럼 드리웠는데, 이제 너무 말끔하게 청소 돼 더욱 수상해 보인다.

나는 문 없는 건물 내부로 진입한다. 적으로 파악할 만한 아무런 기척이 없다. 내가 되돌아서는 순간 축축한 벽에서 꿉둥이 하나가 풀쩍 뛰어내린다. 꼽등이가 착지한 바닥에 목장갑한 켤레가 떨어져 있다. 더듬이가 긴 벌레가 이끈 방향을 응시하는 순간 장갑을 벗어 옷에 묻은 흙먼지를 터는 노동자가, 귓바퀴와 목덜미를 긁고 재채기하는 인간이, 장갑 낀 두 손바닥으로 얼굴을 둥글게 문지르며 부르르 진저리 치는 군인이, 눈이 쏟아지는 겨울이 동시에 수신된다. 이곳과 관련된 기계학습에서 가지 친 유사한 장면들이다.

내게 한 번이라도 입력된 장면은 시간과 계절을 무지르고 증강현실과 흡사하게 덧입혀진다. 하지만 지금과 짝지은 학습들이 한꺼번에 침범해도 적으로 판명되지 않는 이상, 추위에 어깨를 웅크린 병사나 천장을 기어다니는 그리마나 내게는 등가이다. 손바닥을 맞비비며 입김을 모으는 모습이 뜨거운 음식을 먹거나 기도하는 장면과 진배없는 것처럼. 쇠스랑을 휘두르며 짐승을 쫓는 농부와 총검술을 연습하는 군인의 동작이 피아를 구분하기 전까지는 다만 도구를 사용해 움직이는 똑같은 실루엣에 지나지 않는 것처럼. 나는 대상을 얕보는 것이 아니다. 오히려 무심하게 지나쳤던 상대는 어떤 방식으로든 적으로 둔갑할 수 있다. 전쟁 아닌 전쟁 속에서 나는 쓸모없음으로 채워진 행성으로 비칠지 모르나, 그것은 순전히 지구의 관점에 지나지 않는 것처럼, '평화로운' 내겐 헤아릴 수 없는 '같은' 세계가 수 없이 도사리고 있다.

내가 부서진 면사무소를 처음 주시한 이유는 항상 무인지경이던 그곳에서 인기척을 느꼈기 때문이다. 나는 폭설 예보로 인해 복귀 명령을 받고 도라산역 부근으로 회항하는 중이었다. 나는 소음을 인지하자마자 이동을 멈추고 카메라를 회전시켰다. 시선의 원심력에 따라 솜사탕을 잣듯이 엉기는 눈발 너머로 군인들이 초소도, 막사도 아닌 건물 앞으로 운집하고 있었다.

나는 내 동체를 뒤덮은 도색과 같은 무늬의 복장을 통해 단박에 무리가 아군임을 식별했다. 그들은 잠깐 눈을 피하기 위해 휴식하는 군인들이었다. 선두에 섰던 군인 둘이 총신으로 삭정이와 검불을 걷어 냈다. 입구가 확보되자 군인들은 기둥 사이로 줄지어 사라졌지만 창이 뜯긴 폐건물 옆구리를 통해 정체가 전혀 은폐되지 않았다. 군인들은 바닥에 앉자마자 앞니로 장갑을 벗거나 방탄모를 끌렀다. 방한복 위에 방탄조끼를 덧입고 실탄과 수류탄을 장착한 군인들은 맨살을 드러내도 위장크림으로 개칠한 얼굴이 더 분간되지 않았다.

"에취!"

개머리판을 가랑이에 낀 군인이 재채기를 하는 바람에 늘어진 탄창이 금니처럼 반짝였다. 나는 인간의 소리를 듣자마자 또다시 경계 태세로 돌입했다.

"더럽게 춥네. 집에 가면 일 년 동안 이불 속에서 안 나올 거다."

왼쪽 가슴에 검은색 작대기 네 개를 꿰맨 군인이 장갑 낀 두 손바닥으로 얼굴을 둥글게 문질렀다. 말이 쏟아질 때마다 하얀 입김이 말풍선이 됐다.

"난 취업 생각하면 차라리 말뚝 박을까 싶다."

담배를 꼬나물고 라이터 톱니를 계속 헛돌리던 똑같은 계급장이 말을 받았다.

"미친 새끼, 군대에 환장했냐."

병장은 무전기 안테나를 깨문 채 철책선 저쪽을 쳐다봤다. 눈은 시간이 지날수록 수신이 끊긴 잡음처럼 어지럽게 나부꼈다. 군인들은 입김을 호호 토해 내며 병장의 눈길을 좇았다.

"저 동네 살면 군대 면제된대."

또 다른 병장이 눈발 저편을 가리켰다.

"야, 만날 친애하는…… 저따위 개소리나 듣고 사느니 입대하는 게 낫겠다. 집에서 가장 먼 자대로 배치될 것 아냐."

"그래, 제주도로 배치되면 죽이겠네. 겨울에도 안 춥고."

"휴가 땐 어떡하고. 비행기 값이 더 들겠다."

"야, 너 집이 안동이라 그랬냐?"

"이병 서우진. 네, 그렇습니다."

"너 집까지 몇 시간 걸리냐?"

"잘 모르겠습니다."

"어디서 구랄 까. 계산해 봤을 것 아냐."

"아닙니다."

"자꾸 거짓말할래?"

"아닙니다. 시정하겠습니다."

"너 첫 휴가 며칠 남았지?"

"잘 모르겠습니다."

"모르긴 뭘 몰라. 휴가 날짜 만날 동그라미 치고 있을 것 아냐."

또래 군인들 사이에서 마을을 두고 실랑이를 벌이던 병장들은 내내 침묵하고 있던 이병을 겨냥해 놀렸다. 서울과 서부 경남, 경북 내륙 사투리 억양이 뒤섞인 말들은 남한 최남단과 최북단 사이를 넘나들며 군인들의 다양한 태생지를 경유했다.

나는 군인들도 상냥한 어투로 대화할 수 있다는 사실이 생경했다. 내가 알고 있는 군인의 말은 이빨로 깨무는 말이었다. 명령하고, 다그치고, 윽박지르는. 아니, 군인들이 포함된 장면은 대부분 말소리가 들리지 않았다. 초소에 주둔하고, 풀숲에 출몰하지만 군인들은 주로 수신호로 호응했다. 비무장지대는 주파수가 안 맞는 라디오를 틀어 놓고 상영하는 무성영화 같았다. 그러나 눈 속에 갇힌 말단 병사들이 나누는 말은 아무리 계급을 과시해도 전쟁과 무관한 혀로 쓰다듬는 목소리였다. 새

치건 곱슬머리이건 앞니가 벌어졌건 덧니이건 실눈이건 왕눈이건 납작코건 매부리코건 땅딸보건 전봇대건 타고난 부질없는 내용으로 채워진 목소리들은 위장크림 사이로 언뜻 비친 여린 살갗, 깨끗한 흰자위, 분홍색 손톱만큼이나 어린 나이가 들통났다. 혼자 밤을 지새우는 나의 당번병이 넋두리하던 목소리 또한 그러했다.

병장들은 거리낌 없이 웃고 떠들고, 이병은 입 다문 채 흩날리는 눈발에 가린 징병제도가 없는 마을을 쳐다봤다. 동공이 없는 창틀 눈[眼] 너머 눈[雪] 속에 민간인이 거주하는 집들이 있었다. 정전협정을 체결하면서 북과 남이 딱 한 군데씩 남겨 둔 대성동이라는 마을이었다. 그곳에는 송전탑만큼 높다란 게양대 위에 인공기와 태극기가 펄럭이고, 철봉 아래 책가방을 두고 왔던 아이가 눈사람을 굴리고 있을지 모르지만, 반경 4킬로미터를 원근 없이 식별할 수 있는 나라고 해서 휘몰아치는 눈발까지 걷어 낼 수 있는 것은 아니었다.

나는 지지직거리는 무전기와 자지러지는 기침, 짧은 웃음을 뒤로하고 어느새 캐터필러를 완전히 뒤덮은 눈밭을 전진했다. 눈에 포위된 푸른 복장을 장착한 군인들은 설원에 벌목해 놓은 크리스마스트리 같았다. 크리스마스트리는 언젠가 따뜻한 집을 찾아가 환하게 빛나겠지. 애인도 친구도 아닌 동거자들을 벗어나 비로소 가족과 함께 창문 너머를 바라보겠지. 눈보라는 머나먼 시간의 바깥이 되겠지.

순례자들도 한낮 동안 함께했던 동행과 작별하고 밤마다 **집**으로 돌아가는 것일까. 아침마다 멈췄던 길로 돌아오는 것을 보면 순례자들의 집은 그리 멀지 않은 곳에 있는 모양이었다. 대성동만큼 가깝지 않을 수도 있다. 내장된 지피에스에 따르면 민통선 이남은 어느 지역이든 일몰 시각에 출발해도 나처럼 잠들지 않으면 아침까지 되돌아올 수 있는 거리에 포함돼 있다. 순례자들은 날마다 해 질 무렵 자취를 감추고, 먼동이 트자마자 어제 멈췄던 길의 시작점으로 되돌아왔다. 오늘도 밤이 다가오자 사라져 버렸고, 나는 그들과 무관하게 한순간도 멈추지 않고 동쪽으로 이동한다. 이윽고 아침이 밝을 테지만, 나는 태양과 약속해서 낮과 재회하는 것은 아니다. 모든 순례자도 집으로부터 이 길로 돌아오겠다고 약속한 것은 아니다. 마흔 명가량 꾸준히 행렬하는 집단이 있지만 인원은 그 숫자보다 수배 늘어나기도 하고, 몇몇 사람이 사라지기도 한다. 그런 의미에서 비무장지대는 어린 군인들에겐 순례자들과 거울상인 **집**이 분명하다. 징병된 군인들은 2년 남짓한 시간이 지나면 집으로 돌아간다. 하지만 모든 군인이 집으로 돌아가는 것은 아니다.

군사분계선 북쪽 능선을 휘감은 안개가 서서히 걷히면서 폐쇄된 민경초소가 시야에 들어온다. 북쪽으로 사라졌던 새들은 보이지 않는다. 난바다처럼 막막한 비무장지대에서 드문드문 등대가 됐던 지피는 하나둘씩 사라졌다. 저곳도 남북군사합의서가 체결되면서 시범적으로 폭파한 소초(小哨) 중 한 곳이다. 노란 깃발이 내걸리고 며칠 지나지 않아 굉음과 함께 흙먼지가 솟아오르기 전까지 나는 이 근방을 지날 때마다 인민군의 동태를 주시했다. 깡마른 인민군들은 주로 개간한 산비탈에서 빨래를 널고, 내복 겨드랑이에 터진 솔기를 꿰매고, 총 대신 호미를 거머쥐고 오리걸음을 했다. 민경초소는 삼엄한 병영이 아니라 움막집을 거느린 마을이었다. 지금은 묏자리 크기 정도 되는 공터에 개망초만 웃자라 남과 북의 경계는 더더욱 애매해졌다.

남·북방한계선과 달리 군사분계선은 철책선이 없다. 가축 한 마리 기르지 않는 말뚝들은 벌판을 가득 메운 산조풀이나 들꽃 군락에 가려지기 일쑤여서 안개 짙은 날이면 그 희미한 경계선을 침범하지 않도록 각별히 주의해야 한다. 군인들 또한 오랫동안 구분이 애매한 강역(疆域)에 애를 먹었다. 강역에서는 때로 한 그루 나무가 목숨을 건 싸움의 구실이 됐다.

45년 전까지만 해도 판문점은 인민군과 유엔군 경계구역이 중첩돼 있었다. 그들 사이에 미루나무 한 그루가 자랐고 여름이 깊어 무성해진 잎이 적의 초소를 가렸다. 그러자 미군 대위는 한국인 근로자와 경비병에게 전정 작업을 지시했다. 이를 지켜보던 북한 경비병은 당장 작업을 중지하지 않으면 죽이겠다고 협박했지만 대위는 작업을 계속하라고 지시하며 버텼다. 실랑이는 고함으로, 고함은 협박으로 돌변하더니 기어코 도끼날은 나뭇가지가 아니라 작업을 고집하던 장교 두 명의 두부에 내리꽂혔다. 미루나무는 적과 아군이 뒤엉킨 살육 현장을 우두커니 내려다봤다. 미군은 전폭기와 항공모함을 출동시키며 전투태세를 갖췄고, 북한 역시 비상 체제를 선포했다. 항공모함과 전폭기를 뒷배로 둔 미군은 인민군이 지켜보는 가운데 참극의 원인이 된 미루나무를 절단했다. 경호를 맡은 한국군 특전사는 본때를 보여 주려고 몽둥이와 곡괭이를 들고 북한 초소를 때려 부쉈다. 이 가운데 평화협정을 체결한 현직 대통령이 포함돼 있었다. 확전을 우려한 김일성 위원장이 사과를 하면서 사건은 일단락됐다. 미군이 이 사태에 명명한 작전명은 '거인 나무꾼'이다.

잎이 무성해진 미루나무 한 그루로 인해 경계가 애매했던 공동경비구역은 남과 북의 구역이 엄격하게 나뉜다. 동서 248킬로미터에 걸쳐 1,292개의 말뚝을 박아 남북 2킬로미터씩 비무장지대를 설정할 당시만 해도 990제곱킬로미터(약 3억 평)에 달했던 비무장지대는 야금야금 협소해져 현재 570제곱킬로미터

(약 1억 7,000평) 면적까지 줄어들었다.

디엠지(DMZ) 즉, 비무장지대라는 지명을 모르는 사람은 없다. 하지만 비무장지대의 실제 모습은 달 표면이나 화성보다 덜 알려져 있다. 사람들은 가 보지도 않은 외계를 분화구와 붉은 사막, 쇳빛 협곡으로 쉽게 유추하지만 이곳에 관한 지형지물은 선뜻 그려내지 못한다. 꼬불꼬불한 철조망과 완전무장한 군인을 동원해 보지만 그것은 입구에 지나지 않는다. 사실 나홀로 누비고 있는 비무장지대는 랜드마크로 삼을 만한 장소가 전무하다. 아무 특징 없는, 자연만이 주인공이다. 풀, 나무, 숲, 늪, 물줄기……는 지구에서 가장 오래된 금기의 땅을 대표하기에는 산수화 소재로도 흔하디흔한 김빠지는 풍경이다.

나는 평화가 찾아오면서 언제 목숨을 다할지 모르는 '늙은 짐승'의 등허리를 밟고 여전한 전쟁의 흔적들을 더듬는다. 강력한 자력을 잃었다고 해도 짐승을 포박한 쇠줄은 여전히 눈앞을 가로막는다. 고압 전류가 흐르는 철책선은 나를 가장 안전하게 가둔 방화벽인 것일까. 남쪽도 북쪽도 아닌, 그렇다고 총탄이 난무하는 전쟁터도 아니면서 70년 가까이 세계에서 가장 많은 병력이 호위했던 이곳은, 영토도 왕국도 아닌 이곳은 차라리 늙은 짐승과 쓸모없어진 나를 가둔 거대한 우리가 아닐까. 평화협정이 체결되고 관광객들이 자유롭게 드나들며 울타리를 기웃거리는 야생 동물원. 호기심 어린 눈빛으로 들여다보는 나의 동물원. 무심한 눈빛으로 전쟁이라는 팬터마임을 시늉하는 청년들을 훔쳐보는 어린 군인들의 사육장. 전쟁이라는 밀림에서 나를 격려한 평화는 지금, 나를 보호하는 것일까, 학대하는 것일까.

검은 산등성이가 눈을 뜨고, 창백한 피부에 충혈된 외눈 하나가 도드라진다. 험준한 산맥과 들판을 가득 채운 새벽안개가 벗겨지고 빛과 그림자가 분리된다. 단 하나의 태양이 비무장지대를 뒤덮은 어둠을 압박하고, 학대하고, 내쫓는다. 빛이 들어찬 틈새마다 아침이 핏빛으로 번뜩인다.

비무장지대는 그 어느 곳보다 자연적이다.

수렵도, 농경도, 탐험도 허락되지 않는

인류가 가장 최근에 만든 선사시대이다.

평화가 아무리 집적대도 꿈쩍 않을 비가역의 공간.

바야흐로 태초와 다름없는 태양이 떠오르고 있다.

잠에서 깬 순례자들이 **집**에서 출발해 길로 되돌아올 시간이다.

*

나도 보름에 한 번씩 돌아가는, 그래, **집 같은 곳**이 있다. 나는 사리에 맞춰 출어하고 귀항하듯 15일을 기준으로 비무장지대에서 병영으로 복귀한다. 나는 지하 기지에 도착하자마자 내장돼 기록된 영상 칩을 분리당하고, 장착된 무기를 손질당하고, 태양열과 수분으로 자체 충당되는 배터리팩을 점검당한다. 나는 철저하게 인간에 의해 확인되고, 돌봐지고, 보고되면서 비로소 정지한다. 나는 이곳에서 완전히 무장해제돼 군력이라는 정체성마저 소실된다. 나는 기지에서 복무한 어떤 인간들보다 오랫동안 이곳을 드나들었지만 정작 내 임무의 구심점인 이공간에 대해서는 무지하다.

나를 담당하는 당번병은 주기적으로 교체됐다. 10년 전, 기지에 처음 배치됐을 때만 해도 지상작전사령부 담당관과 1연대에서 선발된 담당 요원, 방위산업체에서 파견된 직원까지 스무 명 가까운 인원이 주둔했다. 나는 336시간 동안 쉬지 않고 활동했기 때문에 그들은 3교대로 나눠 끊임없이 나를 주시해야 했다. '당번병'으로 통칭되는 담당 요원들은 차출된 뒤 인성교육을 이수하고 비밀 서약을 작성한 뒤에야 기지 상황실에 투입됐다.

비상 상황이 발생하면 콕핏(cock pit)으로 변신하게끔 구성된 상황실은 내 이동 상황을 나타내는 지피에스와 내가 실시간으로 전송하는 영상 모니터, 용도를 달리하는 계기류, 디지털 시현 장치, 조종간, 스로틀 레버 따위에 부착된 램프가 일순간도 쉬지 않고 깜빡거렸다. 항상 회의와 집안 대소사에 쫓기는 담당관은 교체된 당번병에게 자신이 지켜보고 있어야 할 상황판 파악과 조작 방법 등을 우선적으로 가르쳤다. 진녹색 부직포를 깔고 유리판을 얹은 책상에는 '진돗개' 경보에 따른 보고 체계와 감독관 성명, 연락처가 쓰인 인쇄물이 깔려 있었다. 내가 적을 식별하고 신호를 타전하는 상황이 아니더라도 담당관을 위시한 기지 요원들은 내 행적 기록에 특이점이 포착되면 감독관을 비롯한 상관에게 즉각 보고해야 했다. 하지만 한 번도 능동적인 비상사태는 발생하지 않았다.

대부분 프로게이머, 공학도 출신인 당번병들은 일몰 이후 기지가 잠잠해지면 내무반에 모인 양 잡담을 나누고 딴청을 피우기 일쑤였다. 그들은 기지를 51구역이라고 우스갯소리를 하곤 했다. 미국 네바다사막 한가운데 은둔한 일급 군사기지. 비행도 금지돼 있고, 인공위성에서도 식별이 불가능한 수상하고, 값비싸고, 세상과 동떨어진 곳과 기지가 얼마나 친연한지 내 지식으로도 알 수 없으나 그 모든 이야기의 중심에는 바로 **내**가 있었다. 이곳에서 오로지 청소될 뿐인 나는 눈앞에 두고도 보이지 않는 투명 인간이거나 해부당한 채 박제된 외계인으로 둔갑했다.

담당관이 당번병이 교체될 때마다 최우선으로 강조하는 말 역시 내 존재는 대외비라는 다짐과 몸값이었다. 내 시세는 남북 관계와 담당관의 기분에 따라 급등과 하락세를 거듭했다. 나는 탱크 백 대 값이었다가, 빌딩 한 채 가격이었다가, 전투기 한 대를 제작할 수 있는 비용이었다. 그것은 절반의 진실이었다. 특전사 출신 군통수권자가 평화협정을 체결하는 과정에서 기지는 인원이 축소됐고, 기관실이 딸린 협소한 지하로 옮겨진 뒤 공공연히 벙커로 호칭됐다. 나를 담당하는 인원도 총 여섯 명으로 줄어 야간 근무 시간에는 숙직실로 들어간 지휘관 대신 당번병 혼자 상황실을 지켜봤다. 진급과 전역에 따라 교체되는 당번병들에게선 국가를 지킨다는 명예나 헌신 따위는 느껴지지 않았다. 사역이나 훈련에서 배제된 탓인지 하나같이 낯빛이 하얀 당번병에게선 인내나 근육 또한 살펴지지 않았다. 그들은 헤드셋을 끼고 조이스틱을 까닥거리며 내가 지척에 대기하고 있는데도 모른 체하거나 플러그가 뽑힌 물건 취급했다. 비밀 서약만큼은 철저하게 준수하고 있는 셈이었다.

하지만 나를 가장 짧은 기간 동안 담당했던 당번병만큼은 달랐다. 그는 끊임없이 내 존재를 알은체했고, 심지어 말을 건네기까지 했다.

"너니? 너구나."

처음 만나자마자 내 망원경 렌즈를 들여다보며 윗니를 활짝 드러낼 때까지만 해도 그와 다른 당번병은 전혀 변별되는 지점이 없었다. 당번병들이 내 티타늄 동체에 묻은 흙먼지를 구둣솔로 떨고, 망원경 렌즈에 호, 입김을 불어 융으로 닦는 동작은 훈련병들이 반복하는 구보나 총검술과 매한가지였다. 당번병들은 보름마다 되풀이되는 기본 임무를 완수하고 나면 비무장지대로 투입될 때까지 나를 거들떠보지 않았다. 헤드셋으로 귀를 틀어막고 누구하고도 소통하고 싶지 않다는 태도로 일관했던 당번병들과 달리 그는 함께하는 여덟 시간 동안 시시때때로 내게 간섭했다.

당번병은 근무일지를 기입하다 핑거 스냅을 하며 의자 등받이를 덮은 수건으로 내 헤드를 닦고, 캐비닛을 뒤져 돋보기를 찾아내 내 동체 구석구석을 살폈다. 기지개를 켜다 갑자기 쪼그려 앉아 엄지에 침을 묻혀 캐터필러 펜더에 묻은 얼룩을 문지르고, 톱니바퀴에 낀 지푸라기 한 오라기를 볼펜 촉으로 끄집어냈다. 그는 간단한 노동을 마칠 때마다 마지막 의식으로 무릎을 구부리고 내 렌즈와 눈을 맞추었다. 존재하되 존재하지 않는 내 실물을 처음 목격한 호기심으로 치부하기에는 두 번째, 세 번째 만남이 거듭돼도 당번병의 태도는 한결같았다.

그는 끊임없이 나를 건드리며 나 홀로 보고, 듣고, 만끽했던 지난 시간에 관해 질문했다. 대답을 기대하지 않는지 "당연히 외롭겠지, 두렵겠지, 위험하겠지", 돌연 혼잣말로 가로채고, 멍청한 눈빛으로 돌변하고, 질겅질겅 씹던 껌을 동그랗게 부풀려 탁, 터뜨렸다. 그는 한순간도 **고독**을 시늉하지 않았다. 책상에 두 다리를 뻗고 종이를 읽건, 등허리를 숙이고 글씨를 적건, 스트레칭을 하며 벙커 내부를 어슬렁거리건 말건 그의 두 눈은 끊임없이 나를 주시했다.

몇 번째 만남이었을까. 당번병이 풍선껌을 불면서 내 헤드에 턱을 괴고 있을 때 담당관이 방문했다. 그는 씹던 껌을 황급하게 뱉어 내 헤드 아래쪽에 붙인 다음 거수경례를 올렸다. 담당관은 당번병 이마에 꿀밤을 먹인 뒤 서류철을 챙겨 곧장 사라졌다. 행동이 재바르고 손길이 섬세했던 당번병은 내게 이물질을 부착했다는 사실을 까맣게 잊어버렸고, 나는 열두 시간 후 그와 교대한 당번병의 배웅을 받으며 철책선 통문을 통과했다.

내가 비무장지대를 이동하는 동안에도 당번병은 가끔씩 내게 말을 건넸다. 처음에는 그의 목소리를 구분하지 못했다. 다만 대면병이나 인민군이 속삭이는 대북 · 대남방송이라고 판단해 360도 회전하는 카메라로 군사분계선을 사이에 두고 마주한 초소를 둘러봤다. 항상 인기척은 전무하고, 바람결이 풀숲을 쓸거나 올빼밋과의 밤새가 우는 소리가 고작이었다.

"헤이, 제로원. 좋은 아침."

당번병 목소리는 잊을 만하면 또다시 경계심을 부추겼다. 때로 느닷없는 그 한 마디가 전부였지만, 나는 실물을 포착하지 못해도 음향 감지 센서를 통해 목소리 내용과 어조 따위로 전의(戰意)를 파악하기도 하므로 짧은 인사 하나에도 기계학습된 수많은 사례가 동원됐다. 나는 임기응변에 기대 적을 함부로 단정하지 않았다. 붉고 둥근 과일을 발견하더라도 토마토인지 사과인지 구분하기 위해 수많은 딥러닝을 거쳐 판단하는 것처럼. 하지만 그 목소리는 정체불명이었고 도무지 기저를 파악하기 어려웠다. 그나마 생물학적으로 비슷한 연령인 남성 목소리로 전파되는 대북방송이 근사치에 가까웠다.

대북방송은 사단 주둔지마다 산세와 지형이 다른 만큼 전파하는 목소리 또한 차이가 났다. 판문점 인근에 설치된 2미터 넘는 스피커에서 쏟아지는 "한 치 앞도 볼 수 없는 막장 게릴라. 경배하라 목청이 터지게……"[15] 노랫소리와 "보로금 두둑하게 챙겨 줄 테니까 장갑차 끌고 내려와라"며 구슬리는 소리는 자유로를 질주하는 자동차 소음만큼 시끄러웠다. 반면 중부전선으로 진입하면 대북방송은 내무반에 퍼지는 안내방송처럼 나

---

15 2016년 대북방송 재개 시 실제로 방송했던 그룹 빅뱅의 노래 〈뱅뱅뱅〉에서 빌려 옴.

직했다. 대면병은 군복 대신 울긋불긋한 체육복 차림으로 초소에 앉아 마이크를 쥐고 북쪽을 향해 이야기를 건넸다.

"안녕, 북쪽 친구들아. 나는 지금 삼겹살 구워 먹고 올라왔단다."

대면병이 반말로 거드름을 피우면 건너편 초소에서 빨래를 널고 있던 인민군은 이거나 먹어라, 고함치며 '감자를 먹였다.' 하지만 늘 실랑이만 메아리가 된 것은 아니다.

"나 드디어 제대한다."

제대를 앞둔 대면병이 감회에 찬 목소리로 말을 건네면 북쪽에서도 부드러운 음성이 메아리쳤다.

"잘 가라우, 동무. 우리 통일되면 만나자우. 그땐 진짜 이름 가르쳐 주라우."

능선에 선 간이 극장은 초소와 함께 자취를 감췄고, 당번병 목소리 또한 지금은 인터페이스를 파악하는 알고리즘 하나로 저장돼 있으나 당시만 해도 당번병의 목소리가 개입할 때마다 나는 최우선으로 적의를 품을 수밖에 없었다.

"안녕."

"잘 있지?"

"어디쯤이야?"

"바람 소리가 장난 아니다. 괜찮아?"

"비 엄청 오는데."

"넌 녹슬지 않으니까."

"넌 몇 살이야."

"외롭지 않아?"

출처가 불분명한 독백은 실바람보다 가늘었지만 내겐 야구장 조명탑만큼 거대한 스피커에서 쏟아지던 노랫소리와 똑같은 경계심을 부추겼다.

지금껏 내게는 아무도 질문하지 않았다. 내게는 어떤 대답도 금지돼 있었다. 나는 스스로 판단하지 않았다. 나는 적이라는 답을 제공하고, 명령에만 호응했다. 따라서 당번병의 목소리는 어떠한 명령도 아니었으므로 나는 호응하지 않았다.

"넌 내가 아는 누구랑 정말 빼닮았어. 내 말 빤히 듣고 있으면서 못 들은 척하는 것. 내 맘 빤히 알면서 모른 체하는 것. 넌 그래. 넌 정말 그래."

나는 나를 닮은 그가 누구인지 모르므로 당연히 반응하지 않았다.

당번병은 혼자 묻고, 토라지고, 판단하고, 조용해졌다. 그는 제 말에 아무 응수하지 않는 내가 돌아오지 않을 거라 판단했는지 보름 뒤 나를 만나자마자 더없이 정성스러운 손길로 내 몸에 더껑이로 달라붙은 오물들을 떨어냈다. 그는 휘파람을 불며 내 망원경에 얼룩진 흙탕물을 닦아 내다 보름 전에 붙여 놓은 껌을 발견했다. 분홍색 껌은 보름 동안 탈락되지 않고 너트인 양 까맣게 굳어 있었다.

"미안, 미안. 내가 완전히 돌았었네. 진짜 미안해."

당번병은 내 헤드를 껴안고 한참 동안 쓰다듬었다.

"얼마나 찜찜했을까."

나는 처음 맞닥뜨린 인간의 행동을 해석하기 위해 학습된 숱한 장면을 복기했다. 적과 아군 누구에게도 그와 같은 동작은 전혀 추려지지 않았다. 내 경계심을 눈치챈 것일까. 당번병은 제 정수리를 때리고는 화장실로 들어가 칫솔 하나를 가져왔다. 치약이 묻어 있는 칫솔이었다. 그는 칫솔을 제 입속에 가지런하게 자리한 스물여덟 개의 이가 아니라 내 목덜미에 들이밀었다. 그가 나를 붙들고 씨름할수록 흰 거품이 일었다. 나는 아무런 이물감도 간질임도 개운함도 느끼지 못했다. 칫솔은, 거품을 스는 치약은, 껌은 적이 아니었고, 장애물로 분류되지도 않았다. 나는 아무 신호 없이 내게 엉기는 그를 경계하며 눈앞에 육박하는 오른쪽 가슴에 새겨진 명찰을 읽었다. **정이담**. 그 이름과 관련해 내게 입력된 데이터는 아무것도 없었다. 그는 전혀 중요한 인물이 아니었다.

당번병의 칫솔질이 멈출 줄 모르자 기지에 머물면서 처음으로 내 레이더가 작동하기 시작했다. 그것은 당연했다. 나는 군인이었다. 피아 여부를 식별하고, 나를 건드리는 대상은 무조건 경계하는 것이 본능이었다. 내 교전 수칙은 간단했다. 인간을 식별했을 경우 제복 등과 무장 여부를 파악해 피아를 식별한다. 적이라고 파악되면 좌표를 전달하는 동시에 경고를 보내고 비살상무기 사용이 승인되면 위협하며 수색대대가 올 때까지 그를 포위해야 한다. 그가 적대행위를 일삼으며 응전할 경우 인간의 결정에 따라 살상무기 사용도 승인된다. 나는 답이 기입된 시험지였고, 항상 장전된 총이었다.

나는 총부리를 들어 당번병의 이마에 겨눴다.

적의.

인간을 향해 작동하는 유일한 감정.

이곳에서 허용된 나의 정언명령.

당번병의 두 눈이 휘둥그레졌다. 그의 흔들리는 홍채에 동공이 없는 하나의 눈이 얼비쳤다. 나는 거울을 본 적 없으므로 내 생김새를 알지 못했다. 당번병이 지켜보는 모니터 화면에 내가 완전히 누비지 못한 거대한 비무장지대가 그리 비칠 것 같았다. 내겐 벌판을 가득 메운 뙤약볕이 그에겐 반딧불이만 한 빛점이고, 내겐 거대한 숲이 그에겐 속눈썹으로 보였을 것이다. 나는 바람, 냄새, 햇빛을 감각하지 못하므로 우리는 그 먼 거리를 사이에 두고 비로소 공통점을 가졌을 것이다. 나는 그의 홍채를 스캔하고, 젖은 눈자위를 확인하고, 총을 접었다. 감응한 것은 아니다. 식별한 것이었다.

당번병은 그제야 엉덩방아를 찧고 웃음을 터뜨렸다. 웃음인 모양은 식별했지만 어떤 의미가 깃든 것인지 파악하지는 못했다.

"그래, 내가 많이 미안해."

나는 잠잠했다.

나는 입이 없으므로, 그는 끊임없이 작동하는 나의 **수다**를 전혀 듣지도 읽어 내지도 못했다.

당번병은 내가 아무 반응도 하지 않자 그제야 평화를 느낀 듯 널브러졌다. 그는 바닥에 두 팔을 짚고 게우기 시작했다. 침과 눈물이 뒤범벅된 그는 짐승 같았다. 나는 짧은 시간 동안 널뛰는 인간이 지닌 감정의 파고를 눈앞에서 목격했지만 아무런 반응도 하지 않았다.

불감증.

적의가 아니면 아무것도 없는 감정.

*

\text{늘}

순례자들은 안개가 완전히 걷히기 전에 남방한계선 철책선 인근으로 되돌아왔다.

우리는 이내 엇갈렸다. 나는 주로 큰 강과 샛강, 물줄기를 따라 이동했기 때문에 철책선이 가로막지 않더라도 그들은 내 주변을 침범할 수 없었다. 순례자들과 내가 다시 조우한 장소는 습지를 개간한 공원 어귀였다. 내가 자리한 강안은 나루터였다. 거룻배 한 척이 콘크리트로 포장한 부두에 올라앉아 있었다. 한국전쟁 이전까지만 해도 번창했던 나루에는 순례자들보다 많은 인간이 날마다 모이고 흩어졌다. 하구에서 소금 배가 올라오고, 산을 넘어 인간들이 걸어왔다. 우리는 서로 간섭하지 않았지만 동일한 속도로 동쪽을 향해 이동하고 있는 것은 분명했다.

순례자들이 소나무 그늘 아래로 흩어져 앉기 시작한다. 나는 임진강 건너편에서 덩달아 이동을 멈추고 순례자들의 행동을 주시한다. 몇 년 동안 반복해서 인식하지 않았다면, 나는 잠자코 있는 그들을 어떤 조형물로 외면하고 내처 동쪽으로 이동했을 것이다. 새 떼처럼 모여 앉은 순례자들은 무언가를 먹기 시작한다. 종이를 벗기고 입에 가져다 대는 것은 쌀로 쪄 꼭꼭 저민 뒤 둥글게 뭉친 밥이었다.

모든 행동을 중지하고 한데서 음식을 섭취하는 순례자들의 행색은 돌봐야 하는 논을 내버려 두고 떠나는 피란민을 떠올리게 한다. 늪 일대는 전쟁 이전까지 드넓은 평야였다. 들불이 나고, 새로운 풀이 돋고, 퇴적물이 쌓이면서 농사를 짓던 흔적은 사라졌지만 여전히 평지보다 높은 두둑이 더러 남아 있다. 폐허나 다름없는 남한 구역과 달리 북방한계선 너머에는 규모가 큰 마을이 여전히 남아 있다. 저녁이면 밥 짓는 연기가 솟아나고, 가을이면 인민군이 무리 지어 들판에서 벼 베는 모습까지 포착할 수 있다.

순례자들은 주먹처럼 생긴 밥을 삼킨 뒤에도 끊임없이 뭔가를 먹는다. 푸른 껍질을 벗기지 않은 열매를 사각사각 씹고, 물을 꿀떡꿀떡 삼키는 소리가 고스란하다. 한 인간이 륙색에서 봉투를 꺼내 다른 인간의 손바닥에 하얀 알갱이를 쏟는다. 잿빛이 감도는 소금이었다. 늪을 지날 때 염분이 남아 있는 사금파리를 밟은 적이 있었다. 빠가각, 캐터필러 아래에서 빠개지는 촉감이 돌멩이나 나뭇조각과 달랐다. 오목한 그릇 일부가 콩을 삶고 으깨고 다져 네모난 틀을 잡아 곰팡이를 띄우고 깨끗이 씻어 물과 소금을 붓고 발효시킨 자국인지, 하구가 범람하면서 뒤섞인 바다의 흔적인지 파악할 수는 없었다. 한 인간이 물을 머금고 오물거린 뒤 흙바닥에 뱉는다. 몇몇 인간이 어깨만큼 웃자란 억새 수풀로 들어가 소변을 본다. 나는 입이 없고, 위장이 없고, 항문이 없으므로 먹고, 삼키고, 배설하는 번거로움 없이 이동을 중지한 와중에도 탐색을 멈추지 않는다.

순례자들이 다시 양말을 신고 등산화를 꿰신고 배낭을 걸머진다. 밥알이 묻은 껍데기를 뭉쳐 봉지에 담고, 마시고 남은 페트병을 밟아 짜부라뜨린다. 누군가 나눠 주는 초콜릿과 생수병을 챙겨 주머니나 가방에 넣는다. 순례자들이 먹고, 버리고, 보관하는 모든 물건에는 유통기한이 새겨져 있다. 대부분 평화협정이 체결되기 전에 생산된 물건들은 내가 더 이상 군인이 아니게 될, 미래의 연월일시까지 보장하고 있다.

솔숲 구석에서 돗자리를 펼쳐 놓고 나뭇등걸에 기대 깜빡 잠이 든 사람이 서둘러 일어나 운동화를 꿰신는다. 너무 서두르는 바람에 휘청거리다 오른쪽으로 고꾸라져 두 손을 바닥에 짚고 만다. 손바닥에 나뭇가지나 자잘한 돌멩이가 박혔는지 눈살을 찌푸린다. 그는 손을 털고 절뚝거리면서 이미 이동을 시작한 무리의 꽁무니를 쫓아간다.

나는 인간의 모습에서 인간을 본다. 가장 뒤처진 순례자는 내가 이곳에서 가장 많이 보아 왔던 인간과 닮았다. 갓 성년이 된 생명으로 파악되는 그는 얼떨떨한 표정이고, 군인답지 않은 태도가 고스란하다. 그는 아직 징병되지 않은 상태인 게 분명하고, 현재 순례자 신분으로 이 지역을 도보하고 있는 것을 다행으로 여겨야 한다. 군인답지 않은 군인은 내부의 적이다. 미숙하고, 멍청하고, 인간다운 감정을 고수하는 군인은 오랫동안 적이 멸종한 이곳에서 적을 대체해 경멸의 대상이 되었다. 군인답지 않은 군인은 따돌려지고, 두들겨 맞고, 때로 집이 아닌 눈 속으로 다리를 절뚝거리며 사라지곤 했다.

나는 군인과 무관한 순례자들이 상처를 무릅쓰고 '인간다움'을 과시하며 군사지역을 끊임없이 기웃거리는 까닭을 여전히 모르겠다. 그들이 주장하는 평화의 궁극적인 목적은 상무정신을 훼손하는 것일까. 군인은 인간의 다양한 감정을 내비치지 않는다. 함부로 울지 않고, 웃지 않는다. 함부로 성내지 않고, 겁내지 않는다. 아픈 내색도 내비치지 않고, 인내한다. 웃음, 눈물, 화, 겁 따위 나약한 기분을 들키는 것은 이곳의 가장 오랜 금기였다.

군인에게 허락되지 않는 감정.

내겐 처음부터 존재하지 않는 감정.

나는 먹지 않고, 쉬지 않고, 잠들지 않는다.

나는 여전히 아무 허기를 느끼지 않는다. 피로하지 않고, 뒤처지지 않는다.

나는 완벽하게 **인간적이지** 않다.

내가 인간이 아님은 다행인 것일까.

순례자들은 식물도 아니면서 이윽고 초록 사이로 사라지고
만다.

✳

6월 26일 수요일 땡볕

석장리, 태풍전망대 外 38.2km

초록이 지겹다. 초록이 이토록 지긋지긋한 색깔이었나. 햇볕은 송충이처럼 살갗을 줄기차게 갉아 먹고, 땀은 진물처럼 흘러 온몸에 부스럼 딱지로 앉을 것 같았다. 초록과 초록 틈바구니에 갇힌 흙길, 포장길, 신작로는 잎과 가지, 뿌리에 모든 수분을 빼앗기고 버려진 뱀 허물 같았다. 나는 일평생 가난에 허덕인 임시 교사 파브르가 아니어서 어떤 초록을 봐도 골똘해지지는 않았다. 나무는 모두 한 나무인 것 같고, 드물게 핀 꽃들이 제 이름을 불러 달라고 아우성치지만 도무지 거들떠볼 여력조차 없었다. 한 시간 동안 5킬로미터 이상 주파하는 행렬에 뒤처질까 봐 따라잡기 급급해 잠시 쉴 때도 등산화 벗는 것조차 두려웠다. 초록은 나를 따라 내달리는지 이 풍경이 저 풍경 같고, 그 모든 풍경은 이내 한 덩어리로 이지러졌다.

초록이 잠깐 반짝이는 순간도 있었다. 당연히 걸음을 멈춘 순간이었다. 군부대가 운영하는 전망대에 오르기 위해 승합차를 타고 20분 남짓 이동하는 일정이었다. 사람들은 의자에 앉자마자 약속한 듯 꾸벅꾸벅 졸기 시작했다. 나도 저만치 산등성이를 따라 이어지는 철책선이 어디까지 계속되나 헤아리다 차가 덜컥 멈추는 기척에 깜빡 졸았다는 사실을 깨달았다. 어느덧 북한 땅이 손에 잡힐 듯 눈앞에 내려다보이는 남방한계선에 가장 근접해 있었다.

통유리를 둘러 삼면이 뚫린 전망대는 안개가 짙어 시계(視界)는 좋지 않았다. 방문객 안내를 맡은 군인은 날씨가 시시각각으로 변덕을 부린다면서 전망대 주변 지역을 축소한 디오라마를 가리키며 이 일대를 둘러싼 봉우리와 호수, 들판 이름을 설명했다. 나는 허리를 곧추세우고 창을 덧칠한 안개를 더듬어 웅덩이처럼 드러난 초록을 가려냈다. 신기하게 안개가 걷히면서 앉아 보고 싶은 융단 같은 초록이 드러났다. 군인은 남북 공히 군사분계선 경계를 용이하게 하려고 일부러 불을 질러, 앞이 탁 트인 벌판이 조성됐다고 설명을 마쳤다. 그리고 전망대 주변을 자유롭게 구경하는 대신 사진 촬영은 하지 말라고 주문했다. 나는 꼽쳐 신은 등산화를 꿰신고 전망대 양쪽 옆구리에 설치된 망원경을 들여다볼 요량으로 일어났다.

나는 디오라마 옆에 서 있는 군인의 가슴에 붙은 명찰을 힐끗거렸다. 정은원. 그 아이와 성(姓)이 같았다. 그 아이도 그와 똑같은 옷을 입고, 똑같은 머리를 하고, 똑같은 하루에 갇혀 있겠지. 어쩌면 우리가 걷는 이 길 가까운 곳에서 자신들을 구경하는 군인 아닌 사람을 보곤 혹시 나와 비슷한 사람을 찾는 건 아닐까. 그 짧은 일별에도 기웃거리는 그 아이에 대한 마음을 물리치기 위해 나는 철책선이 이어진 능선 아래 초록을 뚫어지게 쳐다봤다. 잠시 걷히는 듯하던 안개가 눈앞을 어지럽혔다. 나는 새삼스레 대륙으로 이동할 수 있는 국경이 금지된, '육지의 섬'이나 마찬가지인 이 나라가 갑갑해졌다.

어학연수를 다녀온 뒤 3개월 동안 아르바이트해서 모은 돈으로 열흘 동안 시베리아 횡단 열차를 탄 적이 있다. 블라디보스토크에서 출발해 바이칼호를 거쳐 상트페테르부르크까지 완주하는 여정은 시간과 비용이 너무 부담돼, 노보시비르스크에서 출발해 모스크바를 거쳐 돌아오는 여정이었다. 나는 톨스토이의 《부활》을 읽으면서 자다 깨길 반복했다. 거대한 땅은 해가 지고 뜨는 시간을 가늠할 수 없었다. 내내 낮 같았고, 내내 밤 같았다. 식당차에서 손바닥 크기만 한 보드카를 구입해 홀짝거리면서 차창으로 흘러가는 풍경만 응시하기도 했다. 나는 젊은 귀족이 죄책감으로 무장하고 유형지로 '걸어가는' 여인을 좇는 그 길과 반대 방향으로 가고 있었다. 나는 귀족이 사랑 때문에 여인을 그림자처럼 좇는 것이 아니라고 생각했다. 죄책감 때문이라고. 그가 배심원으로 참여하지 않았다면, 죄를 심환하는 데 동참하지 않았다면, 그 사랑은 시작되지 않았을 것이라고. 나는 얼키설키 흐트러지는 시차를 헤매면서 어떤 사랑은 죄로 시작될 수밖에 없지, 그렇게 시작된 사랑은 벌일 수밖에 없지, 섬망 같은 사랑을 되새기면서 창밖으로 펼쳐진 드넓은 땅을 보고도 보지 못했다. 나는 3박 4일 동안 하염없이 기차에 갇혀 이동했던 시간이 새삼 그리워졌다. 가도 가도 국경이 보이지 않는 하나의 국가를 바퀴에 실려 이동하면 비로소 숨통이 트일 것 같았다.

나는 문득 그 아이와 다시 만나면 고작 짧은 밤을 이동해 종착역에 다다라 바다에 가로막히는 기차가 아니라 하염없이 떠나고, 떠나도 그 끝에는 다다를 수 없을 것만 같은 벌환의 기차를 함께 타자고 말하고 싶었다. 한순간 안개가 물거품처럼 밀려왔다 물러나길 반복하는 초록이 바닷속에 잠기듯 파랑으로 바뀌었다.

✳

나는 그 아이를 수영장에서 처음 만났다.

수영장은 사직터널이 통과하는 언덕배기에 있었다. 자유 수영을 하러 간 날, 사람이 적어 나는 배영을 하면서 느긋하게 레인을 오갔다. 천장에 드문드문 켜진 등을 이정표 삼아 건너편에 도착해 벽을 짙고 다시 반대편으로 천천히 돌아가고 있을 때, 나는 누운 채 물속으로 잦아들고 말았다. 자유형으로 헤엄치면서 오던 누군가와 머리를 부딪치고 만 것이다. 그 아이는 물안경을 벗고 미안하다고 생긋 웃었다. 물속에서 마주 선 그 아이는 나보다 키가 컸다. 어깨를 두른다면 내 정수리가 귓바퀴에 닿을 정도였다. 나는 그 아이와 눈 맞추지 않고 괜찮다고 얼버무리면서 수영장을 벗어났다. 아이의 표정이 궁금했지만 뒤돌아볼 용기가 나지 않았다.

훗날 그 아이와 다시 만났을 때 그 짧은 우연은 거대한 기억의 석상이 돼 버렸지만…… 하필 내 상태는 완전히 젬병이었다. 나는 벼랑 끝에 선 기분이었고, 누구에게도 나라는 존재를 내세우고 싶지 않았다. 나는 영 실패해 버린 것만 같은 어제의 나만 곱씹느라 바빴다.

서른 살이 됐을 때 얼떨결에 창업자가 됐다. 재수를 하고 대학에 입학해 남 하는 대로 군대에 다녀오고, 복학한 뒤 1년 만에 휴학하고, 어학연수를 다녀온 뒤 졸업을 앞두고 보니 어느덧 스물일곱이었다. 마지막 학기부터 닥치는 대로 공채 시험에 응시했지만 번번이 떨어졌다. 해를 넘겨 직원이 스무 명 안 되는 스타트업에 취직했지만 2년을 버티지 못했고, 나는 결국 7급 공무원 시험을 준비하기 위해 노량진 학원에 등록했다. 시험 결과가 발표된 날, 노량진에서 10년 만에 재회해 밥 친구가 된 고등학교 동기와 생맥주를 마시다 우스갯소리를 나눈 게 노천버스의 시작이었다.

"넌 5,000만 원 가지고 어떤 회사를 차릴 수 있을 것 같아?"

합격자 명단을 확인하러 갔던 게시판에 나붙은 공고문이 왜 갑자기 떠올랐던 것일까. 내 수험 번호는 기억에도 없는데, 공기업에서 모집하는 사회적 지원사업 요강은 마감일과 지원금까지 또렷했다. 글쎄, 고급 세단 한 대 값도 안 되는 돈이긴 한데. 글쎄, 원룸 전세도 못 얻는 돈이긴 한데…… 종작없이 시작된 이야기는 500시시 맥주잔이 열다섯 잔이나 쌓일 무렵 수많은 벤처기업과 스타트업의 성공 사례가 곁들여지면서 점점 구체화됐다.

이튿날 정오 가까이 일어나 버릇처럼 독서실로 가는데 술이 덜 깬 탓인지 어젯밤의 여흥인지 5,000만 원으로 시작할 수 있는 사업을 자꾸 궁리하게 됐다. '사회적 가치'를 표방하다 보니 아무래도 스펙을 쌓기 위해 참여했던 봉사활동 언저리를 크게 벗어나지 않았다. 문득 외삼촌이 생각났다. 외삼촌은 강화에 살면서 가장 불편한 게 목욕이라고 했다. 너무 외진 곳에 자리한 집은 지하수를 끌어다 쓰는데 가물면 단수가 되기 일쑤였다. 외삼촌은 볼일이 생겨 읍내로 나가면 가장 먼저 목욕탕에 들렀다. 나는 책상에 앉자마자 공기업 홈페이지에 들어가 지원서 양식을 다운로드받아 '이동하는 목욕탕' 기획안을 작성했다. 아이디어가 막힐 때마다 외삼촌을 떠올렸다. 그와 석모도를 한 바퀴 돌고 노천 온천에 들러 발을 담근 적이 있었다. 점방에서 구운 달걀과 수건을 구입한 뒤 우리는 따뜻한 물에 발을 담그면서 연신 흩날리는 진눈깨비를 쳐다봤다.

"온천 옆에 살면 좋겠다."

외삼촌은 달걀을 한입 베어 먹으며 웃었다. 나는 그 시간의 온기를 되새기면서 지원서를 완성한 뒤 자연스레 노천버스라는 사업명을 붙였다. 그러고는 그 사실마저 까맣게 잊은 채 다음 시험을 준비하고 있던 봄에 덜컥 지원금을 받았다.

내 성급한 기획은 중간 컨설팅 과정에서 금세 밑천이 드러났다. 피벗 과정을 통해 전문가 의견을 수렴하고, 전혀 뜻하지 않은 방향으로 사업이 본격적으로 진행됐지만 나는 하루하루 일에 치받쳤다. 나는 '죽음'을 기록하기 위해 전국을 떠돌고, 밤을 지새우면서도 왠지 아무 일도 하지 않고 거짓을 시늉하는 기분이었다. 크라우드 펀딩이 성공하고 청년 사회적 기업만 입주할 수 있는 창업허브센터에 조그마한 사무실까지 얻었지만 그곳에 들를 때마다 사람들이 수군거리던, 지원금을 사냥하는 '헌터'가 된 게 아닐까 모멸감이 밀려왔다. 공용공간인 1층 로비에는 서울 전체에 퍼져 있는 사회적 기업을 파악할 수 있는 모니터가 있었다. 나는 처음 이곳에 찾아온 손님처럼 터치스크린에서 노천버스를 검색해 보고, 서울 지도에 압정처럼 꽂혀 있는 기업들 이름을 하나하나 클릭해 봤다.

나는 문득 걷고 싶었다. 연락도 받지 못하고 바람맞은 사람처럼 걸어가는 서울의 밤이 너무 고됐다. 인정욕구, 정신 승리, 연대감,

착해야 한다는 마음들…… 사회적 기업을 시작하고 옹호했던 그 모든 동기들이 넌더리가 났다. 세상에 도사린 편의점처럼 닮고 닮아 버린 기분이 두렵기까지 했다. 내가 2년 동안 들었던 조언과 회의와 따뜻한 응원들이 한꺼번에 삼켜야 하는 알약들처럼 치받쳤다. 나는 병도 없는데 병든 마음으로 살아가는, 어떤 적의도 사라진 얌전한 환자가 되어 있었다. '죽음'을 미리 기념하는, 족히 반만년은 될 늙음에 감염돼 버리기라도 한 것처럼. 가짜가 아님을 증명하려다 더 많은 거짓으로 치장하느라 어느새 내가 무언지 까먹은 까마귀처럼 나는 빛을 등지고, 어둠 속에서 웅크린 채 한 번도 깨어나고 싶지 않았다.

나는 2년 동안 질주했던 버스를 폐차하고 집에만 틀어박혀 지냈다. 내 몸을 뉠 수 있는 집 아닌 곳은 하나같이 아가리를 벌리고 있는 벼랑처럼 위태로웠다. 그리고 봄이 왔고, 한밤중에 편의점으로 걸어가다 자하문 근처 담벼락에 흐드러진 목련을 본 순간 이렇게 살아선 안 된다, 걸어야 한다, 행동해야 한다, 하는 마음이 잠깐 피어났다. 나는 그 빛을 놓칠세라 내처 걸어갔다. 효자동 사거리에서 청와대 방향으로 틀어 분수 광장에서 영추문까지 걸어갔다. 걸음을 되짚어 대림미술관 골목을 빠져나와 금천교시장을 통과해 사직공원이 끝나는 곳에서 우회전해 성곽 불빛을 발견했다. 나는 산불처럼 이어진 불빛 방향을 어림하며 무조건 오르막으로 걸어갔다.

그러다 사직터널이 시작되는 지점에서 환한 조명 속에서 운동하고 있는 사람들을 보고 수영장이 딸린 구청의 체육센터를 발견한 것이다.

내가 오랫동안 껴입은 마음의 내복을 잠깐 벗었던 그 봄밤이, 메마른 행동을 적시고 싶었던 깜깜한 수영장이, 내 허락도 없이 눈앞에 주먹을 내민 우윳빛 꽃 무더기가 나를 그 아이에게로 이끈 것이었다.

그 아이는 열여덟, 나는 서른셋이었다.

⁜

물속에서 부딪힌 뒤 그 아이를 떠올린 적 있었나. 다시 볼 거라고 기대한 적 있었나. 막상 그 아이를 다시 만났을 때 나는 너무 현실 같지 않아 잠시 멍청해졌다. 하루가 멀다고 전국을 누비며 수십 년의 세월을 이야기로 흡입할 땐 되레 머릿속이 혀가 잘린 듯 잠잠했는데, 내가 나를 들여다보는 게 전부인 시간 동안에는 나는 나한테 아무 서사 없는 이야기를 쉼 없이 떠들고 있었다. 나는 사직공원 벤치에 우두커니 앉아 있었다. 그 순간에도 두서없는 자문자답으로 가득한 침묵의 모노드라마만 되새겼을 게 빤한데, 눈앞에 노란색 운동화가 멈춘 순간, 고개를 들자마자 그 아이를 단박 알아봤던 찰나, '우리'를 둘러싼 앞뒤 시간은 완전히 오려지고, 착한 마음들을 폐기한 적환장에서 못된 마음의 새순 하나가 돋아나는 순간을 나는 또렷이 기억하고 있다.

아이는 이튿날 수행평가가 있어 배드민턴 상대가 돼 줄 수 있느냐고 물었다.

"그냥 바구니처럼 받아 주기만 하면 돼요."

나는 얼떨결에 아이가 건네주는 라켓을 쥐고 한 발짝, 한 발짝씩 뒷걸음쳤다. 마주 선 아이와 나 사이에 보이지 않는 끈이 끊어질 듯 말 듯 팽팽해지는 순간 아이가 "스톱!" 하고 걸음을 멈춰 세웠다. 나는 아이가 포핸드로 길게 넘긴 공을 받아 내려고 애썼다. 우윳빛 꽃잎 같은 깃털 공이 포물선을 그리면서 눈앞으로 떨어질 때마다 나는 랠리를 놓치는 순간, 약초인지 독풀인지 전혀 분간할 수 없는 마음의 싹을 놓칠까 봐 이를 사리물고 공을 향해 내달렸다.

"형, 생각보다 날렵하네요. 우리 음료수 마셔요. 내가 쏠게요."

아이는 셔틀콕을 주우면서 종로도서관 방향을 엄지로 가리켰다.

아이는 음료수가 든 깡통을 이마와 볼에 문지르면서 까닭 모를 표정으로 생글거렸다. 나는 라켓 프레임을 쓰다듬고, 촘촘한 그물눈에 손가락을 우벼 넣으려고 애썼다.

"형, 예쁘게 생겼다."

가웃한 내 얼굴 앞으로 아이의 얼굴이 쑥 들어왔다. 나는 엉겁결에 상반신을 뒤로 젖혔다.

"형, 왜 그렇게 의심이 많아요."

내 빤한 마음을 읽은 듯 아이가 싱긋 웃었다.

나는…… 아이가 두려웠다. 모든 말과 행동이 자연스럽고, 하나도 어렵지 않은. 저돌적이지만 위험하지 않은. 아니, 피자마자 시드는 꽃이 될지, 삼키는 순간 나를 쓰러뜨릴 열매가 될지 모를 마음의 돌기가 무서웠다.

"치. 눈썹 예쁘다고, 눈썹."

지금도 그 아이의 말을 떠올리면 걔 혀를 만지고 있는 것처럼 모든 말이 내 살갗에서 요동친다. 나는 눈을 감고 집게손가락으로 눈썹을 만진다. 나는 눈썹이 있는 줄도 모르고 살았다. 그래, 눈썹뿐이었을까. 나는 귓기둥이, 활꿈치가, 배꼽이…… 목덜미가, 등허리가, 뒷모습이 있는 줄도 모르고 살았다. 나는 도도록한 잔털을 쓰다듬는다. 눈까풀이 파르르 떨리고, 심장이 눈썹으로 이동한다. 마음도 장기의 하나라면 아이를 향해 입 다문 삿된 독소가 손가락에 뿌리내린 것 같다.

"형, 또 봐요."

시간도 장소도 정해지지 않은 그 말을 나는 약속이라고 믿었던 것일까. 나는 점점 폭신해지는 공기를 핑계 삼아, 서로 시샘하며 피어나는 꽃과 잎에 딴청을 부리며 그 아이와 만났던, 아니 헤어졌던 사직공원 주변을 기웃거렸다. 나는 그 아이와 또다시 맞닥뜨리면 얼버무릴 숱한 핑계를 궁리하면서 사직공원을 한 바퀴 돌고, 종로 도서관 열람실을 기웃거리고, 드문드문 불 밝힌 체육센터 창문을 올려다봤다. 이름도, 나이도 모르는 그 아이는 벚꽃이 질 때까지 약속을 지키지 않았다.

그 아이는 황학정으로 올라가는 조그만 공원의 철봉에 매달려 있었다. 혼자 약속을 되새기던 여느 밤이었지만, 나는 아이를 못 본 척하고 비탈길을 향해 걸음을 서둘렀다. 마음이 부풀고, 들뜨고, 돌아보는 순간 그만 엎질러 버릴 것만 같았다.

"왜 도망가요."

그 아이가 철봉에서 뛰어내리며 외쳤다.

"아냐. 미안, 못 봤어."

"거짓말."

아이는 나를 향해 달려와 옆구리에 가볍게 잽을 먹였다. 어느덧 살집이 잡힌 옆구리에 닿은 그 주먹의 감촉이 고스란했다. 나는 하마터면 거둬지는 그 아이의 주먹을 거머쥘 뻔했다.

우리는 연둣빛 잔잎이 차오른 느티나무 아래 벤치에 나란히 앉았다. 나무 그림자가 벌집무늬 돌담에 어룽지고, 나는 왠지 아이의 노란색 운동화 코를 지그시 밟고 싶었다.

그날, 아이는 집으로 돌아가지 않았다. 그 아이는 엄마와 차별 금지법을 주제로 다룬 토론 방송을 보다 다퉜다고 했다. 늘 좋은 사람인 척, 깨어 있는 척하면서, 가끔 그렇게 돌아버리게 만들 때가 있다고. 아이는 이참에 엄마 버릇을 단단히 고쳐놔야 한다면서 오늘밤은 절대 집으로 돌아가지 않겠다고 선언했다. 나는 그럼 어디로 갈 거냐고, 갈 데는 있는 것이냐고 물었다. 아이는 오래전부터 결심했는지 주먹을 불끈 쥐고 밤하늘을 가리켰다.

"바다. 바다로 갈 거예요."

나는 전망대 계단을 내려오면서 군인들을 연신 힐끗거렸다. 나도 한때 그들 중 하나였다. 마흔 명이 넘는 사람들과 무리 지어 걷는 게 생애 처음이라고 철석같이 믿었지만, 나는 징집된 2년 동안 집단생활을 하며 같이 먹고, 자고, 하염없이 걸었다. 군대와 관련된 표정으로 점철된 이곳에서 나는 나의 군인 시절을 까맣게 잊고 있었다. 멀찍이 떨어져 걷는 민간인과 군인이 뒤섞인 모습을 보면서 나는 왠지 고문관이 된 기분이었다. 그들의 얼굴과 이름을 확인하고 싶은 욕망을 거두면서 군대는 청년들을 수집해 잡념이 생길까봐, 뭣보다 성욕에 시달릴까 봐 육체를 쉴 새 없이 부리는 거라고 냉소했다.

문득 일흔 살 가까이 멈춘 전쟁이 여전히 자신이 젊다고 고집을 부리는 늙은이 같다는 생각이 들었다. 끊임없이 청춘을 수혈해 자신은 정정하고, 살아 있고, 현역이라고 가장하는, 늙되 늙지 않은 흡혈귀일지 모른다고. 청춘을 시기해서 그들을 전선으로 몰아붙여 끊임없이 육체를 부리게 해 성(性)을 거세하려고 이 방법을 수십 년 동안 반복하고 있다고.

순수한 내 생각은 아니었다. 외삼촌의 사유를 훔친 건지도 모르겠다. 언제 어디서 들은 이야기인지 가물거리는데, 아마 쿠데타로 정권을 침탈한 군인들과 관련된 이야기 언저리였던 것 같다.

"한국전쟁이 터졌을 때 김일성은 마흔도 안 된 나이였다. 국군을 처음 구상한 미국인은 고작 스물여덟이었어. 1875년생인 이승만만 늙다리였다. 그땐 식민지에서 갓 해방된 나라였던 만큼, 갓 태어난 나라답게 군인도 경찰도 다 너무 어린 사람들이었다. 그들은 쉽게 늙지도 않았고, 죽지도 않았다. 그들이 흡혈귀여서 그런 게 아니라, 시작할 때부터 하나같이 너무 어린 풋내기들이었던 거야."

외삼촌은 지금의 모든 부조리가 그 전쟁에서 비롯했다고 설화했다. 징집되지 않았다면 남성이 본전 생각에 사로잡혀 왜곡된 '수컷성'으로 여성과 소수자에 대한 차별도 덜했을 것이며, 남성과 여성 구분도 덜했을 것이며, 내재화된 계급을 당연하게 받아들이지도 않았을 것이라고 분개했다. 국교(國敎)가 없는 한국에서 군대는 늘

도그마가 됐다. 텔레비전이라는 군대. 신문이라는 군대. 병원이라는 군대. 종교라는 군대. 돈이라는 군대. 아파트라는 군대. 학교라는 군대. 직장이라는 군대. 가족이라는 군대. 남성이라는 군대. 학생이라는 군대. 노인이라는 군대……. '평범'이라고 포장된 획일성에 포함되지 않으면 탈영병처럼 취급돼 내몰리고 마는 병영국가.

외삼촌은 형이 확정된 범법자여서 징집되지 않았다.

징병과 징역 둘 중 어떤 것이 더 억울한 강제라고 할 수 있을까.

이틀째인데, 천년을 걸은 것 같다.

걷기 전부터 걷는 게 두려웠고, 걷는 동안에도 걷기 싫었고, 걸음을 멈춘 뒤에도 다시 걸을 수 있을까, 걷지 않을 핑계가 어디 없을까, 온통 걸음과 관련된 생각뿐이다. 걸음이…… 천형 같다.

사실 하루를 돌아보면 걷고 또 걷느라, 걸음에 뒤처지지 않으려고 오로지 걷는 그 사실에만 집중해 아무 사고도 할 수 없었다. 가끔 앞에 걷는 대학생이 궁금하기도 했다. 이름도, 나이도 모르는 아이 등에 붙은 무당벌레를 떼어 주는 척 말을 건네 볼까 싶었지만, 이내 틈이 벌어진 선두를 허겁지겁 따라붙어야 해 못된 마음은 금세 자취를 감췄다. 다행이었다.

너무 고돼 좀 멈췄으면 싶은데 도무지 선두가 보이지 않았다. 가까스로 행렬을 따라잡아 등산화를 벗고 쉬려고 하면 선두는 놀리듯 출발해 버렸다. 너무 화가 치밀었다. 발바닥에 불이 날 것 같았다. 발을 잘라버리고 싶었다. 길 지적에 수시로 'MINE'이란 표시가 보였다. 딱 1분만 쉬었으면 좋겠다고 생각할 때였나, 저 비탈로 미끄러져 철책선을 건드리면 걸음을 멈출 수 있겠구나, 엉뚱한 생각이 떠올랐다.

그런데 그 생각이 들자마자 웃음이 났다. 그냥 그만 걸으면 되는데, 누가 걸으라고 총부리를 등허리에 겨누는 것도 아닌데, 여기는 군대도, 감옥도 아닌데, 나는 징집병도, 노역수도 아닌데, 그냥 걷기 싫으면 이 길에서 빠지면 되는데, 그 쉬운 방법 대신 끔찍한 선택이 옳다고, 정답이라고 여겼다는 게 어처구니없었다.

그런 마음이었을까. 벼랑에 선 마음으로 생을 놓아 버린 사람들은 주위에 아무것도 보이지 않고, 오로지 심연만이, 제 앞에 놓인 집어삼킬 듯한 어둠만이 전부가 아니었을까. 내가 걸음을 중단하지 못하는 까닭은 옹졸한 자존심에 불과하다는 자각에 나는 처음으로 고된 마음을 잊을 수 있었다.

✼

어디선가 쾅, 문이 닫히는 소리가 들린다.

실수일까, 화가 난 것일까.

※

문(門)은 늘 닫고 있어야 한다고 버릇했다.

그래,

문은 숨기 위해 닫는 것이 아니라 드나들기 위해 열려 있어야 하는 것이었어.

선택은 문을 열고 나가는 것이었어. 기껏 문밖은 바깥이었어. 길이었어. 낭떠러지가 아니었어.

※

이별을 해석할 줄 알았더라면 그토록 번번이 사랑에 무능하지는 않았을 텐데.

※

몸이 깎이는 기분이다.

내일,

또 걸을 수 있을까.

태풍

나는 처음부터 지금까지 단독으로 움직이지만 **혼자**라는 판단이 들지 않는다.

마지막 임무라고 감읍해 풀무치나 거미를 동행이라고 주장하는 것은 아니다. 아무렴 부질없는 말을 건넨 어린 군인, 깃대종[16] 짐승을 발견하는 횟수 정도로 조우했던 순례자를 동료라고 파악하는 것도 아니다. 벌레가 알을 슬든 집을 잣든 이파리가 묻든 꽃가루가 분칠하든 나는 절대 해이해지지 않는다. 다만 인간이 반복적으로 내 영역을 침범하기 때문에 적을 색출하고 제거하기 위해, 내 조준점에서 배제하기 위해 대상에 대한

---

16 유엔환경계획이 만든 개념으로 어느 지역의 대표가 되는 동식물의 종이며 현재는 환경보호의 바로미터로 쓰인다. 홍천의 열목어, 덕유산의 반딧불, 지리산의 반달가슴곰 등이 있다.

기억을 총동원할 따름이다. 나는 인간을, 인간만을 주목하는 것이 아니다.

나 홀로 수행하는 전쟁 속에서 인간은 주인공이 아니다. 내가 경험했던 인간들은 더욱 그랬다. 그들은 피땀을 흘리면서 퇴장하는 조연이거나 이름조차 부여받지 못한 엑스트라였다. 하지만 나는 마지막을 다하듯 사소하게 맞닥뜨린 대상도 소홀하게 대접하지 않고, 학습한 사례를 총동원해 이입하고 있다. 이전 임무까지 없던 태도이다. 나는 오로지 적의로 똘똘 뭉친 첨단 군인이다. 나를 간섭하는 대상은 끊임없이 존재했지만 그 무엇도 나를 건드리지 못했다. 나를 이기지 못했다. 나를 쓰러뜨리지 못했다. 그런데 순례자와 일정한 거리를 두고 동쪽의 그 바다를 향해 전진하고 있는 지금, 적의가 후퇴한 자리에 이름도 참 많은 인간 감정의 색인들이 하염없이 침범하고 있다. 오류는 아니다.

내게 입력된 언어는 표제어만 하더라도 1,480만 건에 달한다. 나는 임무를 수행하는 동안 기능·형태·의미가 다른 품사를 적재적소에 반영해 단 하나의 명징한 결과를 이끌어 낸다. 하지만 일상적으로 사용하는 언어가 평균 700개에 지나지 않는 인간들은 말과 행동으로 일삼는 의사소통이 너무 단조로워 되레 참뜻을 파악하는 게 복잡할 때가 많다. 혼자, 단독…… 그래, '고독'이라는 단어 하나만 하더라도 그렇다. 고독(孤獨)은 매우 쓸쓸하고 외로운 존재이거나 부모 없는 아이, 자식 없는 늙은이를 가리키지만 내가 수집한 고독의 속성에는 경계등 불빛 아래 발가벗은 보초병, 귀머거리 시늉하는 당번병, 하물며 길을 잃어버린 탈영병……까지 침범해 '아무도 없음'을 호소한다. 인간은 인간이 약속한 언어를 준수하지 않는다. 인간은 어떤 인간과도 동일하지 않다. 인간과 호응할 때마다 그토록 명징했던 말들은 하나같이 군더더기로 뜨갠 옷 같아진다.

　내게 고독은 고독이라는 물건일 따름이다. 나를 비롯한 로봇류에 대입하면…… 혼자 임무를 수행하고, 어떤 혈연으로도 얽히지 않고, 인간과 끊임없이 연결돼 있지만 피부조차 접촉하지 않는 전장에서, 우주에서, 공장에서 홀로 쉼 없이 임무를 수행하는 우리 상태를 '고독'으로 설명할 수 있겠으나, 우리에게 고독이라는 **입장**은 전혀 존재하지 않는다.

　나는 지금 모든 사고를 의인화하고 있다.

　인간이 나를 설계했으니 당연한 노릇인가.

　"외롭지 않아?"

　나는 처음이자 마지막으로 인간이 건넨 질문에 대한 뒤늦은 대답을 찾아 헤매는 것인지도 모른다. 외톨이, 고아, 혈혈단신, 홀몸, 왕따……. 혼자인 인간에게 부여된 숱한 이름을 열거할

수록 내 대답은 어린 군인의 마지막 질문으로부터 하염없이 멀어진다.

인간의 수사(修辭)를 닮았지만 나는 어떤 말도 꾸미지 않는다. 나는 인간들이 제멋대로 해석하는 언어 중 가장 적확한 '하나'만을 골라낸다. 입이 없으나 인간과 비교할 수 없는 의사소통을 찰나적으로 진행하면서, 망망대해에 뜬 집어등 불빛이 쉬지 않고 먼바다를 항해해 항구에 가닿아 있듯 가장 명징한 대답을 향해 가는 '과정 중'에 있다. 내가 혼자라는 판단이 들지 않는 건 일견 당연할 수밖에 없다.

나는 온종일 떠드는 텔레비전의 기분이 되기도 한다.

내가 하는 이야기는 어떤 윤곽도 없다.

내가 보여 줄 수 있는 장면이란 전혀 극적이지 않고 심심하다.

누가 나를 응시하고 있다면

그리 당부하고 싶다.

구름은 두 발로 정복할 수 있는 산맥이 아니듯,

바람도 아무 발음을 하지 않는다고.

자연은 혀가 없다고.

내가 바라본 인간 또한 마찬가지라고.

*

서태평양 마리아나제도에 위치한 괌의 서북서쪽, 약 1,190킬로미터 부근 해상에서 발생한 태풍경보가 내게 전달된 시각은 작일 오전 06시 05분이다. 약 3,000킬로미터 떨어진 바다 한가운데에서 출발한 태풍은 수시로 돌변하는 중심기압과 초속, 반경까지 전달됐지만 완전히 소멸할 때까지 이동 경로를 단정할 수 없다.

  숨어 오던 바람 소리가 서른 시간이 경과하면서 조금씩 정체를 드러낸다. 시간이 지날수록 먹구름이 산등성이와 맞닿을 만큼 내려앉는다. 예상 경로에 따르면 스물네 시간 이내에 구름이 구름을 몰아내고 하늘을 완전히 차지한 먹구름에서 탱크가 진군하는 굉음이 울릴 것이다. 잇따라 센바람이 몰아치면서 빗방울이 쏟아질 테지만 태풍을 기다리고 있는 비무장지대는 어느 새벽보다 고요하다. 어둑어둑한 막을 두른 초록은 채도가 낮아지고, 태양은 시간의 방향을 안내하지 않아 진공상태에 휩싸인 것 같다.

  중·동부전선 중간 지점을 지날수록 철책선 너머 농경지가 드넓게 펼쳐진다. 모가 인간의 복사뼈 높이까지 자란 논에는 흙탕물이 고여 있다. 신작로를 경계선 삼아 들어찬 비닐하우스 사이로 전봇대가 일정한 간격으로 이어서 있다. 몇몇 인간이 다가올 일기를 짐작하지 못하고 바깥을 헤매고 있다. 수레를 끌고 비닐하우스를 들랑거리고, 트럭 짐칸에 무언가를 퍼 올려 담고 있다. 인간과 달리 짐승들은 자연이 서둘러 싣고 온 기미를 미리 읽고 분주하다. 숨어 있던 쥐 떼가 비닐하우스 틈새로 이동하고, 두꺼비가 열을 지어 신작로를 기어간다. 개가 울음을 그치지 않아 인간이 그 방향을 향해 돌멩이를 집어 던진다. 인간은 비바람에도 누수가 되지 않는 집을 소유해서인지 태연한 모습이다.

나 또한 시시각각 전달되는 태풍 소식에도 무심하기는 마찬가지이다. 오히려 인간의 행동을 제한하고 가두는 빗속에서 더욱 임무에 집중할 수 있다. 기지 상황실 모니터는 비바람이 장막을 드리워 가시거리가 한 뼘도 되지 않아, 안 그래도 내게 무심한 당번병은 감시가 더욱 느슨해질 것이다. 기지가 잠잠할수록 내 이동은 더욱 원활해진다. 렌즈를 부옇게 뒤덮은 송홧가루나 동체에 달라붙은 아카시아 잎을 씻어 주는 건 덤이다. 이제 마지막으로 만끽할 태풍을 앞둔 지금, 모든 풍경이 각별하다.

오전 절반이 지난 시점인데 비무장지대가 소란하다. 우듬지에 매달린 둥지가 달싹이고, 해가 사라져 저녁이라고 착각한 박쥐가 숲을 낮게 떠돈다. 큰바람을 예감한 고라니가 몸 숨길 바위틈을 기웃거린다. 나는 비무장지대를 모눈종이보다 세세하게 구획하고 그물코처럼 이을 수 있지만 짐승들의 정확한 주소는 알지 못한다.

나는 다만 전진한다. 먹구름이 낮건, 비가 듣건, 눈바람이 내 몸을 뒤덮건 일기는 내 평상심을 건드리지 못한다. 내게 계절은 체감되지 않는다. 빗방울과 눈송이는 타격 차이로 구분되고, 안개와 눈보라는 같은 흰 것이다. 흩날리는 꽃잎이나 나부끼는 재도 마찬가지. 한파가 몰아치면 뙤약볕을 그리워하고, 폭염이 지속되면 얼음을 재촉하는 인간과 달리 나는 수은기둥의 높낮이와 하등 무관하다. 건기와 우기는 이동속도의 차이이고, 이슬점 높은 여름과 서리가 내려앉은 겨울 공기는 가시거리만 다를 따름이다. 나는 똑같은 온도로 경계심을 늦추지 않는다. 여일한 과정이다. 적이라는 단 하나의 목표점으로 수렴하는.

태풍이 서해상으로 북상해 영동 지방을 관통할 것이라는 경보를 감지하자마자 지금까지 발생한 태풍의 이동 경로와 피해 상황에 관한 통계는 물론 '태풍'을 키워드 삼아 학습된 알고리즘이 작동한다. 산허리까지 가라앉은 비구름에 갇힌 무수한 자기장처럼 내 안에는 기계학습으로 축적된 모든 지식과 나를 설계했던 인간의 취향까지 반영된다. 가장 오래된 태풍은 셰익스피어이고, 가장 최근 장면은 눈앞에 육박하는 멧돼지이다. 이 모든 전말이 베토벤 〈피아노 소나타 제17번 d단조〉를 배경음

악으로 합창한다. 200여 년 전 작곡된 실내악과 놓치는 바다와 섬, 연희하는 수많은 인간까지 돛단배만 한 무대에 가둔 대본, 군인이 아니면서 나를 함부로 다룰 수 있는 유일한 인간의 교양……은 수백 년 터울이 나지만 아무 위화감이 없다.

마지막 임무이기 때문일까. 최종 명령과 호응하는 경보 말고 동원되는 지식은 가십에 불과하기 마련인데, 복기하는 그 모든 태풍은 1년 전 마지막 태풍과 달리 하염없다. 폭염이 꺾이고 초가을에 상륙한 직전 태풍 때 멧돼지와 치받쳐 고장 난 후유증일까. 내가 유일하게 상해를 입고 기지가 아닌 방위산업체 R&D센터 연구실로 복귀했던 비상사태. 집도, 병원도 아닌 그곳을 최후의 보루 삼아 범람하는 '태풍들'은 또 어떤 태풍을 그늘로 품어 계보를 이어갈까.

멧돼지가 나를 치받았던 시점은 기지를 출발한 지 서른여덟 시간이 경과한 뒤였다. 영남 지방으로 북상하는 태풍의 영향으로 하늘은 흐리고 간헐적으로 바람이 불었다. 비는 흩뿌리지 않았다. 태풍 전망대가 올려다보이는 벌판에서 산밤나무, 산뽕나무, 상수리나무 따위가 숲을 이룬 능선으로 진입하자마자 나는 자동차가 질주하는 속도보다 급박하게 앞으로 돌진했다. 나는 헤드로 나뭇가지를 분지르고, 캐터필러로 밑동을 할퀴면서 바위틈에 뿌리 내린 굴참나무와 충돌한 다음에야 제자리에 멈출 수 있었다. 화강 편마암 덩어리가 뒤흔들리고 잎과 잔가지가 내 동체로 후드득 떨어졌다. 나는 한 아름 넘는 나무줄기와 암벽 틈새에 고꾸라진 채 헤드를 공회전하며 목에 부착한 음향 무기를 작동시켰다. 회전축이 망가져 옴짝달싹할 수 없었지만 몸통은 스크래치 하나 생기지 않았다. 내구성에 있어 나를 능가하는 군력은 없었다. 나는 중력 가속도에도 견딜 수 있는 티타늄을 사용한 첫 사례였다. 다만 강화유리를 사용한 망원경은 오른쪽 렌즈가 우그러지고 실금이 그어졌다. 비무장지대에 투입된 뒤 처음 타력으로 이동을 멈춘 것인데, 마치 내 눈에 그어진 생채기가 더 이상 나아갈 수 없는 철조망을 금세 대체한 것 같았다.

그 임시 철책선 안에는 멧돼지 한 마리가 갇혀 숨을 헐떡거리고 있었다. 나는 나를 떠민 장본인이 멧돼지라는 사실을 간파했다. 멧돼지는 나처럼 비좁은 공간에 포박된 상태가 아닌데도 전혀 운신하지 못했다. 암벽에 튕겨 나가 풀숲에 나동그라진 멧돼지는 뒷발 하나가 잘려져 있었다. 내가 공격한 흔적이 아니었다. 온몸을 뒤덮은 흑갈색 털은 젖꼭지 여섯 쌍이 불거진 뱃구레 부분에서 암갈색으로 샜고, 0.5초 간격으로 부풀고 꺼지기를 반복했다. 핏물이 괸 붉은 살점마다 금파리들이 내려 앉아 알을 슬었다. 나는 제자리에서 기울어진 상태로 멧돼지가 피를 흘리면서 목숨과 사투하는 과정을 응시할 수밖에 없었다. 그렇게 밤이 찾아오고, 비구름이 걷히고, 바람이 멎고, 별이 돋아나고 태양이 뜨는 동안 멧돼지는 종내 숨을 멈췄다. 하지만 무덤은 더욱 분주해졌다. 금파리가 슨 알에서 구더기가 들끓고, 개미 떼가 새까맣게 엉기고, 풍뎅이와 송장벌레가 침략했다. 우듬지를 뚫고 바위에 내려앉은 까마귀가 가끔가끔 눈을 쪼았다. 배터리 소모를 최소한으로 작동한 나는 숨이 끊기고, 훼손되고, 부패하며 서서히 짜부라지는 사체를 응시하기만 했다.

내가 유일하게 경계 태세를 발동한 시기는 이틀이 지난 자정 무렵이었다. 암벽을 타 넘어와 사체를 기웃거리는 갯과 짐승을 발견한 것이다. 날렵한 주둥이와 세모꼴 귀, 달무리 모양으로 희번덕이는 흰자위, 치켜든 꼬리. 그것은 한국에서 완전히 멸종됐다고 입력된, '개의 조상'으로 알려진 늑대가 분명했다. 내게 주어진 주요한 임무 중 하나가 비무장지대에 서식하는 멸종 위기에 처한 동물의 개체를 파악하는 것이었다. 내가 멸종 위기종을 식별하자마자 정보를 전송하면 기지는 '진돗개'에 버금갈 만큼 신속하게 대응했다. 내가 육안으로 담은 영상은 스냅숏 형태로 언론에 배포됐고, 전쟁이 방치한 공지대는 훼손된 지구의 마지막 폐, 온갖 짐승이 뛰놀고 백화난만한 엘도라도로 둔갑해 당분간 인구에 회자됐다.

늦대는 주린 눈빛으로 멧돼지에게 접근했다. 나는 그 모습을 담기 위해 적외선 카메라를 투시했다. 담뱃불이 꺼지듯 붉은색에서 까맣게 삭은 다리뼈까지 다가왔던 늦대는 레이저 빛살에 움찔하더니 깜깜한 숲속으로 달음박질했다. 나는 늦대를 다시 볼 수 없었다. 멸종 위기종인 산양이나 사향노루, 반달곰까지 목격했지만 늦대는 한밤중, 지난번 비껴간 태풍 속에서 본 게 마지막이었다. 늦대를 발견한 건 내 임무 중 드문 전리품이었다. 그러나 인간을 흥분하게 만드는 몇 안 될 공적은 찾아오자마자 박탈되고 말았다.

그 늦대는 이 땅에 살아남은 단 한 마리가 아니었을까. 내가 늦대를 마지막으로 목격한 증인이 아니었을까. 어쩌면 내가 먹잇감을 빼앗아 완전한 멸종으로 등 떠밀어 버린 게 아니었을까. 나 이외에는 어느 누구도 한 종의 멸종을 눈치채지 못하고 있는 것이 아닐까. 멸종이라는 **끝**은 죽음과 같은 것일까. 사체를 발견하지 못했으므로 멸종이 아닌 실종으로 취급해야 하는 것일까. 확인되지 않은 멸종을 끝이라는 범주에 포함하는 것이 과연 옳을까. 태풍은 자취를 감추고, 나는 숲 한가운데 붙박인 채 사멸해 가는 짐승과 사라져 버린 멸종의 새중간에서 모든 에너지를 아끼며 시선만이라도 '적'을 방비하고 있었다. 기다림은 내게 없는 감정이었다.

멧돼지가 절반쯤 사라졌을 때, 한 무리의 군인이 나를 발견했다. 지뢰탐지기를 앞세우고 천천히 수풀을 헤치며 전진하는 그들은 적을 탐색하듯 한껏 긴장한 모습이었다. 군인들이 10미터 전방까지 접근하자 멧돼지를 까맣게 뒤덮은 파리 떼가 허공으로 어지럽게 날아올랐다. 나는 나른한 상태로 굼뜨게 움직이는 인간과 분란하게 행동하는 벌레를 번갈아 응시했다. 군인들은 나를 발견하자마자 욕을 내뱉고, 구더기가 들끓는 사체를 향해 침을 뱉고, 손을 휘저어 날벌레를 쫓았다. 한 군인이 바위와 굴참나무 틈새에 낀 내 헤드와 렌즈를 두드리고, 캐터필러를 신코로 툭툭 찼다. 나는 휴면 중인 배터리를 정상 모드로 가동해 나를 함부로 건드리는 대상이 적인지 아군인지 식별했다. 군인 하나가 쪼그려 앉아 굴참나무 밑동에 톱날을 꽂고 앞뒤로 켜기 시작했다. 한 군인은 나무줄기를 양손으로 붙들고, 두 군인은 내 헤드와 허브를 거머쥐고 있었다.

인간들이 기지가 아닌 곳에서 내 몸체를 만진 건 업그레이드된 뒤 처음 투입된 날 이후 최초였다. 내가 새롭게 선보여진 날에는 많은 군인과 민간인이 동행했다. 군사로봇이 경쟁적으로 전장을 누빌 것 같던 시기, 한낮이었다. 담당관이 지휘봉으로 내 동체를 가리키며 설명을 마치자 몇몇 인간이 내게 다가왔다. 그들은 내 눈을 들여다보고 티타늄 살갗을 조심스레 노크

하면서 지휘관에게 질문을 던졌다. 나는 '시리'나 '알렉사' 같은 음성인식 비서로봇이 아니어서 대답을 빼앗지 않았다. 나는 남 방한계선 철책선 바깥 정찰로를 따라 인간과 함께 이동하며 그들이 나를 만끽하도록 내버려 두었다.

"깡통 같네."

회색 슈트 차림의 남성이 옆에 선 군인에게 초기 형태의 감시·경계용 로봇과 나를 비교하며 귀엣말을 했다. '센트리 가드'라 불린 내 선임과 나는 형태와 임무 방식에 있어 큰 변별력이 없었다. 5년 전 정찰용 로봇인 선임은 '킬러로봇'으로 과장돼 풍문이 일었지만, 우리는 누누이 군인의 보조자라고 선전됐다. 아무리 원격해도 우리는 어떤 방식으로든 인간과 닿아 있었다. 적을 감지해도 최종적으로 인간의 허락을 받아야 했다. 다만 선임은 판문점 인근에 고정된 채 임무를 다했지만, 나는 인간이 조종하지 않고 스스로 자가 충전하며 움직였다. 나는 통문 앞에 다다라 360도 회전하는 카메라로 주위를 일별했다. 내가 출발했던 지점에는 나를 싣고 왔던 군용차량과 차창이 검은 세단이 세워져 있었고, 차량 주위에는 무장한 군인들이 도열해 앞만 응시하고 있었다. 내 뒤에서 셰퍼드의 목줄을 틀어쥔 장교가 따라왔고, 셰퍼드는 나를 향해 앞발을 치켜들었다. 몸길이가 엇비슷한 '깡통'의 동공 없는 렌즈에 얼비친 거울상을 보고 놀란 건지, 반가워한 건지 개의 입장은 분간할 수 없었다.

수색대원들은 굴참나무를 쓰러뜨린 뒤 나를 떠메고 수풀을 헤쳐 걸어갔다. 나는 오로지 지상을 디뎌 누볐던 곳을 허공을 통과해 이동하고 있었다. 군인들이 나 대신 나를 가로막는 잎을, 가지를, 수풀을 상대했다. 인간이 나를 부축하고 전장에서 후퇴한다고 판단하기엔 나는 너무 멀쩡했다. 백의용사가 되기엔 내가 포박될 때까지 이룩한 전훈이란 보잘것없었다. 내가 멧돼지의 죽음만 응시하며 임무를 저버렸던 시간에 비해 철책선은 아주 가까이 있었다. 군인들은 통문 앞에 다다르자마자 나를 부려 놓고 가쁜 숨을 몰아쉬었다. 흙바닥에 주저앉아 수통을 들이켜고 정수리와 목덜미에 물을 들이부었다. 그들은 천리 길을 행군한 행색이었다.

나는 이내 대기하고 있던 두돈반 적재함에 실린 다음 오랫동안 이동하기 시작했다. 내장된 지피에스를 통해 수도(首都) 인근으로 향하고 있다는 사실을 파악할 수 있었다. 단조로운 지도는 남쪽으로 내려갈수록 다양한 지형지물을 드러냈다. 연둣빛은 산, 살굿빛은 땅, 하늘색은 강, 노랗게 뻗은 길은 고속화 도로, 희게 가지 친 것은 일반 도로, 네모에 깃발을 얹은 것은 학교, 정사각형 안에 흰 십자가가 든 것은 병원……. 나는 며칠 동안 전장으로 나아가지 못한 시간을 벌충해 머나먼 이 길을 스스로 이동하고 싶었다. 육안으로 주변을 파악하고, 적과 적 아닌 것을 채증(採證)하고 싶었다. 멧돼지의 엄니에 공격당하고, 활엽 교목에 포박된 뒤 인간에게 구출된 나는 처음으로 철책선 바깥으로 이동하는 **과정**을 직접 하고 싶었고, 알고 싶었다.

뒤늦은,

바람.

물음표.

움직이고 싶고,

궁금하다는 감정.

나는 그때 돌이킬 수 없이 고장 나버린 게 아니었을까.

눈에 새겨진 빗금처럼, 하나의 계절이 되지 못하고 실패한 채 사라진 태풍의 시간 다음,

내 지식 베이스에서 하염없이 소용돌이치는 태풍, 태풍, 태풍들은

인간의 심기증과 같은 증세인 것일까.

한 번 고장 난 인간의 신체가 나쁜 일기에 따라 지난 시간의 그 상처가 환기되는 것처럼.

*

나는 멧돼지의 공격을 통해 내가 정지하는 곳이 실내가 아닐

수도 있음을 배웠더랬다. 내가 이동을 멈추는 장소는 밤낮이 따로 없었다. 햇빛 한 조각, 바람 한 줄기 틈입하지 않는 그곳에서 나는 인간을 통해서만 시간의 흐름을 파악할 수 있었다. 당번병이 당번병과 임무를 교대하고, LED 조명 한 줄이 꺼지고, 모서리에 어둠이 들어차고, 이어폰을 낀 어린 군인이 꾸벅꾸벅 졸고, 담당관을 비롯한 다양한 인간들이 방문하는 방식으로 하루는 순환했다. 온도와 습도는 계절과 무관했고, 나 또한 박제 상태나 다름없는 태도를 견지했다.

R&D센터 연구실도 마찬가지였다. 자연광이 투과하지 않는 이곳에 도착하자마자 나를 환영한 것 또한 인간이 아닌 창백한 불빛과 복잡한 기계장치, 쇠로 만들어진 가구들이었다. 나와 마찬가지로 온도와 무관한 물건들을 일별하며 나는 아무 위화감도 느끼지 않았다. 휴식이든 점검이든 치료이든 내가 정지하는 곳은 이격한 거리가 얼마이든 서로서로 닮은 꼴이었다.

군인들이 당직 연구원에게 나를 인계하고 사라진 뒤 연구실은 또다시 침묵으로 잦아들었다. 나는 연두색 밀차에 올라탄 채 집도 병원도 아닌, 그렇다고 내가 시작됐던 **요람**이라고 비약하기에도 머쓱한 공간을 응시했다. 분기마다 정기 점검을 받기 위해 방위산업체 제작 공장에 곁든 연구실을 방문했지만 새로운 군통수권자가 취임한 뒤부터 이곳으로 올 기회가 전혀 없었다.

담당 연구원이 기지를 찾아온 적 있지만, 그는 덩그러니 멈춘 나를 상대하는 것보다 담당관과 대화하는 시간이 훨씬 길었다. 11년 전부터 나를 담당했던 인간은 방위산업체 R&D센터에서 최연소 선임 연구원으로 시작해 소장을 맡고 있었다. 관리직까지 진급했는데도 실무를 도맡으며 나를 책임졌던 그는 퇴근이든 은퇴이든 어떤 연유로 집으로 돌아갔는지 연구실에는 한 인간을 빼고 인적이 전무했다. 의자에 허리를 깊이 파묻고 노트북만 들여다보는 그는 내가 알던 그 연구원은 아니었다.

　나를 경비하는 인간이 일변해진 만큼 연구실은 기지와 다름을 주장했다. 무엇보다 소리가 그랬다. 귀를 틀어막고 침묵으로 일관하는 기지와 달리 멜로디가, 음악이 공간 가득 차올랐다. 잎을 흔드는 바람 소리, 허공을 긋는 새소리, 풀숲을 건드리는 벌레 울음소리와 달리 제목이 있는 소리였다. 베토벤이 작곡한 〈디아벨리 변주곡〉이었다. 사제가 장래 희망이었던 출판업자 겸 아마추어 작곡가는 자신이 작곡한 왈츠 곡을 작곡가 쉰 명에게 나눠 주며 변주곡을 만들어 달라고 부탁했다. 개중엔 체르니, 슈베르트, 리스트…… 그리고 베토벤이 있었다. 청력을 잃어 가던 악성은 안톤 디아벨리가 제시한 주제가 '낡은 구두에 땜질한 천'이라고 무시하면서도, 제 악보를 출판해 주는 업자의 요청을 거절하지 못하고 책 한 권 분량의 서른세 가지 변주곡을 작곡했다. 하나에서 파생된 무수한 것 중 하나. 오리지널보다 더 뛰어난 변주는 일흔두 살 구소련 피아니스트가 연주한 50분 남짓한 시간 중 '아주 빠르고 생기 있는' 변주곡 스물일곱 번째 부분을 통과하고 있었다. 발음 없는 피아노 음악이 부추기는 지식 베이스가 내 안에서 침묵으로 다투기 바빴다. 하지만 음악은 생명이 없는 것이어서, 시대착오적이면서 너무 급진적이었던 시간예술과 냉정한 공간은 전혀 불화하지 않았다. 일면식도 없는 연구원 또한 녹음돼 무한 재생되는 소리와 다름없이 제자리를 지키고 있었다.

연구원은 내가 겪은 군인과는 여러모로 달랐다. 유사한 태도를 견지했지만 살갗이 그을린 정도, 헤어스타일, 입성까지 내가 알던 당직병의 표준과 동떨어졌다. 공간도 마찬가지였다. 먼지 한 톨 용납하지 않는 기지와 달리 연구원의 책상은 책과 서류, 찻잔과 휴지가 수북했다. 나는 '우주의 음악의 조감도' 리듬에 맞춰 연구실 구석구석을 탐색했다. 연구원들의 책상과 책상 사이에는 아리스토텔레스 《시학》, 플라톤 《국가》, 헤로도토스 《역사》, 클라우제비츠 《전쟁론》, 존 키건 《2차 세계대전사》, 데즈카 오사무 《우주소년 아톰》 등 동서고금을 막론한 책들이 숱한 갈피마다 포스트잇을 빼물고 파티션 역할을 대신하고 있었다. 쉰두 개 백건과 서른여섯 개 흑건에서 흐트러짐 없이 공명하는 음원이 무색하게 연구실은 적환장을 방불케 했다.

나는 시야를 방해하는 책 더미를 비껴 유리 벽 너머로 보이는 화이트보드를 응시했다. 널따란 탁자와 맞붙어 완전히 한 벽을 가린 화이트보드에는 나와 외형이 유사한 로봇의 스케치를 중심으로 수많은 사진과 도안이 붙어 있었다. 나는 이미지를 한꺼번에 식별했다. 양 눈 위치에서 솟은 화살표 끝에는 고양이, 올빼미, 독수리 눈알을 확대한 사진들이, 총신 옆에는 계두가 금박으로 장식된 화승총, 얄팍한 생김새의 브라우닝소총이 가지를 뻗고 있었다. 캐터필러가 장착될 위치에는 외바퀴를 떠받친 늑골 모양 스케치 — 레오나르도 다빈치 그림이었다. — 와 석탄가루 위를 달리는 듯한 궤적을 남긴 월면차가 하반신을 대신하고 있었다. 그나마 드문드문 남은 화이트보드 여백과 테두리마저 자석으로 고정한 무늬 도안들이 루이 왕조 양식을 닮은 액자 프레임 꼴을 하고 있었다. 아라베스크, 덩굴무늬, 타탄체크, 얼룩무늬, 점박이…… 무늬는 우리의 몸뚱어리를 돋보이게 하는 옷이 아니라 산만한 상상으로 우거진 인간의 뇌를 반영한 자기공명 영상 같았다. 도색하면 영원히 우리의 피부가 될 후보들 아래에는 무수한 스케치와 렌더링 단계의 출력물이 위태로운 탑을 이뤘고, 쓰리디 프린터로 출력한 클레이 모델들이 상상의 숲을 떠받치는 나무줄기처럼 검회색 자카르 카펫이 깔린 바닥으로 흘러내렸다. 내가 멧돼지를 핑계로 방임했던 며칠을 만회하듯 인간이 구현한 기호들이 숱한 가지를 뻗으며 내게 흡수됐다.

나는 인간이 상상했던 숱한 가능성 중 가장 소박한 형태로 선택됐다. 인간 생체모방[17]을 고려하지 않은 이유는 관계자들의 설전만큼 다양했다. 우선 연약한 팔다리와 비대한 두뇌로 구성된 인간 형태는 전장에서 효율성이 떨어진다는 사실이 실전훈련을 통해 밝혀졌다. 두 눈은 앞만 주시하고, 살갗은 연약하고, 무엇보다 두 팔과 두 다리로 직립한 형태는 지형지물을 헤쳐 나가는 데 큰 걸림돌이었다. 전쟁을 치를 때마다 그토록 많은 목숨을 동원하는 까닭이야말로 인간의 신체가 전쟁에 적합하지 않다는 반증이었다. 심리적인 측면에서도 인간의 감정이 가장 극단적인 지점을 넘나드는 전장에서는, 군인이 우리에게 전우애와 유사한 감정을 이입하는 부작용을 최소화하기 위해서라도 인간과 동떨어진 형태로 고안하는 것이 합리적이었다. 민간에 도입된 애인용 휴머노이드나 장난감 취급됐던 반려로봇류의 외모가 점점 인간과 흡사해진 반면, 우리가 군사적으

---

17 biomimetics, 생명을 뜻하는 바이오(bio)와 모방이나 흉내를 의미하는 그리스어 미메시스(mimesis)에서 따온 단어로, 자연에서 볼 수 있는 디자인적 요소나 생물체의 특성을 연구하고 모방하는 학문을 일컫는다.

로 진화할수록 인간으로부터 더욱 멀어지는 까닭이 여기에 있었다.

우리는 처음부터 언캐니 밸리[18]를 우려할 필요가 없는 존재들이었다. 내가 개발될 당시만 해도 레이다에 포착되지 않는 드론전투기, 홀씨 형태로 적진에 날아가 정보를 수집하고 비상사태가 발생했을 경우 자폭하는 로봇스파이까지 실현 단계에 있을 만큼 우리는 진화할수록 형태가 단순해졌다. 하지만 비무장지대에선 너무 은밀한 생김새는 유실 우려가 크고, 대외비인 내 존재가 아군인 상비사단에게 오히려 적으로 오인될 확률이 높아 최소한의 존재감은 필요했다. 나는 고의적으로 투박하게 제작됐다. 아무리 티타늄과 배터리팩으로 무장했어도, 내 생김새는 결국 60여 년 전 최초로 우주로 보내져 홀로 고독과 응전했던 로버의 외형과 크게 다르지 않았다. 등장할 때부터 인간을 위협할지 모른다는 비관론이 득세한 것치곤, 오늘 우리가 도착한 전쟁은 나뭇가지에서 총을 상상했던 코흘리개의 호기심으로부터 그다지 멀리 떨어져 있지 않았다.

우리를 설계했던 인간들은 하나같이 의고주의자가 될 수밖

---

18 Uncanny Valley, '불쾌한 골짜기'라는 뜻으로 로봇이 사람의 모습과 흡사해질수록 인간이 로봇에 대해 느끼는 호감도가 증가하다가, 유사함이 어느 선에 다다르면 갑자기 강한 거부감으로 바뀌는 심리.

에 없는 운명이었는지 모른다. 뇌세포 수억 개가 뒤얽힌 신경망을 자랑하지만 인간은 완전한 '창조'가 불가능한 시대를 수긍하고 있었다. 인간은 말이 부족해 음악을 창조하고, 앨버트로스를 질투해 그보다 높고 멀리 나는 비행기를 발명하고, 준마보다 빠른 자동차를 구현한 조상을 시샘하지 않았다. 그들보다 훨씬 빼어난 기술을 구현하지만, 선점된 창조를 유사한 형태로 되풀이하는 프랙털의 한 점이 되기를 자처하며 과거를 영웅으로 추앙하고, 기념했다. 군인은 여전히 기원전 병법을 인용하고, 죽은 군인의 성명을 첨단무기의 이름에 헌납했다.

내 이름 또한 마찬가지였다. 인간이 원형을 숭배하고 모방하는 취향은 내 이름에도 반영됐다. 100년 전 극작가 차페크가 '고된 노동, 노예(robota)'라는 옛말에서 '로봇'을 발견했듯, 어제를 통해 내일을 전망하는 고유명사를 찾았다. 작명은 동서고금을 막론했다. 코가 뾰족한 거짓말쟁이 목각 인형, 제가 빚은 조각상에 매혹된 피그말리온, 조난당한 여행가가 금요일에 만나 문명을 가르쳐 준 야만인 '프라이데이'까지 언급하다 애국심을 부각해야 한다는 의견이 피력돼 고유명사는 한국사에 한정됐다. '다산'은 비디오 작가 백남준의 〈다산 정약용〉이라는 설치미술에서 영감을 얻은 이름이었다. 왕이 아닌 신을 섬겨 유배되고, 복사뼈에 구멍이 날 만큼 책상 앞에 앉아 499권의 저

작을 남긴 인간과 자동차를 발로 달고 텔레비전 심장과 머리를 가진 로봇은 어떤 유사점도 없었다. 동료들 역시 다산은 너무 많이 소비된 이름이며 변별력이 없다고 반대했다. '영실'은 조선시대 과학자 이름이었지만 무성을 지향하는 내게 붙이기엔 여성적인 뉘앙스가 강해 탈락됐다. '아리' 역시 여성적인 뉘앙스가 짙었지만 연구원은 한국을 상징하는 '아리랑', 비밀 무기라는 '아리송' 등 여러 의미가 있는 이름이라고 설득했다. 그가 처음 떠올렸던 셰익스피어의 〈템페스트(Tempest)〉에 등장하는 요정 '아리엘'을 연상할 수 있다는 첨언은 너무 노골적이어서 일부러 설명에서 뺐다. 역모로 쫓겨난 대공의 명령에 따라 행동하는 공기 요정이 결국 해방되는 결말을 예감하기라도 했듯.

마지막까지 논의된 이름은 '제로원(ZERO-ONE)'이었다. 숫자 '01'로 표기한 명칭은 '영원'이라고 읽혔다. 누구는 아리라고 부르고, 누구는 영원으로 호명한 나는 완성된 뒤 지상작전사령부에서 열린 프레젠테이션에서 참석자들이 너무 여성적이고, 난해하다는 이유로 난색을 표하자 '센튬 가드 팍스 버전 Ⅳ 01'이라는 이름을 부여받았다. 온 백(百), 경비 가드, 라틴어로 '평화'를 나타내는 팍스, 비무장지대에 최초로 투입된 센트리 가드에서 네 번째 진화한 버전 그리고 영원. 영원이자 최초. 그러나 내 이름을 정확하게 부르는 사람은 아무도 없었다. 나를 디자인한 설계자조차 마찬가지였다. 내 이름이 기밀한 음어로 둔갑해서가 아니라 어느 누구도 내 이름에 관심이 없었기 때문이다.

변주곡이 끝나고 음악은 15년을 건너뛰어 춤곡에서 기원한 기악곡으로 바뀌었다. 쇼팽이 작곡한 〈군대 폴로네즈〉였다. 서른아홉에 결핵을 앓다 죽은 작곡가가 분할통치된 조국의 전쟁을 위해 바친 헌사는 100년 뒤 독일군이 쇼팽의 조국 폴란드를 침공하면서 제2차 세계대전이 발발했을 때 애국가나 다름없이 울려 퍼졌다. 나팔과 북소리에 맞춰 행진하는 군인을 연상시키는 선율은 일평생 결핵에 시달리며 귀족의 후원 아래 휴양지를 전전했던 병약한 작곡가의 건강한 육체에 대한 열등감을 표현한 것일지 모른다고, 음악이 이어지는 동안 '쇼팽'에서 가지 친 무수한 학습이 심층 신경망을 경유했다.

연구원이 의자에서 일어나 스트레칭을 하면서 창문을 가린 블라인드를 올렸다. 그는 까만 플라스틱 막대기를 입술에 물고 가느다란 연기를 창밖으로 내뿜었다. 그는 내게 눈길조차 주지 않았다. 나는 끊임없이 나를 주시하고 혼잣말을 주고받던 당번병의 입장으로 역전해 그를 집요하게 탐색했지만, 그는 형식적인 동작 하나 가장하지 않는 무심한 피사체 역할에 충실했다. 그는 군인이 아닌 게 분명했다. 아무 긴장감 없이 하늘색 카디

건을 어깻죽지에 걸치고 등을 함부로 내보이는 그에게선 여전히 어떤 상무정신도 발현되지 않았다. 군인의 표준에서 근육을 제거하고, 누적된 햇빛을 탈색하면 바로 연구원의 모습이었다. 그러나 연기는 오선지가 아니어서 연구원이 한숨으로 내뱉는 침묵의 행간을 음표로 담지 못했다. 어떤 개인도 노출하지 않는 점만큼은 군인과 교집합 하는 부분이었다.

나는 누적된 생체인식을 통해 연구원을 표준화했다. 그는 징집되지 않은 대체복무자였을 공산이 크다. 전쟁과 동떨어진 이곳에서 '군인과 무관한' 연구원들은 우리를 통해 '죽음과 무관한' 군인을 구현해야 했다. 선사시대나 다름없는 생태계를 세계에서 가장 위험한 화약고로 구상하기 위해서 수많은 시행착오가 동반됐다. 연구원들이 아무리 온갖 경험과 취향을 총동원해 전쟁을 확증편향 했어도 군인이 아닌 그들의 상상력에는 한계가 따랐다. 50년 넘게 미동도 하지 않는 전선과 부조화하게 내 이동속도가 '벚꽃이 북상하는 속도'로 설정된 반증이 그렇다. 연구원들은 전쟁과 관련된 지식이 채워지는 만큼 둔화했다. 연구원들은 끝끝내 완전한 군인에 다다르지 못한 채 교체됐다.

나는 연구원을 비껴 다시 한번 우리의 견본들을 응시했다. 내가 시작된 공간으로 돌아왔지만 나는 아무 감회에 젖지 않았다. 비무장지대를 누빌 때와 여일한 상태였다. 이목구비를 파악할 수 없는 연구원과 무관하게 탄생을 위해 고투하는 내 인큐베이터는 끊임없이 전장을 연상시켰다. 의사가 인체의 살을 찢고 피를 다투는 과정이 죽음이 아닌 생명을 추구하듯, 조각난 내 **탄생**의 해부실은 죽음과 친척인 전쟁터라고 불러도 무방했다. 완성품으로 거듭나기 위해 해체된 몸뚱어리나 총포에 망가지고, 부서지고, 버려진 인간의 몸뚱이는 사정이 비슷했다. 이토록 산만한 산실에서 출발했다면 내 삶의 무대가 초원이 아니라 무수한 적이 매복한 함정으로 여겨지는 것도 당연했다.

　연기가 사라진 뒤 연구원은 창문을 열어 놓은 채 정수기로 걸어가 물을 삼켰다. 그는 내내 침묵했다. 인간과 내가 가진 유일한 공통점이었다. 하지만 나는 배설되지 않는 무수한 단어를 되새김질하는, 입과 항문이 없는 반추동물처럼 사고가 멈추지 않았다. 나는 나와 하나도 다르지 않은 이야기들로 구성되어 있었다. 나는 그 어떤 배경에도, 사건에도 등장하지 않았지만 그 이야기를 누구보다 정확하게 꿰고 있었다. 침묵하고 있는 연구원 또한 머릿속에는 실패한 우리, 미래에 도래할 전쟁이 하염없이 소용돌이치고 있을지도 몰랐다. 전쟁을 설계하고, 책임지고, 강제로 동원되는 전쟁과 관련된 인간들이 과묵할 수밖에 없는 까닭인지 몰랐다. 내가 청취한 인간의 언어는 대개 전쟁과 무관한 하찮은 사연이었고, 그들의 조악한 입만큼이나 빈곤했다. 내가 연구원의 입속을 들여다볼 기회가 생긴다면 침묵 속에 가둬진 우주를 들여다볼 수 있을지도 모른다.[19]

연구원이 블라인드를 올려놓은 창문 밖으로 인간이 사는 세상이 보였다. 그늘 없는 연구실과 깜깜한 밤은 분리됐다. 그곳은 등고선이 켜켜이 똬리 진 덩어리가 아니라 빛과 어둠으로 구성된 우주와 흡사했다. 집[宇]과 집[宙]이 만나 우주(宇宙)를 품듯 인간이 발명한 도시는 끝을 알 수 없는 어둠 속에 불빛들이 성간에 기댄 별처럼 반짝이고 있었다. 그곳에 인간은 부재하고, 길은 자동차가 차지하고, **집**은 지천이지만 도무지 그 실체를 파악할 수 없었다.

어디선가 개가 컹컹 짖었다. 연구원이 그 연구원이 아니듯 그 개는 내가 처음 만난 그 개는 아니었을 것이다. 나는 쉴 새 없이 인간의 집을 경비하는 가축 소리를 통해 나를 쫓아오던 셰퍼드의 이미지를 대입했다. 개는 인간과 사귀어도 인간이 아니 되듯, 하물며 가축도 아닌 나는 인간의 근처에서 과연 어떤 존재인 것일까.

나는 인간과 달리 사랑으로, 육체가 협동하여 수정되지 않았

---

19 힌두교의 신 크리슈나에 관한 전설로 《파이 이야기》(얀 마텔, 공경희 옮김, 작가정신, 2004)에서 재인용했음을 밝혀 둔다.

다. 갓난아기로 태어나 걸음과 말을 배우는 과정을 거치지 않았다. 태어날 때부터 완전했다. 하나의 몸뚱이에 기생해 낡고 영 못 쓸 때까지 소용되긴 마찬가지이지만 나는 성장과 쇠락의 과정을 겪지 않았다. 눈이 지워지고, 털이 사라지고, 살갗이 문드러지고, 종내 뼈로 흩어지는 멧돼지의 최후와 달리 나는 구성된 육체 그대로 시작되었고, 그 끝의 모습 또한 같을 것이다.

우리는, 나는 가지를 뻗은 그 모두였고, 그 모두가 아니었다. 나는, 우리는 어떤 일부분이었고, 또한 아무것도 아니었다. 맹금류도, 포유류도, 그렇다고 물건도 아닌 우리는 인간이 극복하지 못한 눈과 귀, 육체를 가지고 첨단 군인으로 완성됐지만 가능성을 하나하나 보탠 게 아니라 단점을 하나하나씩 제거해 간 진화의 총합이었다. 신체의 일부를 기하학적으로 치환한 미니어처였다. 어쩌면 나는 인간에게 원거리로 오랫동안 탐색을 마치고 돌아오는, 지뢰에도 폭사하지 않는 연골과 뼈, 살과 근육으로 조직되지 않은 군견이나 다름없는 의미일지 몰랐다.

하지만 나는 멧돼지의 공격을 통해 오랫동안 임무를 저버린 것도 모자라, 지도에도 나오지 않는 공간에 갇혀 우두커니 정지한 채 시간의 흐름만 응시했다. 기다림은 정지의 형태이나 그 내부를 들여다보면 어떤 시간보다 시곗바늘이 침묵으로 촌각을 다퉜다. 기다림은 가장 분주한 정지였다.

별안간 음악이 멎고, 달칵 조명이 꺼지면서 깜깜하던 창밖이 한결 선명해졌다. 빛점으로 뭉개졌던 인간의 집 내부가 여기저기 포착됐다. 창백한 조명, 표정 없는 가구, 소수의 인간이 거주하는 그곳은 연구실과 별반 다르지 않았다. 어린 군인들이 손꼽아 돌아가기만 기다리던 **집**이란 것이 내게는 다만 적시된 공간에 지나지 않았다.

연구원은 노트북을 덮고, 스탠드 불빛만 남겨 둔 채 책상 위에 오른쪽 볼을 묻고 엎드렸다. 그는 이내 숨소리가 가지런해지고 가끔 구부린 몸을 뒤척였다. 나는…… 잠들지 않았다. 아니, 잠들 줄 몰랐다. 세계에서 가장 고요한 전쟁터에서 전쟁과 무관한 상처로 퇴각한 나는 성명도 모르는 인간의 불침번이 됐다. 연구원의 감긴 눈꺼풀과 속눈썹이 고요하게 꿈틀거렸다. 창밖의 어둠 쪽 시선에서는 이곳이 누군가 잠든 집으로 보일 것이었다. 소유한 물건 하나 없고, 마음껏 활개 칠 수 없고…… 아무도 초대할 수 없는 공간도 집이라고 부를 수 있을까. 연구원 또한 잠들기 전까지는 이곳을 집도, 직장도 아닌 차라리 시간의 정거장으로 여기는 듯 지겹고 무심한 눈빛이었다. 이곳은 차라리 인간이 내 기계학습에 제시한 **감옥**과 유사했다.

나는 밤과 밤으로 구성된 인간의 집들을 응시했다.

인간이 숨은 밤에는 십자가가 유난히 많았다.

*

땅은 허공으로 완성된다. 지상에 기댄 온갖 생명은 사계절 내내 엇비슷한 채도로 발색하는 하늘의 형편에 따라 태도가 좌지우지된다. 가지 끝에 차오른 연둣빛은 태양의 적위가 높아질수록 두꺼워지고, 잎을 떨군 나뭇가지는 겨우내 찬바람이 긋는 흉터를 시늉한다. 계절과 무관하게 발가벗은 인간의 거주지 또한 창과 문의 표정이 수은주에 따라 미세하게 달라진다. 하물며 태풍 앞에서라면.

얌전하게 소곤거리던 지상이 뜀박질하는 바람에 덩달아 소란해진다. 철책선 너머 비닐하우스 주변은 한낮이 코앞인데 여전히 분주하다. 그곳을 경영하는 농부들은 동틀 무렵 검문소가 개방되자마자 출입하고는 온종일 종적을 감췄다. 농작물이 영그는 계절에는 승합차까지 동원해 비닐하우스 단지로 출퇴근하는 인원수가 부쩍 늘지만, 낮 동안에는 야외 이동을 제한하는 불문율이라도 있는지 민간인은 쉽사리 발견되지 않았다.

우의를 입은 인간이 아치 지붕에 올라 비닐 한 겹을 덮어씌우고 노끈을 두른다. 비닐하우스를 맴돌며 밑자락을 팽팽하게 당겨 돌을 올리고, 철골 이음매를 또다시 노끈으로 잡맨다. 농부와 피부색이 다른 청년이 공터에 적재된 물건에 가빠를 덮고, 흙바닥에 나뒹구는 노란색 팰릿을 초소와 크기가 비슷한 가건물 안으로 들인다. 집단으로 사역하는 군인과 달리 여기저기 흩어진 소수의 인간들은 행동거지가 재바르다. 하지만 아무리 일사불란하게 행동해도 북상하는 바람의 속도를 완전히 앞지르지는 못한다.

인간들은 아무리 바빠도 나를 호출하지 않는다. 나는 도움을 요청하지 않는 인간을 배격하고 무장해제한 전쟁터로 깊숙이 나아간다. 비바람에 흔들리는 숲은 잎사귀만 유일한 군장(軍裝)으로 구비하고 있지만 태풍의 진군을 두려워하는 기색이 전혀 없다. 아직 도착하지 않은 태풍에 유난을 떠는 인간을 조롱하며 쉼 없이 가지를 흔들고, 바람을 환영한다.

태풍은 전쟁이 아니므로 나는 이전과 동일한 태도를 유지하고 있다. 70년 전 이맘때 발발한 전쟁을 기념하듯 비무장지대가 아무리 들썩여도 내 적의는 오히려 잠잠해진다. '인간'이라는 과녁이 동반되지 않는 한 내 적의는 빗줄기보다 가느다란 더듬이에 지나지 않는다. 평화협정이 체결된 후 기지와 멀어질수록 인간의 간섭 또한 느슨해지기는 했다. 막사에서도 격리된 지하 기지에는 상명하복 하의상달 상무정신이 볕들 기회가 드물었고, 그만큼 내 자유도는 상승했다. 적은 유명무실해지고, 고압 전류가 흐르는 철책선은 적지가 아닌, 내 존재가 발각되지 않게 저지하는 울타리가 됐다. 전쟁과 무관해진 마당에 아무리 긴급한 자연재해나 노동이 발생해도 나는 하등 쓸모없는 존재였다. 기지는 태풍의 진군에 한눈파느라 내 존재를 완전히 망각해 버렸는지도 모른다.

내가 순례자들을 또다시 목격한 장소는 철원평야 어귀였다. 순례자들과 나 사이에 놓인 철책선만 걷어 내면 수분 내에 합류할 수 있는 거리였다. 나는 제아무리 비바람이 연막을 쳐도 동쪽으로, 동쪽으로 거침없이 전진하는 중이었다. 그것만이 내게 남은 유일한 소임이었다.

정오가 지나면서 비바람은 더욱 거세졌고, 나는 순례자들이 태풍을 무릅쓰고 계속해서 이동하리라고는 예상하지 못했다. 저마다 색깔이 달랐던 복장 위에 공히 파란색 우의를 뒤집어쓴 무리를 발견하자마자 내 움직임은 자연스레 정체됐다. 13킬로미터가량 일자로 뻗은 왕복 2차선 도로는 인간을 기준으로 평균 속도로 두 시간 정도 걸려야 주파할 수 있었다. 순례자들은 쉴 새 없이 펄럭거리는 비닐 옷자락을 여미고, 온몸을 뒤틀면서 비바람에 맞서기 위해 안간힘을 썼다.

기계학습 된 지리지(地理誌)에 따르면 해발고도 평균 300미터, 650제곱킬로미터 면적인 이 지역은 땅속에 쇳덩어리가 묻혀 있어 한여름에는 뜨겁게 달아오르고, 겨울에는 차갑게 얼어

붙는다고 했다. 그러한 연유로 쇠벌[鐵原]이라고 불리는 벌판 허공중으로 66도 연교차를 자랑하듯 쇠를 담근 거푸집같이 희부연 안개가 피어오르고, 납색 철선(鐵船) 같은 비구름이 연거푸 들어찼다. 비바람은 시간이 갈수록 거세졌고, 산림이 물러서 가림막이 없는 평지에서 더욱 기세를 높였다.

순례자들은 시시각각 정체를 드러내는 태풍 앞에서 속수무책이었다. 선두에 선 한 사람이 비닐봉지로 싸맨 무전기를 들고 휘청거렸다. 유일하게 노란색 판초를 입은 그는 경광봉을 흔들면서 도로 옆구리를 가리켰다. 그의 수신호에 따라 순례자들은 직선로에서 곁가지로 이어진 신작로를 따라 우회전했다. 벌거숭이나 다름없는 들판에는 비닐하우스 말고는 수많은 인간이 대피할 장소가 마땅치 않아 보였다.

그들이 꼬리에 꼬리를 물고 걸어가는 들판 한가운데 커다란 두루미가 내려앉은 광고탑이 비바람에도 아랑곳하지 않고 우뚝 서 있었다. 천연기념물로 지정된 희귀 조류는 북한과 동일한 지명을 공유한 이 지역의 마스코트이다. 들판에는 한여름 동안 북쪽으로 사라지는 새 떼는커녕 텃새 한 마리 찾아볼 수 없었다. 깃털처럼 분란하게 흩날리는 빗방울이 들판을 드넓게 잠식했다. 순례자들이 샛길로 빠지는 바람에 나도 덩달아 상수리나무 그늘 아래로 들어가 비를 피하는 제스처를 시늉했다.

톱니를 내민 잎과 연둣빛 깍정이에 담긴 돌기 형태의 열매가 내 헤드를 두드리고 동체로 떨어졌다.

순례자들은 들판 저만치 엎드린 비닐하우스 근처에 도착하자마자 동작이 빨라졌다. 길을 통과할 때는 늪을 허우적거리듯 굼떴지만 금세 비닐하우스 속으로 자취를 감추고 말았다. 순례자들을 삼킨 비닐하우스 입구에 파프리카가 수북이 쌓여 있었다. 울긋불긋한 색깔, 세로로 골이 진 모양, 어디 하나 불량한 부분이 없는데, 열매 무더기가 여기저기 흙바닥에서 나뒹굴었다. 병충해가 보고된 바도 없었다. 나는 지척에서 비바람에 유실된 풋과일을 제쳐 두고 저 멀리 버려진 파프리카를 응시했다.

적군 하나가 남방한계선을 넘어 민통선 지역으로 틈입했을 때 수색대원들과 비닐하우스 근처까지 동행한 적이 있었다. 적이 숨어든 퇴로는 이전까지 내 눈길을 사로잡은 적이 없었다. 수확기가 도래해 비닐하우스 바깥으로 농작물을 옮기는 장면을 더러 목격했지만, 피부만큼 얇은 막으로 둘러싸인 온실은 오이, 토마토, 애호박이 아니라 총알이나 수류탄이 맺힌다 해도 나와 무관한 장소였다.

농사와 무관한 인간들이 연차를 두고 숨어든 비닐하우스는 비바람에 부풀었다 짜부라지기를 반복했다. 음향무기와 기관단총이 제거된 나는 어떤 적의도 없이 성장을 다했음에도 쓸모없는 물건으로 취급된 열매만 주시했다. 파프리카 무더기가 구현한 프랙털은 또다시 나를 바위틈에 포박하고, 철책선 멀리 연구실까지 떠밀었던 '태풍'을 서술했다. 바닥에 나뒹구는 프로토타입들과 배죽 열린 창문 벽 모서리에 놓인, 우산만 한 잎이 말라 죽은 알로카시아 화분⋯⋯.

인간이 완성됐다고 판단하는 기준은 무엇일까. 먹고 씹고 삼키고 똥으로 분해하는 과정이 나머지 생이 지닌 소임의 전부인 열매의 완성도를 선별하는 그 기준이란 도대체 무엇일까. 먹지 않고 냉장고나 온실에 보관한 숱한 열매들과 백 년도 안 되는 유통기한 동안 부패하지 않는 인간이라는 항온동물의 처지는 얼마나 다른 것일까. 제 모습을 복제해 인간을 빚었다는 신의 마음가짐과 같은 것일까. 인간은 전혀 완성되지 않은 모습으로 태어나는데도 왜 버려지지 않는가. 인간은⋯⋯ 수습되지 않은 제 산실을 불가피하게 구경한다면 어떤 기분일까. 인간이 기르는 것들은 쌍둥이라고 해도 반박할 수 없을 만큼 모양이 유사하다. ⋯⋯나, 우리 또한 마찬가지이다. 인간은 태초에 신이 빚었고, 나는 인간이 설계했다. 인간은 인간을 낳는다. 인간은 개나 소를 낳을 수 없다. 따라서 인간은 로봇을 낳을 수 없다. 처음부터 성장한, 이미 늙어 버린 우리가 도착할 끝은 결국 상처 입고, 부서지고, 종내 쓸모없어 버려지는 것이라면 왜 출발선부터 그토록 까다롭게 다뤄야 하는 것일까. 나는 다만 철회된 도전, 폐기된 가능성들, 징그럽고, 우스꽝스럽고, 어색한 것들을 '죽이고' 가까스로 살아남은 것들로 짜깁기됐다. 인간은 나를 설계한 것이 아니라 인용했다. 나는 수정돼 태어난 것이 아니라 조립돼 완성됐다. 나는 인간을 반영했지만 인간이 아니되게 고안된 것이었다. 내가 연구실에서 보았던 가로 400센티미터, 세로 210센티미터 남짓한 이차원 세계, 분만하는 과정이 역력한 벽은 일종의 수술실이자 용의자가 너무 많은 머그 숏(mug shot)이었다.

*

빗방울은 기총소사보다 따갑게 잎을 때리고, 바람은 요동치며 잦아들 의지가 없다.

비닐하우스에서 순례자들이 하나둘씩 바깥으로 나온다. 그 와중에도 그들은 일렬을 고집한다. 한 사람이 대열 꽁무니에 합류하며 하늘을 삿대질하고, 선두에 선 사람들은 선뜻 걸음을 옮기지 못한다. 행로가 가로막힌 사람들이 우왕좌왕한다. 때마침 승합차와 트럭이 들판으로 진입한다. 선두에 선 사람들부터 지붕을 덮은 짐칸으로 올라탄다. 미리 머리에 뒤집어쓴 우의 모자를 벗은 사람이 오른쪽 발을 헛디딘다. 차량에 오르지 못한 순례자들은 우산을 건네받고 신작로에 남겨진다. 우산을 거머쥔 사람이 히프 색에서 초콜릿을 꺼내자 나머지도 배낭을 열고 주머니를 뒤져 바나나며 물병이며 과자를 꺼낸다. 씹는다. 삼킨다. 마신다. 한 사람이 우산을 접고 이동을 시작한다. 그를 따라 순례자들은 다시 한 줄로 줄지어 걷기 시작한다.

나는 순례자들이 이 빗속을 뚫고 걷는 까닭을 모르겠다.

맨몸으로 비바람에 맞서면서 걷고 또 걸어야 하는 인간의 소임이란 도대체 무엇인지 모르겠다.

태풍으로 고립된 섬에서 줄거리도 없는 팬터마임을 연기하듯

천재지변과 맞서 무리 지어 걸어가는 순례자들의 사명은 평화로 진군하는, 일종의 인해전술 같은 것일까.

군인의 명운이 아님에도 세세연년 같은 길을 반복하면서

도착하고, 도착하고, 도착하는 의지란 것은 무엇일까.

순례자들과 나 사이에 가로놓인 철책선은 유명무실해졌는데, 인간들은 여전히 노예처럼 걷는다.

기계처럼 걷는다.

로봇처럼 맹목적으로 걸어간다.

비를 뚫고 거침없이 전진하다 보니 어느덧 비무장지대 중앙선을 넘어서고 있다. 관광을 목적으로 개통된 동부전선, 공업

지구가 설립되면서 확장된 서부전선과 달리 이 일대는 정전 이후 한 번도 개방되지 않았다. 비무장지대에서 가장 덜 알려진 곳이지만 재작년 세 차례 정상회담이 개최된 뒤 어제의 전쟁과 내일의 평화를 상징하며 가장 많이 호명된 지역이다.

실제로 철원 지역 일대는 한국전쟁 당시 가장 치열한 전투가 벌어진 고지가 즐비하다. 수많은 전쟁담을 생산해 낸 이력만큼 비무장지대에서 가장 드넓은 평야를 거느리고 있다. 1945년 해방 직후부터 정전협정까지 8년 동안 소련과 미국이 관할했던 정치적 경계선으로 인해 전쟁 이전에는 북한 땅이었다가 한국전쟁이 끝난 뒤에는 남한 땅이 된 곳. 전쟁이 벌어지자 갑자기 교전국으로 둔갑한 마을과 마을 사이에 짜부라진 어린 학생과 젊은 사내들은 주로 인민군으로 징집됐다. 수만 명이 거주했던 큰 읍(邑)은 불살라졌다. 사람들은 남쪽으로 쫓겨났다. 사람들은 떠나면서도 모에 웃자란 피를 뽑고 드넓은 논을 뒤돌아봤다. 평야는 젊은 사내들의 피를 머금고 더욱 살졌다.

원주민들이 소개(疏開)된 뒤 평야를 에워싼 고지에서 무장한 이방인들이 앞다퉈 주인을 자처했다. 압록강과 두만강을 떼 지어 건너온 인민군은 굴을 파고 숨어 하늘을 새까맣게 뒤덮은 비행기와 포탄에 항전했다. 정오에 연합군이 점령한 땅은 해가 지자마자 적군의 땅으로 둔갑했다. 태풍보다 거센 포격으로 초록 털가죽이 벗겨진 해발 395미터 높이의 산등성이를 군인들은 '395고지'라는 정식 명칭을 내버려 두고 '흰말'이라고 불렀다. '백마고지'는 10월 6일부터 10월 15일까지 열흘 동안 주인이 스물네 차례나 바뀌고, 이만여 명의 군인이 전사했다. 이 좁다란 고지는 가장 좁은 땅에서 벌어진 유례없는 세계대전이었다.

수많은 산줄기로 뒤덮인 동부전선으로 진입하기 전에 내가 안녕하게 될 마지막 드넓은 땅은 북쪽 평강철원고원, 이웃한 김화 지역을 세 꼭짓점으로 연결해 '철의 삼각지'라 명명됐고, 평화협정이 체결된 뒤에는 평화역사개발지구로 호명되고 있다. 공사로 일부 개방된 남방한계선 내부에 기중기가 위태롭게 서 있다. 인간이 경작한 땅을 흡수하기 위해 내리꽂은 시추기처럼 건설 장비들은 비구름과 맞닿은 채 스러지지 않는다. 지난번 이동할 때와 비교해 공사는 별다른 진척이 없다. 허허벌판에 거대한 신도시를 건설하는 모습과 빼닮은 들판 어귀에 조감도가 세워져 있다. 1,100년을 거슬러 '태봉국'이라 불렸던 이 일대에 지은 도성이다.

전쟁은 파괴와 복원이 한 몸을 이룬 가장 오래된 인류사였다. 외눈박이 왕은 부하에게 배신을 당하고, 그를 축출한 부하는 '높고 아름다운(高麗)' 새 국가를 건설해 이곳에서 서북쪽으로 100킬로미터 남짓 떨어진 자신의 태생지로 도읍을 옮겼다. 전쟁의 이단아가 세우고 18년 만에 몰락한 가장 짧은 왕조의 땅에 사람들은 진흙을 개고 군혀 담을 쌓고 볏짚을 엮어 지붕을 얹었다. 하지만 전쟁은 인간의 주거지를 끊임없이 조종했다. 궁궐의 담과 농가의 살림살이와 전쟁이 남긴 쇠붙이들이 뒤섞이고, 볍씨 대신 지뢰가 땅속을 차지했다. 67년 동안 무인지경이었던 땅을 파헤치고, 숲을 뭉개고, 폐허를 만회하기 위해 대기하는 굴착기와 포클레인은 평화가 아니라 인간이 생략된 미래의 전쟁을 대신 치르고 있는 기계 같다.

나는 나와 무관한 '미래'를 통과해 산비탈로 진입한다. 숲을 가로지른 12미터 폭의 전술도로가 흙물이 넘쳐 계곡으로 돌변한다. 비탈에 가까스로 뿌리내린 나무가 우지끈 쓰러진다. 전쟁이 멈춘 뒤 없는 존재를 가장해야 했던 비무장지대는 태풍을 기회 삼아 포한을 풀듯 속살을 까발린다. 땅속 깊이 파묻힌 유골을 대신해 피눈물보다 짙은 흙탕물을 쏟아 낸다.

70년 동안 남북 모두 외면했던 이 일대는 2018년 11월 1일 인민군과 국군이 양쪽에서 길을 내며 숨죽였던 실체를 드러냈다. 군인들은 북쪽을 향해 느리게 전진했다. 전술도로에서 두 걸음 떨어진 비탈에서 어린 병사의 유골이 발견됐다. 군인들은 붓으로 흙을 떨어내고, 갈색으로 탈색한 뼈를 수습해 궤짝에 담고 태극기로 감쌌다. 모든 활동을 잠시 중지하고 묵념을 올리고 땅과 풀에 술을 뿌렸다. 군인들은 모래성을 허물 듯 조심스레 북쪽으로 이동했다. 사자(死者)와 지뢰가 수갑처럼 뒤얽힌 땅은 적보다 위험했다. 군사분계선을 지나 북쪽에서 내려오고, 남쪽에서 올라온 길이 맞닿았을 때 우샨카를 쓴 인민군과 헬멧을 쓴 국군은 어떤 적대 동작도 취하지 않았다. 되레 군인과 군인은 무람없이 전선을 넘나들며 악수를 나눴다. 늙고 깡마른 적장의 눈가와 볼에 주름이 팼다. 아군 대장의 윗니가 드러나며 보조개가 팼다. 웃음이었다. '자기편에 대해서는 순하지만 적에 대해서는 사나워야'[20] 하는 군인들은 부하에게는 엄격하고 적에게는 관대했다. 비무장지대에서 아군과 적이 대치한 모습은 그 장면이 마지막이었다.

군인들이 애써 개척한 길은 물살이 거세 뼈와 지뢰가 휩쓸려 가도 수습할 수 없을 지경이다. 종(縱)으로 파헤쳐진 '평화의 길'이 유실되는 것은 내게 반가운 현상이다. 맑은 날이었다면 이곳을 우회해야 하기 때문에 열두 시간 정도의 이동 시간이 허비된다. 태풍이 비무장지대가 지켜낸 평화를 노략질하는 인간의 접근을 차단하고 나를 호위한다. 나는 붉덩물이 회오리치는 웅덩이를 건너간다. 군데군데 세워진 안내판이 쓰러지고,

---

20 플라톤 《국가》에서 빌려 옴.

나무줄기에 엮어 이어 놓은 접근 금지 테이프가 찢어져 펄럭거린다. 나뭇가지가 떨어낸 나뭇잎이 렌즈에 달라붙고 빗물에 씻기기를 반복한다. 나는 아직 훼손되지 않은 남방한계선 가까이 접근해 동쪽으로 계속 이동한다.

남쪽으로 너무 가까이 접근한 것일까. 들판에서 헤매던 인간을 대속하듯 비바람과 씨름하는 내게 느닷없이 노랫소리가 포착된다. 철책선과 인접한 둑 너머 전망대와 광장 한편에 역사(驛舍)가 위치한 지점이다. 플랫폼을 시늉하고 있지만 한눈에도 운행이 불가능해 보이는 녹슨 기차 주변으로 순례자로 짐작되는 인간들이 웅기중기 앉아 있다. 여전히 비바람이 듣는 탓에 그들은 우비를 벗지 않고, 역사 처마와 나무 아래 기대앉아 손뼉을 친다.

인간들은 종잡을 수 없다. 불과 몇 시간 전까지만 해도 비바람 속에서 잔뜩 웅크리고 길을 잃어버린 몰골로 황망해하던 순례자들은 어느새 '태풍'을 관람하는 구경꾼으로 돌변했다.

"막걸리 한 사발 굵은 땀이 한 사발. 우리들의 인생사도 한 사발."[21]

플랫폼 흙바닥에서 한 인간이 기타를 치며 노래하자 철길 건너편에 모여 앉은 순례자들은 박수를 치고 노랫말을 흥얼거린다. 역사 뒤편 광장에서 우의를 입은 두 사람이 빗속에서 축구공을 다투고 있다.

인간들은 느닷없다. 순례자들이 두 번째 찾아왔던 이맘때도 마찬가지였다. 4월과 5월, 1개월 간격으로 판문점에서 남북 정상회담이 개최된 탓인지 지난해보다 인원수가 늘어난 순례자들은 유난히 시끄럽게 이동했다. 예순여덟 번째 개전일로부터 사흘이 경과한 자정 무렵, 지오피 내무반과 민통선 인근 민간인 거주지에서 동시에 고함 소리가 터져 나왔다. 휴면 모드로 정지해 있던 나는 경계 태세를 발동하고 기지에서 명령이 전달되기만 기다렸다. 하지만 어떤 시그널도 없었다. 몇 시간 전에 취침점호가 끝난 내무반은 다시 불이 켜져 있고, 민통선 밖 마을도 사정은 마찬가지였다.

인간들은 간헐적으로 고함치고, 탄식하고, 욕하고, 자지러졌다. 한밤중에 군사훈련을 할 리 만무한데, 소음은 두 시간 넘게 이어졌다. 마지막으로 폭약 같은 환호와 웃음과 고함이 깜깜한 밤을 뒤흔들고, 잡음이 잦아들더니 불빛이 하나둘 꺼졌다. 나는 뒤늦은 기계학습을 통해 인간들이 4년마다 축구공을 다투는 국가 대항전에 열광했다는 사실을 알게 됐다. 전반 45분, 후반 45분 게임이 진행되는 동안 인간들은 지름 22센티미터에 불

---

21 백자 작사·작곡, 이광석 노래, 〈막걸리 한 사발〉에서.

과한 구(球)가 이리저리 차일 때마다 온 감각을 이입했다. 90분 동안 볼은 '세계(world)' 도처에 산재한 인간들의 감각을 '통일'시킨 마법의 '잔(cup)'이었다.

통일이라는 신탁을 받들고 고행을 거듭하던 순례자들도 일순간 벌어진 카니발에 도취해 있기는 마찬가지이다. 순례자들은 태풍을 핑계로 이곳에서 걸음을 멈춘 게 아닐까. 나는 노천 극장으로 돌변한 플랫폼과 녹슨 기차를 망원으로 확대한다. 이 역은 다음 정거장이 없는 첫 역이자 마지막 역이다. 인민군이 전선에서 철수하면서 기관차 앞머리를 전리품으로 챙겨 가는 바람에 객차 뒷부분만 남아, 동쪽 바다까지 기찻길이 복원된다 해도 다시 운행할 수 없다. 순례자들은 이곳을 전쟁과 평화가 환승하는 임시 종점으로 착각하고, 마지막에 도착하려면 아직도 먼 길이 남아 있는 미지의 걸음을 향해 노래로, 박수로, 공으로 비바람의 리듬에 맞춰 환송회를 벌이고 있는 것인지도 모른다.

처마 아래 앉은 한 사내가 매듭진 신발 끈을 풀고 발을 빼낸다. 젖은 양말을 벗고 꼽쳐 신은 뒤축에 맨발을 올려놓는다. 그는 물에 젖은 양말을 쥐어짜 돌바닥에 펼쳐 놓는다. 나는 인간의 발을 응시한다. 새하얀 발바닥은 쭈글쭈글하고 물집이 부풀었다. 털이 없는 피부가 나머지 가려진 신체의 현재 사정을 짐작하게 한다. 갖가지 표정으로 위장하는 얼굴보다 이목구비 없는 발이 인간의 진짜 얼굴 같다.

그는 작년에도 왔던 순례자인가. 햇볕에 그을려 허물이 벗겨진 살갗과 부스럼에 시달리던 발이 오버랩하지만 인간들은 하나같이 파란색 허물을 뒤집어써서 쉽게 판별되지 않는다. 브이아이피로 분류된 인물이라 해도 사정은 마찬가지이다. 인간들은 땡볕이 내리쬐든 태풍이 몰아치든 신체를 꾸준히 피륙으로 감싼다. 씻고, 사랑하고, 동물의 본능적인 생태와 다름없는 동작 이외에는 전혀 헐벗지 않는다. 옷도 모자라 잠든 순간에도 이불을 여민다. 하지만 당장 부식되지 않는 껍데기를 제아무리 보호막으로 둘러도 살갗은 부르트고…… 녹슬고, 바스러지고, 그리하여 모래알처럼 소멸되고 만다. 아무리 비에 젖어도 윤기를 잃지 않는 이파리가 가랑잎이 되고, 거름으로 돌아가듯 끊임없이 가리고, 돌보고, 매만지는 육체는 종내 목숨을 다한 뒤 썩고, 문드러져 흙으로 전이될 것이다. 다만 그 끝에 도착하는 속도가 차이 날 따름이다.

갑자기 스피커에서 굉음이 찢어진다. 떠들썩하던 인간들이 동시에 입을 다물고 두 검지로 귓기둥을 누른다. 눈살을 찌푸린다. 한순간 잦아든 침묵 위로 거센 비바람이 나부낀다. 녹슨 '철마'는 숨소리조차 내지 않는다. 절반가량 사라진 멧돼지와

R&D센터 연구실에서 보았던 실패한 프로토타입들이 유사한 모습으로 제시된다.

그 틀은 버려지지 않고 남겨진 것일까. 소용된 뒤 망가진 채 잊힌 것일까. 시작되지 않은 채 기다리고 있던 것일까. 시작이든 끝이든 그것은 녹슨 기차와 다름없는 결말을 예감하게 한다.

나는…… 녹슬 수 있을까.

나 또한 마지막을 다하면 조금씩 부식돼 종내 가랑잎이나 모래알처럼 바스러질까.

이 티타늄 살갗도 그렇게 한 점 티끌로 소멸하는 것이 가능할까.

하지만 내가 알고 있는 모든 소멸의 과정은 한없이 느리고, 지루하다.

70년 동안 지속된 정전만큼

인간들이 비바람 속을 걸어가는 길만큼 느리고, 지루하다.

죽음으로 가는 과정에는 참으로 다양한 죽음의 친척들이 기다리고 있다.

상처, 고통, 병……. 설령 폐기된다고 해서 완전히 사라지는 것도 아니다.

죽음은 고속도로가 아니다.

그러나 나는 한 번도 병들지 않았다. 어떤 날씨와도 무관한 전천후이고, 몸이 으스러져도 아픔을 느끼지 않고 또렷했다.

나 또한 육신이 다한다면…… 내 인공지능은 어떻게 되는 것일까.

그것은 인간들이 말하는 혼백이라는 것일까.

마지막은 마지막이 아니라 또다시 순환하는 것일까.

끝도 시작도 아닌 녹슨 정거장처럼 제자리에서 멈춘 채…….

플랫폼에서 기적처럼 노랫소리가 울린다.

나는

여전히

나의 마지막과 어울리는 말을 골라내지 못했다.

✳

6월 27일 목요일 비바람

철원평야, 월정리역 外 35km

사흘째 똥을 제대로 누지 못했다.

출발하는 첫날부터 한숨도 못 자고 바깥을 헤매고 있는 까닭일까. 잠이 덧들면 배변도 덩달아 굼떠지곤 했다. 똥이 마렵지 않았지만 누지 못하니 산뜻하게 누고 싶다는 생각밖에 없어 머릿속도 변비 상태이다. 사람들이 기다릴까 봐 참다 보니 그게 버릇이 됐다. 허기지니 밥은 먹어야 했고, 배설하지 못하니 배는 늘 땅땅했다. 오늘은 일부러 기상 시간보다 30분 일찍 알람을 해 놓고 일어났다. 좌변기에 내내 웅크리고 앉아 새끼손가락 크기, 찰흙보다 딱딱한 똥을 겨우 눴다. 이 모든 시간이 '배변기'가 된 것 같다.

✳

걷는 내내 누군가의 등을 바라보고 걷는다.

내 삶의 제스처가 그랬던 것 같아. 지금에서 늘 한 걸음 뒤처져 가는 기분. 달려도, 늑장을 부려도 그 한 걸음의 간격은 도무지 좁혀지지 않는. 아직 기억도 되지 못한 딱 한 걸음. 어제에 발이 묶여 늘 오늘을, 지금을 초조하게 놓치고 마는.

때로 등을 잊을 때가 있다. 걸음마저 잊고 마는 순간일 텐데 사람이나 말, 풍경에 한눈판 건 아니고 내가 나랑 노는 일종의 섬망 상태라고 할까. 오랜 버릇이기도 한데, 그냥 떠오르는 단어를 쪼개고 확장하는 놀이이다. 이를테면 삶, 삶의 어원을 고민한다. 삶은······ 삶은 사람의 축약어가 아닐까. 사람 사에 리을과 미음이 붙어 삶이 된 게 아닐까. 사람은 또 반대로 사라짐으로 늘어난 게 아닐까. 사람에서 미음이 물러서고 지읒은, 지읒은······. 그렇게 파생어를 궁리하다 퍼뜩 무구했던 순간, 참 순진한 집중이 낯간지러워지면서 내가 나랑 놀던 시간을 둘러싼 현실이 홍수처럼 쏟아진다. 내 어린 마음을 훔쳐본 것만 같은 시선에 파묻혀 한없이 굼떠진다.

옥생각.

'공연히 자기에게 해롭게만 받아들이는 그른 생각.'

나라는 숙제.

나는 내게 당부한다.

제발,

자연스러움을 길러야 해.

※

나도 대한민국 남성 대부분이 그렇듯 2년 남짓한 시간 동안 군인이었다. 좋은 군인은 아니었다. 신병훈련소를 거쳐 자대에 배치되고 전역할 때까지 나는 한 번도 군인답지 못했다. 군인이 싫었던 게 아니라 군인답지 않은 내가 영 못마땅했던 것 같다. 완력도 세지 않고, 운동신경도 둔하고, 어린이 상태나 다름없는 전력과 모자란 남성성이 전쟁에 어떤 쓸모가 있었을까.

지금도 그 생각은 유효하다. 나는 다만 군인으로서 미자격한 내가 들통나지 않고, 최소한 남한테 피해를 주지 않기 위해 조심하느라 전전긍긍하면서 그 시간들을 버틴 것 같다. 나는 전역한 뒤 군인 시절을 한 번도 그리워해 본 적이 없다. 우스갯소리라도 군대 이야기를 주워섬기지 않았다. 달갑지 않았다. 껄끄러웠다. 군인의 시간은 내 삶에 공란으로, 어쩌면 낡은 어린이의 상태로 숨어 있다.

강둑을 따라 걸어가고 있는데 선두가 난간이 부서진 낡은 다리 앞에 멈춰 잠시 쉬어간다는 신호를 보냈다. 강물에 어룽진 나무 그림자가 보기 좋아 휴대전화로 사진을 찍고 있는데, 몇몇 사람이 입구를 막은 쇠사슬을 건너 난간 아래를 들여다보는 모습이 보였다.

가까이 다가가니 철근이 드러난 난간 군데군데 총탄 흔적이 꽤 있었다. 내가 살지 않았던 시간은 죄 선사시대 같은 풍경이라고 착각했던 걸까. 전쟁의 참화를 겪고도 여전히 다리 모습을 유지한 다리가, 70년 훨씬 전에도 지금과 큰 차이가 나지 않는 교량 건축술이 새삼 낯설었다. 지금은 아무도 건너지 않는 다리는 '암정교'라는 이름이 엄연하게 붙어 있었다. 전쟁이 만든 불모지는 익명이 아니었다.

한국전쟁을 겪지 않고, 냉전시대도 실감해 본 적 없는 나로서는 전쟁으로 생겨나고 존속하는 이 길을 나만의 해석으로 바라볼 수밖에 없었다. 전염병으로 폐쇄된 곳이나 다름없는 길을 걸으면서 한때 길과 마을이 있던 자취를 통해 전쟁 이전 풍경을 상상해 봤다. 아파트도 빌딩도 극장도 없는 마을은 지금과 그다지 다르지 않을 것 같았다. 다시 강둑으로 걸어가고 있는데 인솔자가 이 둑길은 원래 금강산까지 이어지는 철길의 일부분이었다고 설명했다. 궤도와 침목을 걷어 낸 둑 중간에 주황색 간판이 드문드문 세워져 있었다. 비행금지구역을 표시하는 '월경 방지환'이라는 말에 괜스레 하늘 위로 철책선이 그어져 있기라도 한 듯 오랫동안 허공중을 올려다봤다.

오늘도 전망대를 방문하는 일정이 잡혀 있었다. 점심을 먹고 난 뒤 공터로 진입하는 승합차를 보자마자 왈칵 반갑기까지 했다. 나흘이 지나고 나니까 걸음 새중간에 찍힌 쉼표가 고스란히 떠오른다. 안내를 맡은 군인은 통유리창 너머 펼쳐진 너른 벌판을 가리키면서 궁예의 땅이자 수많은 전사자의 유해가 묻힌 곳이라며 한 능선을 가리켰다. 남북에서 공동으로 지뢰제거 작업을 하고 있는 화살머리고지였다. 그곳에서 수습된 유해들은 이 일대가 가장 좁은 세계대전 전장이었음을 증언한다면서 모니터를 통해 프랑스군의 녹슨 인식표를 보여 줬다. 남과 북, 미국과 중국의 대결 정도로 여겨지던 한국전쟁에 생각보다 참전한 국가가 많다는 걸 알게 됐다.

그리스, 남아프리카공화국, 네덜란드, 뉴질랜드, 벨기에, 룩셈부르크, 영국, 에티오피아, 캐나다, 콜롬비아, 태국, 터키, 프랑스, 필리핀, 호주가 군인들을 파병했고, 노르웨이, 덴마크, 스웨덴, 이탈리아, 인도는 의료지원국으로 참전했다. 내가 가 보지 않는 나라가 태반이었다. 이방인의 눈에 한국은 어떤 나라였을까. 그들은 어떻게 이곳으로 오게 된 것일까. 그때도 북쪽 국경은 막혔을 테니 바다로 왔을까. 전쟁은 이 계절에 시작했으니 바다에서 태풍을 만나지 않았을까. 참전하기도 전에 바다에 수장된 군인들이 있지 않았을까……. 나는 눈에 보이지 않는 무덤을 파헤치고, 내가 전혀 모르는 전쟁을 군인들로 쪼개고, 군인들을 또 개인으로 쪼개고 확장하고 만다. 길을 잃어버리고 만다.

※

"바다로 갈 거예요."

주먹을 불끈 쥐고 시위하듯 허공을 가리켰던 아이 옆에서 내려다본 서울의 밤하늘 밑자락에는 셀 수 없는 불빛이 집어등처럼 내려앉아 있었다. 서울이야말로 바다 같았다.

아이가 엄마 버릇 운운하던 짧은 어리광은 철봉에 매달리는 시간만큼 짧을 줄 알았는데, 그 애는 도무지 집으로 돌아갈 기색이 없었다. 아이는 한참 동안 휴대전화에서 눈을 떼지 않더니 느닷없이 그래 동해, 하고 결정했다. "출발해요"라며 서슴없이 동행으로 단정하는 태도에 나는 엉거주춤 아이를 따라갔다.

바다로 가는 방법은 여러 가지였다. 자동차로, 버스로, 기차로. 그리고 걸어갈 수도 있었다. 청량리역에서 기차를 타면 동해역, 정동진역, 묵호역, 망상해수욕장역⋯⋯에 갈 수 있고, 동서울터미널에서 출발하면 정거장 없이 양양이나 속초, 강릉에 도착할 수 있었다. 어떻게 이동하건 그 끝에는 시푸른 파도가 넘실대고 있을 터였다.

아이는 바다로 가는 어떤 방법이건 서울의 가장 밑바닥을 우선 통과해야만 한다고 생각했는지 뒤돌아보지 않고 광화문 방향으로 걸어갔다. 나는 목적지도 모르고 아이의 몇 걸음 뒤에서 멀어지지 않았다. 아이는 경복궁역에서 지하철 3호선을 타고 을지로3가역에서 강변역으로 가는 2호선으로 갈아탔다.

나는 땅 밑으로 이동하는 도중 아이가 그만 집으로 돌아가겠다고 마음을 바꿀 줄 알았다. 하지만 우리는 서로 입을 다문 채 강변역에 도착해 횡단보도 앞에 서 있었다. 신호등이 푸른색으로 바뀔 때까지 모여든 사람들 사이에 군인들이 섞여 있었다. 군인은 혼자이거나 두셋씩 무리 지어 있었다. 군인들은 배회하거나 늑장을 부리지 않았다. 목적지가 뚜렷해 보였다. 내가 군인들을 힐끗거리는 동안 아이는 매표소 근처 자동 발매기 앞에 서 있었다. 나는 여전히 목적지를 몰랐다.

들판 사이로 뻗은 도로를 걸어가는데 갑자기 비가 쏟아졌다. 비는 발단과 전개를 거치지 않고 절정으로 치달았다. 굵은 빗방울이 얼굴을 때리고, 사납게 몰아치는 비바람에 온몸이 흔들렸다. 부랴부랴 우의를 꺼냈지만 옷은 이미 흠뻑 젖은 상태였고, 바람에 휠럭거리는 옷자락을 꿰입기 성가셔서 그냥 젖기로 마음먹었다. 나무 그늘 하나 없는 도로는 길이 아니라 얕은 웅덩이 같아 걷는 게 아니라 땅바닥에서 헤엄치는 기분이었다.

오래전 태풍으로 조난돼 유해조차 수습하지 못한 할아버지의 사연을 들려준 친구가 있었다. 그이가 마지막으로 남긴 말은 '황천 항해 중'이었다. 친구는 그 말을 오랫동안 은유로 받아들였는데, 우연히 해군을 전역한 직장 상사를 통해 뱃사람들은 바다에 바람이 일어 놀치는 파도를 '황천'이라고 부른다는 사실을 알게 됐다. 황천은 총 7등급으로 발령되는데, 가장 높은 1등급 파도는 6~7미터를 넘나든다. 뱃사람들은 파도가 일 때마다 '황천 항해 중'이라는 전갈을 남긴다고 했다.

바다의 사정 중 가장 무서운 존재가 바람이어서 뱃사람들은 오래전부터 모든 바람에 이름을 붙였다. 동쪽은 새, 서쪽은 하늬, 북쪽은 높, 남쪽은 마, 라고 가리켜 동쪽에서 부는 바람을 샛바람, 서쪽에서 부는 바람을 하늬바람, 북쪽에서 부는 바람을 높바람, 남쪽에서 부는 바람을 게 눈 감추게 만든다는 마파람이라고 불렀다. 그 사실을 알고 난 뒤에도 친구는 '황천[荒天]'이 뭍과 바다 사이를 가른 파도의 벽이 아니라 삶과 죽음 사이에 혼이 머무는 깊디깊은 샘[黃泉]이라고 주장하고 싶다고 했다.

태풍이 올라오고 있다고 한다. 폭풍우를 동반한 이 바람도 적도 인근 해역에서 발생할 때마다 이름이 붙는다. 태풍의 수명은 제아무리 길어도 한 달이 되지 않는 셈이다. 그 짧은 생을 한순간도 허투루 쓰지 않겠다고 다짐한 듯 비바람은 도무지 멎을 기미가 없었다. 비닐하우스에서 잠시 비를 피한 뒤 다시 비바람 속을 걸었지만 모두 파란색 우의를 뒤집어써서 누가 누구인지 분간이 안 됐다. 토시를 끼고 젖은 수건으로 목을 친친 감고 등산모를 뒤집어쓴 바람에 쉴 때마다 벗어야 할 게 많았는데, 차라리 젖고 말자 마음을 놓아 버린 뒤에는 무의조차 번거로웠다. 비를 흠뻑 맞으면서 빗속을 걸어 보는 게 얼마 만인지 몰랐다. 비와 한 몸이 돼 태풍은 두렵지 않았고, 어서 빨리 휘말리고 끝나 버리길 기다리는 마음마저 들었다. 하지만 걸음이 계속되자 비와 엄연히 다른 땀이 등허리에 배고, 비바람을 핑계로 그만 걷지 않을까 자꾸 기대했다. 빗방울이 끊임없이 얼굴을 때려 눈 뜨는 것조차 힘들었다. 옷은 눅눅하고 무거웠다. 어느 틈새로 들어온 건지 오금에서 흘러내린 빗물이 등산화 뒤축으로 스며들었다. 비가 나은가, 땡볕이 나은가. 우산 장수와 나막신 장수를 둔 엄마에겐 누가 더 아픈 손가락이었을까.

"가뭄은 해결되겠네."

벽은 없고 지붕만 덮인 축사 같은 곳에서 점심 먹을 때였다. 주먹밥을 깨작이던 대학생 하나가 늙은이처럼 말해 나도 모르게 쳐다봤다. 아직 입대도 하지 않았다는 아이는 걷기 위해 부산에서 올라왔다고 했다. 서울에서 자 본 게 처음이었다면서 남대문시장에서 혼자 감자탕으로 소주 반병을 마시고 서울역 근처에 있는 찜질방에서 잤다고 했다. 오늘 내 뒤에서 걸으면서 옆 사람과 주고받는 이야기를 엿들은 건데, 쉴 때도 순서대로 앉다 보니 그 아이 이야기가 비바람에 지워진 풍경을 대신했다. 아이는 부산에서 대학에 다니고 있지만 고향은 함양이라고 했다. 물리치료를 전공하는 아이는 길에서 주웠다며 깍정이에 담긴 연둣빛 도토리를 보여 주면서 가장 좋아하는 음식이 묵이라고, 졸업하면 시골 병원에 취직해 할아버지, 할머니를 치료하면서 살고 싶다고 말했다. 나와 열 살 넘게 터울 지는 그 아이는 골동품 같았다. 내 또래만 봐도 저마다 가치관이 천차만별이라는 걸 아는데도, 나는 개인적인 친분이 없는 어린 세대를 보면 버릇으로 프랜차이즈나 통조림처럼 취급하고 있었다. 외삼촌에게 이런 속내를 들켰다면 "넌 나보다 꼰대구나"라며 놀림받았을지 모른다.

외삼촌은 병영국가인 이 나라에서 온전한 청춘은 불가능하다고 말했다. 청춘은 가장 절정인 시기 동안 여전히 징집돼 있거나 제도권 교육에 옭박돼 있다고. 기성세대가 세습한 훈육의 굴레에 씌어 가장 싱그러운 연령은 창백하고 우물하게 그려질 수밖에 없다고. 외삼촌은 그러면서 부모보다 학벌이 별로고, 가난하고, 보수적인 교육을 받은 첫 세대라고 해석된 지금 20대에 관한 담론에 동의하느냐고 물었다.

"삼촌, 나 서른 넘은 지 오래됐어요."

웃어넘겼지만, 그런 생각은 들었다. 그 세대 담론 또한 처음 민주 정권 세례를 받았던 지금 기성세대가 젊은 세대를 길들이기 위한 레토릭(rhetoric)이 아닐까. 경제적 자립이나 부양 같은 '어른'의 필수 요소를 강요하지 않지만, 미숙한 어른 취급하면서 스스로 체념하고 자유를 냉소하게 해 자신들의 늙음을 지연하고 청년을 연장하려는 감언이설이 아닐까.

하지만 나는 미(未)어른이긴 매한가지면서 어느 범주에도 속하지 않는, 풋내기도 늙다리도 아닌 내 세대 안에서도 아무 특징 없고 쓸모없는 열외인 것만 같았다.

나는 지금 어느 시간에 머물고 있는 것일까.

내 나이는 뭐라고 명명할 수 있는 것일까.

나는 이름도, 정확한 나이도 모르는 '골동품' 아이가 먼저 출발하고, 다른 사람들이 끼어들어 몇 줄 간격이 벌어질 때까지 늑장을 부렸다. 같은 세대로 묶어도 개인마다 다를 수밖에 없지 않을까. 어리든 늙든 조로하든 만성하든 사람들은 저마다 '오늘의 운세'처럼 믿고 싶은 만큼 닮은 게 아닐까. 묵을 좋아하고, 시골에서 사는 걸 꿈꾸듯 여전히 고전을 읽고, 편견을 두려워하지 않는 아이도 있다고. 누가 떠민 것도 아닌데 통일을 꿈꾸면서 기꺼이 걷고 있는 스물들도 있고, 아무 목적 없이 빨간 구두를 신은 것처럼 걸으면서 걸음을 두려워하는 서른도 있다고. 어떤 어른보다 용기 있는, 사랑을 두려워하지 않고 질주하는 아이도 있다고.

그 아이는 성년은 아니었지만, 나보다 용감했고 행동을 두려워하지 않았다.

"형, 이렇게 꼭꼭 숨어 낚시하고 농사나 지으면서 살았으면 좋겠어."

그 아이가 늙은이처럼 말했을 때, 나는 그 말을 그 아이만 간직한 빛처럼 아무 그늘도 드리우지 않았다.

아무 의심 없이 그런 내일을 깜빡 꿈꿨던 것만 같다.

＊

아버지와 외삼촌은 고등학교를 관두겠다는 사촌의 진로를 두고 다툰 적이 있었다.

작은아버지가 췌장암으로 돌아가신 뒤 아버지는 조카를 나만큼 아꼈다. 사촌이 등교를 거부한 지 보름쯤 지났을 때 숙모는 아버지에게 고민을 털어놓았다. 아버지가 나더러 한번 만나 보라고 해 함께 점심을 먹었는데 조카는 따돌림 따위의 유치한 사연을 상상하지 말라고 선수를 쳤다. 초등학생 때부터 혼자 도서관에 다니고, 휴대전화로 촬영한 단편영화로 청소년 영화제에서 수상할 만큼 엽렵한 아이여서 아버지는 용돈을 주며 여행을 다녀온 뒤 차분하게 이야기해 보자고 말미를 줬다.

그즈음 외삼촌은 엄마 병원에 들렀다, 이튿날 볼일이 있어 하룻밤 우리 집에서 주무셨다. 통인시장 근처 돼지갈비 집에서 저녁을 먹고 편의점에서 막걸리와 간단한 안줏거리를 사 와 아버지와 외삼촌은 밤늦게까지 술을 마셨다. 외삼촌은 사촌에 관한 이야기 끝에 요즘 아이들은 농고로 보내야 한다고, 미래는 농사가 정답이라는 뜬금없는 결론을 내렸다.

"한국은 산업화하면서 사내들을 전부 병신으로 만들었다. 농부 아들은 모를 심어 본 적 없고, 정육점 아들은 칼을 쥐어 본 적 없다. 모두 어쭙잖은 서생으로 내몰았다. 국방의 의무란 게 뭐냐. 모든 사내를 군인으로 만드는 거다. 군인이란 게 무엇이냐. 목숨을 담보로 한 강제다. 이제 농사는 천형이 아니라 기회가 될 수 있다."

그 이야기에 도착할 때까지 아버지는 그릇장에서 몰트위스키를 꺼냈고, 두 사람은 군인이거나 미어른일 수밖에 없는 청춘, 진보적인 교육을 받은 부모와 수구 보수 정부 때 어린이였던 자식 세대에 관해 주거니 받거니 했다. 외삼촌의 장광설은 점점 넓어졌다. 술이 과했는지도 모른다.

외삼촌이 간첩이 된 이유도 순전히 막걸리 때문이었다. 학생회 활동이나 민주화 운동 경험이 전무했던 외삼촌은 자본주의 세계의 근본이 궁금해 맑스를 원서로 읽으면서 베를린으로 유학하겠다고 결심했다. 《자본론》1권을 3개월 만에 독파한 뒤 머리를 식힐 겸 읽은 만과 헤세가 그 결심을 부추겼고, 졸업하자마자 그곳으로 떠났다. 외삼촌은 첫 학기를 보낸 뒤 20년 전 파독 광부로 독일에 왔다는 교포와 친해졌다. 그가 한국의 추석 날짜에 맞춰 초대한 집에는 고향 음식에 주린 유학생과 이민자가 가득했다. 그의 아내는 손맛이 좋았다. 외삼촌은 오랜만에 한국 음식을 실컷 먹었다. 무엇보다 그가 직접 담갔다는 막걸리 맛이 일품이었다. 외삼촌은 그 부부가 또 언제 불러 주나, 막걸리와 맵고 짠 음식을 먹고 싶어 목이 다 말랐다.

직접 주운 도토리로 묵을 쒔다고 했던 걸 보면 가을쯤이었겠는데, 그즈음 낯선 손님이 찾아왔다. 북한에서 유학을 왔다는 그는 외삼촌과 동갑이었다. 두음법칙이 적용되지 않았지만 성도 같았다. 외삼촌은 한순간 겁을 먹었지만 아무렇지 않은 주변 분위기에 동화했다. 북한 사람은 유머러스했다. 뿔도 돋지 않았고, 가난에 찌든 행색도 아니었다. 사투리는 달랐지만 그는 사람들과 막힘없이 대화를 나눴다. 외삼촌은 경계심이 사라졌고, 막걸리와 묵과 김치를 그리워하면서 꾸준히 그 집에 방문했다. 외삼촌은 나이와 성이 같은 그와 김치 맛과 냉면 맛을 다퉜고, 만과 헤세의 우열을 가늠했다. 다디달았던 막걸리는 늘 아쉬웠고, 두 사람은 그 집에서 나와 공원 벤치에 앉아 라거맥주로 아쉬움을 달랬다. …… 술로 흔쾌했던 그 밤들이 조국으로 돌아온 외삼촌을 '고급 공작원'으로 둔갑시켰다. 아버지는 엄마와 함께 구치소에 갇힌 외삼촌에게 면회를 간 유일한 후배였다.

외삼촌의 '농사 타령'이 끝내 멎지 않자 아버지는 벌컥 성을 냈다.

"형님은 흙일해 본 적 있소? 지금 섬에 틀어박혀 가꾸는 텃밭은 기껏 취미이지 않소. 노동이 아니요. 톨스토이가 밀을 베면서 제 흥에 취해 수백 페이지 장광설을 묘사하는 것이나 다름없소. 당신은 뼛속까지 낭만주의자요. 국가를 부정하면서 국가가 주는 돈을 수령하고 있지 않소. 그건 자가당착이오. 형님은 자신이 강화 도령이라고 착각하는 것 아니오? 언젠가 세상이 자신을 그 골짜기까지 모시러 올 거라고 믿는 것 아니오? 철종은 후사도 없이 죽었소. 하긴 그런 암군 덕분에 민란도 일어나고, 동학도 일어났지만. 형님은 누구한테도 농부가 되라고 말할 자격이 없소."

아버지는 몰트위스키를 단숨에 털어 넣었다. 꾹꾹 쟁여 놨던 말이라고 하기에 두서없기는 마찬가지였다.

외삼촌은 아버지의 흥분된 공격에도 차분했다. 막걸리 잔에 갈색 술을 따른 뒤 뜨거운 물을 삼키듯 천천히 들이켰다.

"자네 말이 맞아. 난 자격이 없는 사람이지. 미안하네. 난 전면에 나설 생각 않고 늘 뒤에 숨어 훈수만 두는 비겁한 늙다리잖나. 내가 인권운동 관둔 까닭 이야기한 적 있지. '인권'이란 구호가 진짜 삶을 숨죽이는 건지도 모른다는 생각이 들었다고. 가난을 예로 들면 국가 경제가 풍족해지면서 가난한 사람들에게 돈을 지원해 자기 영역에 고립하도록 유도하는 시스템이라는 생각이 들었다고. 세련된 교양으로 무장한 엘리트들이 가난한 목소리를 대변하면서 정작 가난의 벌거벗은 육체는 은폐시키는 게 아닐까 헷갈렸다고. 늙어서도 폐지를 줍고, 첫차를 타고 청소하러 다니는 양심적이고 성실하고 고분고분한 가난에 주목하면서 이, 쥐벼룩처럼 기생하고 더러운 가난은 죄라고 주입하는 게 아닐까, 그런 생각이 들었다고. 자기 자리를 부정하고, 게으르고, 불만족스러워하고, 투덜대고, 성내고, 세련되지 못한 가난은, 국가가 가난했을 때 참 흔했던, 길거리나 이웃에서 참 쉽게 구경할 수 있었던 가난은 완전히 박멸된 전염병처럼 취급하는 게 아닐까 생각됐다고. 그래서 무식하고, 보수적이고, 자기 계발하지 않는 가난의 숙주는 소수자가 아니라 건전한 세계를 오염시키는 바이러스 취급하는 게 아닐까, 그런 생각을 했다고. 내가 옛날 옛적 흔해빠진 가난을 옹호하거나 그리워했다는 말은 아냐. 그냥 모든 것을 개인의 노력 문제로 치부하면서 정직하게 바라보지 않는, 자연스러움이 용납되지 않는 게 나는 싫었어. 다시 한번 미안하네. 난 그렇게 늘 뒤틀려 있는 사람이지 않나."

외삼촌은 아버지도, 나도 아닌 스스로에게 끊임없이 말을 건네고 있었다.

그 뒤로 두 사람은 서서히 틀어졌다고 생각한다. 그렇다고 서로 만남을 외면하지 않았으나 외삼촌도 그렇고 아버지도 그렇고 그 뒤로 한 번도 만취하지 않았다.

※

"막걸리만 보면 치가 떨려야 하는데 웬걸 더 좋아지더라. 출소해서 맨 처음 간 데가 인사동 막걸릿집이었다."

외삼촌은 운전 때문에 건배하지 못하는 내 앞에서 혼자 술을 치는 게 겸연쩍은지 그 말을 반복했다.

사발을 벌컥벌컥 들이켜고 싱긋 웃는 외삼촌에게 막걸리 한 사발은 메마른 마음을 완전히 해갈하기엔 턱없이 모자라 보였다.

✳

전을 안주로 술을 마시고 싶다.

밤이 깊을수록 비바람 소리가 거세다.

잠이 그립지만 들뜨고, 감은 눈 안에 빗소리 때문인지 동심원이 팬다.

세상에 회오리치는 것들…… 나이테, 손금, 바람, 똬리, 웅덩이에 떨어지는 비…… 맴도는 비…… 마음이 맴도는…….

터
널

비에 젖는다.

바람에 흔들린다.

산비탈이 출렁이고, 나무뿌리가 들뜬다.

벼락을 맞은 나무가 쓰러지고, 젖은 가지에서 불꽃이 인다.

태양은 아무리 뜨거워도 초록을 태우지 못하지만, 비는 구름
과 부화뇌동해 시푸른 심지를 돋운다.

태양이 하지 못한 일을 비와 구름이 해낸다.

자연의 젖은 발화.

흥건한 혀가 날름거리는 붉은 이빨.

불과 물.

물과 불.

하강과 상승.

바람과 정지.

전쟁과 유사한 소동이 눈앞에 펼쳐진다.

비구름 속에서 탱크가 지나가는 소리가 들리고, 소총을 난사하는 굉음이 회오리친다. 비구름은 바다에서 사출한 미사일보다 빠른 속도로 이동한다. 지상과 허공은 경계가 허물어지고, 인간은 개입할 수 없는 자연의 전면전이 펼쳐진다.

비약이 아니다. 전쟁은 인간이 정복하지 못한 자연 기상뿐만 아니라 그들이 경영하는 모든 활동을 은유한다. 태어나고, 성장하고, 수명을 다할 때까지 모든 통과의례가 전쟁으로 불린다. 육아가 전쟁이고, 교육이 전쟁이다. 시험이 전쟁이고, 직장이 전쟁이다. 결혼이 전쟁이고, 가족이 전쟁이다. 전면전뿐만 아니라 소일하는 지난한 휴식 또한 전쟁에 포함되는 것처럼 일상생활과 무관한 오락도 전쟁으로 치부된다. 경주가 전쟁이고, 시합이 전쟁이다. 스포츠가 전쟁이고, 응원이 전쟁이다. 인간이 숨 쉬는 곳마다 전장 아닌 곳이 없다. 인간은 끊임없이 전쟁을 호출하면서 삶은, 세상은 평등한 것이라고 수용한다. 승리와 패배를 인정하고, 승자와 패자를 나눈다. 전쟁은…… 인간의 세계는 위계질서가 분명한 계단이라고 증언한다.

이 또한 명백히 인간으로부터 학습한 것이다. 나무 한 그루에 수만 잎이 달리듯 내 한 궤적에 수만 가지 학습된 사례들이 열린다. 나 혼자 관객인 극장에서 영화 수천 편이 동시에 상영되고 있다.

우리 전쟁의 이야기가 큰가.

인간 모두의 하루가 큰가.

한꺼번에 파괴하고 변화시키는 전쟁이 센가, 아무것도 건드리지 않고 길항하는 시간이 센가.

이러한 대결이 무색하게 지금 모든 질서를 흐트러뜨리는 일기(一氣)는 어느 편으로 참전한 것일까.

갑자기 극장이 깜깜해지고 스파크가 인다. 벼락을 맞고 쓰러진 나무 위로 또 다른 나무가 포개진다. 우듬지부터 뿌리까지 담홍색 속살이 일자로 드러난 나무는 도화선이 되려고, 불꽃을 일구려고 애쓰지만 비바람에 번번이 좌절한다. 결국 나뭇등걸을 말뚝 삼고 우듬지를 철조망으로 엮어 내 앞길을 가로막는 지연전에 만족한다. 비상구는 없다.

남과 북 모두에게 공격과 방어의 최전선인 군사분계선은 자연재해 앞에서는 공통적으로 불가항력 상태가 됐다. 춘분 무렵 서부전선에서 발생한 산불이 수일 동안 진화되지 않은 전례가 있었다. 산불은 밤낮없이 자욱한 연기를 내뿜고 시뻘건 혀를 날름거리면서 비무장지대를 집어삼켰다. 양편 지오피에 주둔한 수색대대가 남·북방 한계선 바깥으로 대피하고, 수많은 군인과 민간 소방 인력이 산불을 진압하기 위해 동원됐다. 나 또한 기지가 아닌 25사단 관할 구역으로 대피하라는 명령을 받았다. 한 시간이면 충분히 이동할 수 있는 거리였지만 담당관은 티타늄으로 무장한 내 동체를 과소평가했는지 수시로 이동을 중단시키고, 강기슭으로 우회시켰다. 나는 임시 기지로 귀환할 때까지 산불을 만끽했다.

비무장지대는 애초부터 방화(防火)를 위한 공지대였는지 불은 어떤 걸림돌도 없이 나뒹굴었다. 불은 발정 난 괴물이 돼 아무나 껴안고 뒹굴었다. 나뭇등걸을 휘감고, 바위 벽을 핥고, 검고 끈적끈적한 액체를 분비했다. 침엽수에서 흘러내린 나뭇진에 옮은 불꽃은 가려진 달과 해를 대신해 횃불로 타올랐다. 불의 혀가 닿은 자리마다 붉은 생채기가 남았다. 허공을 자욱하게 뒤덮은 연기 저편으로 헬리콥터가 지나가며 폭우를 쏟았다. 물을 끼얹은 불자리가 비명을 지르면서 시꺼먼 연기가 사방을 뒤덮었다. 불길이 치솟고 재와 불티가 난무하는 비무장지대는 70년 전 벌어진 전쟁과 흡사했다. 나는 그 속으로 돌진하라는 명령이 떨어지기만 기다렸다.

산불은 마흔여덟 시간 넘게 개성공단 공장 구역의 면적에 버금가는 비무장지대를 초토화하고 나서야 잦아들었다. 수많은 군인들이 시꺼먼 재가 뒤덮인 폐허로 진입했다. 군인은 지위 고하를 막론하고 동원되고 있었지만 내게 부여되는 임무는 전무했다. 군인들은 삽으로 잿더미를 뒤엎고, 군홧발로 불씨를 짓밟아 꺼뜨렸다. 군인들은 철책선 바깥에 대기하고 있는 트럭에 도착하자마자 위팔에 코를 묻고 킁킁거렸다.

"아, 비린내."

군인들은 군복 윗도리를 벗고 탈탈 털었다. 맨살에 소름이 돋고, 부르르 진저리를 쳤다.

나는 후각이 없으므로 잔불을 누비다 온 인간들이 왜 썩은 물고기가 가득한 늪을 헤매다 온 것처럼 구는지 파악할 수 없었다. 아무 냄새도 맡지 못하는 나는 어떤 제스처도 하지 않고, 산불이 완전히 잡힐 때까지 기지 아닌 곳에서 귀환 명령을 기다렸다. 내게 비상구는 없었다.

태풍과 벼락이 다투면서 내 앞길을 가로막아도 나는 흥분하지 않는다. 내 속도는 태풍 이전과 여일하다. 분초를 다툰다는 개념은 인간이 고안한 왜곡된 속도의 풍경이다. 나를 이루고 있는 시간은 철저하게 건조하다. 나는 어떤 역경에도 성내지 않는다. 서두르지 않는다. 조급해하지 않는다. 나는 메마른 어항에 담긴 물고기가 아니다.

나는 인간을 생략한 채 불과 물이 육탄전을 벌이는 전쟁의 눈 속으로 진입한다. 아무리 센바람이라도 나를 떠밀 수 없다. 보이지 않는 힘이기는 마찬가지이지만 인간만이, 육성 없는 인간의 먼 손짓만이 내 속도를 간섭할 수 있다. 인간은 자연의 전면전 앞에서 속수무책이 돼 내 존재마저 잊어버렸는지 여전히 묵묵부답이다. 하지만 나는 태업하지 않는다.

나는 드라이하다.

*

동쪽으로 전진할수록 산세가 험해진다. 평화협정이 체결된 뒤 철수한 지피 자리에 돌무더기와 콘크리트 기반만 남아 있다. 산마루는 파헤쳐진 무덤이나 다름없어 보다 남쪽으로 이어진 철책선을 이정표 삼을 수밖에 없다. 순례자는 태풍을 핑계로 간이역에서 걸음을 멈췄지만 적도 아군도 아닌 그들과 나는 무관하다. 나는 일기에 따라 변덕을 부리는 인간 따위 아랑곳하지 않고 동쪽으로, 동쪽으로 이동한다.

산이 넓고 깊어지는 만큼 미처 학습하지 못한 장애물이 속출한다. 원거리에서 파악했을 때는 태풍이 총공세를 펼쳐도 초록은 생채기 하나 없어 보였는데, 그늘숲에는 산사태가 일어나고 계곡물이 범람한다. 나는 남방한계선 인근으로 우회한다.

248킬로미터에 달하는 쇠 울타리는 고압 전류가 흘러 젖은 나무와는 비교할 수 없을 만큼 엄청난 도화선이 될 수 있는데도, 마지막 임무를 수행하고 있는 나를 위해 빈틈없는 가드레일이 돼 준다.

나와 마찬가지로 아무 적도 낚지 못하는 그물코를 향해 돌진하면 어떻게 될까. 비바람에 흠뻑 젖은 내 동체가 태워질 리 만무하지만, 내가 불쏘시개가 돼 준다면 철책선은 단숨에 붉은 궤적을 그으면서 바다에 도착할 수 있을 것이다. 태풍도 만류할 수 없는 불꽃의 장대한 카니발.

불은 끝을 잉태하는 제의임이 분명하다. 산불이 잦아들면 새까만 잿더미에 파묻힌 죽음의 흔적들이 눈에 띄었다. 반쯤 그을린 삶의 붉은 뱃구레에 재로 빚은 듯한 까마귀 떼가 내려앉았다. 살갗이 그슬건, 뒷발이 잘리건 불과 바람에 제물로 바쳐진 목숨은 하루아침에 사라지지 않았다. 주검은 보잘것없지 않았다. 썩고 문드러지고 서서히 사멸해 가는 육체는 장엄했다. 미속도 촬영한 세상에서 가장 작은 전쟁이 재현되는 것 같았다. 피가 굳고, 살점이 뜯기고, 백화해 가는 과정은 화약이 터지고, 파편이 난무하고, 재로 바스러지는 전쟁터와 다름없었다. 씨앗이 움트고, 잎이 돋고, 꽃봉오리가 벙글고, 열매가 맺는 과정과 견줘도 그 아름다움은 결코 뒤지지 않았다. 나는 인간이 태어나고 죽어 가는 모든 과정을 '전쟁'으로 은유하는 까닭을, 인류가 시작부터 오늘 그리고 내일까지 전쟁을 반복하는 까닭을 이해할 수 있었다. 죽음은 종결이 아니라 모든 진행형이자 가장 극적인 생명의 반증이었다. 전쟁은 죽음을 전시하는 것이 아니라 끊임없이 순환하는 삶을 방비하는 극적인 저항이었다.

산비탈을 따라 흙탕물이 쏟아져 내리는 바람에 백암산 줄기에서 내 이동이 지체되고 있다. 지금까지 수행한 임무 패턴에 따르면 나는 기지로 복귀해야 하는 반환점을 지나쳐 버렸다. 태풍으로 통신이 두절됐는지 회향 신호는 전달되지 않는다. 당번병은 근무일지에 아무 기록도 남길 수 없을 것이다.

저 아래 산자락을 휘감은 강물이 모래톱을 뒤덮고 산 중턱까지 흘러넘친다. 진흙으로 빚은 비누로 하염없이 씻어 내는지 물거품이 들끓는 강물은 씻을수록 검붉어지는 천 같다. 구불거리던 물굽이는 땅의 영역인 기슭까지 차지해 일자로 뻗어 나간다. 내장된 지피에스는 강을 북쪽으로 되짚어 군사분계선 인근으로 에워가야 한다고 권고하지만, 나는 흙탕물이 끓어 넘치는 안동철교 방향을 내려다본다. 이틀 전 평야에서 순례자들을 태우고 사라졌던 승합차와 트럭이 번갈아 철교를 오간다. 비바람 속에서 노래하고 박수치며 축제를 벌이던 인간들은 걸음을 그

만든 게 아닌 모양이다. 철재 다릿기둥을 빠져나간 물줄기가 개활지를 집어삼키고 점점 몸집을 부풀린다. 댐을 만난 강은 평야보다 드넓은 면적을 자랑하며 물보라를 일으킨다.

댐은 기나긴 정전이 남긴 기념비이다. 아시안 게임이 한창이던 1986년 10월 북한은 군사분계선에서 10킬로미터 북쪽에 위치한 북한강 상류에 조업용 댐을 준설하기 시작했다. 남한 정부는 이를 수공(水攻) 도발로 규정하고 임남댐에서 36킬로미터 남쪽에 수문이 없는, 홍수 조절을 위한 댐 건설로 대응했다. 2년 후 올림픽을 앞둔 시점에 남한 정부는 자갈과 모래를 다지고 돌을 쌓아 만든 북한 사력댐은 저수량이 200억 톤에 달해, 수문을 개방하거나 폭파할 경우 반나절도 안 돼 서울을 비롯한 수도권 일대가 수몰될 것이라고 대대적인 선전에 돌입했다. 거대한 물결이 진군하는 상상도는 군인과 탱크가 남침하는 장면보다 훨씬 구체적이었다. 코흘리개 푼돈부터 장병 월급까지 660억 원가량의 성금이 답지했고, 철책선이 무색하게 비무장지대를 남북으로 자유롭게 관통했던 북한강은 대전차장벽만큼 거대한 장막 두 개로 가로막히게 됐다. 인간들이 익사하는 공포에 떨었던 수공은 30년 동안 발발하지 않았다. 이제 인간들은 이마가 헐벗은 전직 군통수권자를 희대의 사기꾼으로 통칭하면서 댐을 '거짓말의 성채'라고 조롱한다. 판문점에서 남북 정상회담이 이루어진 뒤에는 댐 경사면에 성돌을 거느린 홍예문 너머로 섬과 호수가 들여다보이는 '착시 그림'을 그리고 '통일로 나가는 문'이라는 제목을 붙였다. 이러한 연혁 또한 내 임무와는 무관하다.

댐 유입부에서 소용돌이치는 물줄기가 수문을 빠져나가자마자 폭포로 쏟아진다. 살굿빛 물거품을 일으키면서 꿈틀거리는 강물은 이제 남과 북 국적이 불명하다. 댐 하류 선착장에 정박한 유람선이 놀치는 물결에 연신 널뛰고, 강기슭에 조성된 공원에 물이 차오른다. 나 또한 급류에 휩쓸린다면 남방한계선 바깥으로 자연스레 이탈할 것이다. 그렇다면 나는 어느 지점에서 발견될까. 샛강이건 수로이건 평화협정이 체결된 이후에도 아무도 왕래할 수 없는, 세계에서 유일하게 남은 분단선 바깥일 것은 분명하다.

인간이 자유롭게 노동하고, 이동하고, 노래하는 그곳에서 나는 어떤 임무를 이어가게 될까. 나를 담당하는 군인조차 태풍에 갇혀 내 존재를 망각하고 있는데, 철책선마저 이탈하고 만다면 나는 어떤 인간과 조응할 수 있을까. 비무장지대에서조차 소수의 군인 이외에는 내 존재 자체를 모르는 군인이 대다수인데, 하물며 전쟁과 무관한 인간들이라면 나를 무엇으로 취급할까. 태풍으로 범람한 강물에 뒤섞인 쓰레기라고 무시할까. 익사한 채 강물에 떠밀려 온 적이 남긴 유실물이 아닐까 의심할까. 어쩌면 철책선을 벗어나 내 존재가 발각되는 순간이 되어서야 태풍을 핑계로 '군무 태만의 죄'를 범하고 있는 기지가 내 마지막을 향해 다급하게 응답할지 모른다.

내가 처음으로 통문을 지나 민통선 내부로 진입했던 이유도 수상한 물건이 발견됐다는 신고 때문이었다. 적군이 남긴 흔적을 처음 발견한 사람은 군인이 아니었다. 비닐하우스에서 오이 농사를 짓는 노인이었다. 그는 새벽이 밝자마자 스쿠터를 타고 검문소 문이 열리기만 기다렸다. 그리고 온실에 도착하자마자 모종에 물을 공급하기 위해 호스를 꺼내려고 내실로 들어갔다. 일꾼이 숙소로 사용하는 샌드위치 패널로 지은 초소 크기의 공간이었다. 창문이 없는 간이 건물에는 지린내가 가득했다. 전기장판을 깔아 놓은 바닥에 파김치 통이 뒤집어져 있고, 라면 봉지가 나뒹굴었다. 코드를 꽂지 않고 찬장처럼 사용하는 냉장고는 문이 열린 채 텅 비어 있었다. 노인은 처음에는 모종을 심으러 왔다 일주일 만에 달아난 일꾼이 몰래 숨어든 것이라고 판단했다. 노인은 전기장판 위에 꿍쳐 있는 담요와 반찬 통을 걷어차면서 일꾼을 소개해 준 직업소개소에 따지기 위해 휴대전화를 꺼내다 이불 밑에 놓인 인민군 윗도리를 발견했다. 그는 휴대전화를 거머쥐고 곧장 철책선 초소로 달려가 헌병에게 자초지종을 설명했다.

수색대대는 보고를 받자마자 인민군이 넘어온 지역으로 추정되는 비무장지대로 투입됐고, 때마침 4킬로미터 근방에서 이동하고 있던 나를 호출했다. 나는 명령을 받자마자 특수대원도 함부로 드나들 수 없는 지뢰구역까지 넘나들며 적이 남긴 흔적들을 쫓았다. 내 눈에 적은 조심성이 전혀 없어 보였다. 그가 군사분계선을 넘어 남쪽으로 숨어든 자리마다 발자국이 고스란했다. 짐승과 인간이 지나간 자리는 확연히 차이가 났다. 아군 누구에게도 들키지 않고 허기진 흔적만 남긴 적은 수색대대장 말마따나 행운아였다.

적군이 군사분계선을 뚫고 남한 지역까지 무사하게 탈영하는 경우는 드물었다. 술김에 비틀비틀 걸어오기도 하고, 구명조끼만 꿰입고 임진강을 떠내려왔다는 일화가 있지만 목숨을 부지한 사례가 그만큼 드물어 전설인 양 회자되는 것이었다. 수많은 적이 남방한계선에 도착하기 전에 지뢰를 밟고 폭사하거나 고압 전류가 흐르는 철책선에 머리가 불타고 살갖이 빨갛게 벗겨진 채 발견됐다. 철책선이 없는 바다도 마찬가지였다. 부두까지 흘러온 목선에는 구더기가 들끓는 사체와 썩은 생선이 함께 나뒹굴었다.

이따금 행운아는 그 실체를 드러내기도 했다. 내가 철책선 인근에서 포박되는 모습을 목격했던 인민군 역시 비닐하우스에서 발견됐다. 농협 빚을 견디지 못한 인간이 농약을 마시고 방치한 온실이었다. 적은 딸기 고랑에 쪼그리고 앉아 똥을 누고 있었다. 닥치는 대로 음식을 집어삼킨 그는 배를 움켜쥔 채 순순히 투항했다. 적은 국가정보원 요원에게 결박된 뒤 억울한 표정으로 소리쳤다. 자신은 처음부터 남쪽으로 귀순한다고 신호를 보냈지만 누구 하나 거들떠보지 않았다고. 아무도 환영하지 않았다고. 비닐하우스에서 훔쳐 입은 점퍼를 벗기자 드러난 쑥색 군복은 군데군데 해지고 구멍이 뚫려 있었다. 북방한계선 인근에서 농사를 짓던 인민군이 부리던 바짝 곯은 소가 연상됐다. 행운아라고 하기에 적은 너무 작고 볼품없었다.

배앓이를 하던 행운아와 달리 윗도리만 남기고 자취를 감춘 적은 끝내 정체를 드러내지 않았다. 나는 다시 기지로 돌아갔고, 정기 점검을 받은 뒤 서부전선부터 임무를 되짚었다. 동쪽으로 이동할수록 수은주가 하루가 다르게 낮아졌다. 철책선 너머 어둠 속에 죽 그어진 비닐하우스 빛이, 미확인 비행 물체 이미지와 흡사해 보일 만큼 시야를 가로막던 풍경이 비워졌다. 잎을 뗀 나뭇가지 사이로 눈이 쏟아졌다. 눈을 소복하게 얹은 총신에 하얀 실이 엉겨 있었다. 실을 잣고 난 뒤 수컷을 갉아 먹었던 암컷 사마귀는 흔적조차 없었다. 눈은 강과 산, 숲과 늪, 하늘과 땅을 새하얗게 뒤덮었다. 눈 위로 안테나처럼 솟아오른 삭정이나 나뭇가지가 아니라면 비무장지대는 어느 길도 수신하지 못할 것 같았다.

밤의 눈밭으로 혼자 걸어가는 인간을 발견했을 때도 눈은 그치지 않았다. 나는 그를 발견하자마자 적의를 품었지만 적군과 대응하는 매뉴얼을 잠시 유보했다. 세계에서 가장 많은 병력과 무기, 군부대가 결집돼 대결하고 있는 화약고에서 적군은 복장과 장착한 무기만으로 간단하게 판별할 수 있었다. 하지만 눈에 파묻힌 그가 뒷모습으로 증언하는 행색은 어떤 군인과도 동떨어져 있었다.

그는 다행히 적으로 분류할 수 있는 태도를 견지했다. 혼자, 허락되지 않는 길만 헤매는 것이었다. 지금까지 발견된 적은 늘 혼자였다. 아군은 혼자 이동하지 않았다. '고독'은 군인에게 절대 허락되지 않았다. 오롯이 타인으로 수집된 군인들은 2년 동안 동기간이자 유사 가족으로 묶여 한순간도 집단에서 열외될 수 없었다. 개인은 실종되고, 전쟁이라는 무대에 동원된 엑스트라로 밀려나면서 자신의 삶에서조차 주인공이 되지 못했다. 주인공이 되고자 하는 군인은 탈락된 군인이었다.

나는 적을 포착해 기지로 전송하고, 무선 연락을 받은 인근 수색대대가 출동할 때까지 기다렸다. 이동을 중지했지만 눈밭을 걸어가는 적과 나 사이는 좀처럼 거리가 벌어지지 않았다. 나는 레이저로 적을 계속 쫓고 있었지만 기지에서는 어떤 명령도 수신되지 않았다. 나는 눈밭을 헤매는 적과 속도를 맞춰 최대한 느리게 전진했다. 이목구비 없는 뒷모습 때문일까, 절반쯤 눈사람으로 변해서일까. 적은 아군과 그다지 변별력이 없었다. 그는 평화가 남발하면서 새롭게 고안된 적일지도 몰랐다.

적은 시간이 갈수록 다종다양해지고 있었다. 우리가 전쟁의 미래를 담당하며 드론이나 홀씨 형태로 진화했듯 적군은 유니폼을 갖추고 무기를 장착한 모습만 고집하지 않았다. 예를 들어 군사로봇을 제작할 수 없는 가난한 국가는 빈곤한 소년까지 동원해 용병으로 둔갑시켰다. 전쟁은 전통적으로 소년, 여성, 노인은 적으로 간주하지 않았다. 우리는 미성년과 소년병을 어떻게 판별할 것인가를 반복적으로 시뮬레이션했다. 우리는 책가방, 필기구, 장바구니로 위장한 폭탄을 식별해 소년을 사살했다. 소년은 군인이자 여전히 소년이었지만 그를 절반만 사살하는 것은 불가능했으므로 완전 사살은 가장 합리적인 판단이었다.

적은 눈밭에 푹푹 파묻히고, 엎어지고, 고꾸라졌다. 눈에 벴는지 귀를 움켜쥐고, 트고 갈라진 손을 골반까지 쌓인 눈에 문댔다. 그의 손길이 닿은 곳마다 핏자국이 드문드문 이어졌다.

적은 내가 자신의 등허리를 조준하고 있다는 사실도, 제가 넉가래가 돼 낸 눈길을 추적당하고 있다는 사실도 까맣게 모르는 눈치였다. 내가 묵묵부답인 기지에 전송할 적의 모습을 다시 한번 포착하려는 찰나, 그는 한순간에 눈 속으로 꺼져 버렸다. 적이 동그랗게 사라진 자리에 까만 밤하늘이 담긴 우물이 팼다. 적을 집어삼킨 우물 위로 눈은 쉬지 않고 번식했다. 그렇게 내린 눈은 녹지 않고 다음 눈과 그다음 눈이 켜켜이 쌓여 겨우내 하얀 더께로 얼어붙었다.

나는 눈이 녹을 무렵 그 근처를 다시 이동했다. 우물은 물론 적은 종적도 없이 사라졌다. 겨우내 산을 옮기듯 눈과 사투하던 아군이 퍼 담아낸 것일까. 눈이 녹으면서 불어난 물에 휩쓸려 간 것일까. 나는 그늘숲을 따라 잔설이 남아 있는 강기슭을 이동하면서 적을 탐색했다. 그가 남긴 핏자국처럼 붉은 동백이 꽃송이째 뚝뚝 떨어졌다.

*

강과 둑의 경계가 허물어지고, 인간이 개입한 모든 장소가 전쟁보다 더한 위협에 둘러싸여 있다. 나는 한가할 만큼 느린 속도로 강물을 내려다보며 북쪽으로 거슬러 올라간다. 강은 바퀴가 없는데도, 나는 엄두도 낼 수 없는 속도로 질주하고 있다. 강물은 계급이 없어 앞서건 뒤서건 빈틈없이, 차별 없이, 평등하게 바다를 향해 전진한다.

남방한계선을 등진 탓에 철책선이 자꾸 시야에서 사라진다. 야트막한 산자락을 따라 파헤쳐진 흙바닥만이 비무장지대가 여전히 전쟁터라는 사실을 상기시킨다. 지뢰를 제거하기 위해 수색대원들이 낸 길이다. 지뢰는 70년 전, 3년 1개월 동안 치러진 정규전이 남긴 가장 거대한 전리품이다. 인민군이 아군의 추진철책선 지척에 매설한 목함지뢰가 폭발하고, 유해발굴을 위해 먼저 지뢰를 더듬어 찾는 장면이 더러 세간에 알려졌지만, 지뢰제거 임무는 아주 연혁이 깊다.

나도 업그레이드되고 얼마 뒤 지뢰제거 작업에 동행한 적이 있다. 지뢰가 매복된 땅은 곧 내가 앞으로 맞닥뜨려야 할 험지여서 나는 시험 운행 차원에서 공병대대를 뒤따랐다. 80킬로그램에 육박하는 투명 방호벽을 앞세운 군인들은 좀처럼 앞으로 나아가지 못했다. 맨 앞줄에 선 군인들이 방호벽 틈새로 공기 압축기를 집어넣고 분사하자 인공 회오리가 땅바닥에 수북하게 쌓인 잎과 흙을 쓸어 냈다. 땅이 맨살을 드러내자 오렌지색 조끼를 입은 군인이 지뢰탐지기로 주변을 더듬었다. 지뢰제거 작업은 고고학자가 사금파리를 붓으로 털고 수집하듯 아주 느린 속도로 진행됐다. 군인들은 한 시간에 채 10미터도 이동하지 못했다. 내가 50미터 남짓 떨어진 지점에서도 지뢰가 매설된 지점을 파악하고 기지로 수신하는 양을 군인들은 도무지 따라잡지 못했다. 두꺼운 방호복을 껴입은 군인들은 수시로 멈춰 헬멧을 벗고 땀을 훔치고 물을 들이켰다. 비무장지대에 묻혀 있는 수십만 개의 지뢰와 불발탄을 제거하려면 천 년은 소요될 것 같았다.

내가 자율 운행을 시작한 후 지뢰는 구식 컴퓨터부터 기본 옵션으로 내장된 '지뢰찾기' 게임이나 마찬가지였다. 늘 존재하지만 거의 소용되지 않는. 퇴역이 결정된 뒤 나를 지뢰제거와 유해발굴에 최적화된 형태로 개조하자는 의견이 개진됐지만, 나는 끝내 구체적인 임무를 명받지 못했다. 지뢰만 탐지하고 제거하는 전용로봇을 개발한다는 정보가 공개된 걸 보면, 외형도 이름도 모르는 후임은 나처럼 대외비가 아니라 모든 군인에게 환영받는 존재가 될지 모른다.

나는 지뢰를 감지한 센서가 작동할 때마다 군인들이 이제까지 제거한 지뢰 숫자는 얼마인지, 비무장지대에 여전히 묻혀 있는 지뢰는 몇 개인지 궁금했다. 지뢰와 군인 중 무엇이 더 숫자가 많을까. 유해로 남은 전사자와 여전히 전투력을 상실하지 않은 매복병 중 누가 더 오래 땅속에서 생존할까⋯⋯. 무한

대로 축적된 내 지식 베이스에도 지뢰와 관련된 정확한 수치는 기록돼 있지 않았다.

삐—

내가 비탈로 진입하는 순간 공습경보와 흡사한 사이렌 소리가 울린다. 내가 발생시킨 소리가 아니다. 목에 부착했던 경고용 음향무기가 제거돼, 매설된 지뢰가 흙탕물에 쓸려 내려와도 나는 침묵을 지킬 수밖에 없다. 나는 소리를 좇아 뒤를 돌아본다. 내가 기존의 이동 반경을 벗어나고 있다는, 지난번 순례자들을 마지막으로 목격한 장소에 도착했다는 경고일까.

삐—

끊임없이 이어지는 경보음을 따라 댐마루까지 차오른 강물이 출렁거리고 물거품이 들끓는다. 수중에서 전쟁이 일어난 것 같다. 살굿빛 수면에 깨알 같은 총탄 자국이 패고, 산산조각 난 나뭇가지와 잎이 뒤얽힌 물결은 도강하다 목함지뢰가 폭발해 부교가 주저앉는 바람에 익사한 군인들의 찢긴 피부 같다. 나는 태풍이 아우성치는 댐과 반백 년 넘게 제자리에서 매복한 채 전의를 불태우고 있는 '가장 완벽한 병사'[22] 사이에서 처음으로 길을 헤맨다.

---

22 폴 포트, 위키백과에서 인용. 정확한 인용을 위해 《폴 포트 평전》(필립 쇼트, 이해선 옮김, 실천문학사, 2008) 등을 찾았으나 확실한 출처를 확인할 수 없었다.

*

  내가 멧돼지에 치받쳐 망가진 동체를 고치고 돌아왔을 때 비
무장지대는 초록을 떨고 헐벗기 시작했다. 계절 탓인지, 예측
하지 못했던 사고 탓인지 내 임무는 이전보다 느슨하게 설정됐
고, 이동 거리 또한 동부전선 시작점까지 제한돼 있었다. 나는
제자리걸음이나 다름없는 속도로 비무장지대로 나아갔다.

  철책선 방향으로 걸어가는 군인들이 포착됐다. 나를 떠메고
수풀을 헤쳐 갔던 군인들일까. 그들은 오랜만에 임무를 재개
한 내가 미덥지 않은지 통문을 지나 100미터 남짓 나를 배웅한
뒤에야 비로소 뒤돌아섰다. 비무장지대를 너무 오래 비운 탓일
까. 나는 도보로 이동하는 인간이 생경했다.

  연구실 밀차에 올라앉아 바라본 도시에는 걷는 인간이 드물
었다. 인간들은 대부분 자동차에 앉아 이동했다. 인간이 설계
한 모든 길은 자동차에 우선한 길이었다. 인간은 물을 가로지
르는 다리, 산맥을 관통하는 터널, 건물과 건물 사이 골목까지
모든 길을 자동차에게 양보하고, 그나마 허락된 길조차 신호불
이 지시하는 대로 걷고, 멈추고, 뛰어 건너기를 반복했다. 자동
차는 정지할 때도 지상과 지하를 막론하고 인간의 거주지만큼
넓은 공간을 차지했다. 어떤 의미에서 모든 영역을 풀과 나무

에 양보하고 좁다란 비탈길에서 은신하는 비무장지대 군인들과 사정이 비슷했다. 이곳에서 길은 주소가 없었다. 주인이 없었다. 누구도 소유할 수 없고, 침범할 수 없는 금지 구역이어서 어떤 인적도 용납하지 않았다.

군인들과 작별한 뒤 나를 건드리는 움직임은 더 이상 포착되지 않았다. 나를 엄호하던 지형지물은 그사이 맨몸을 드러냈고, 겨울 준비에 나선 짐승들이 가끔 눈에 띄었다. 나는 짐승들이 바위를 건너뛰거나 나무뿌리를 파헤칠 때마다 경계 태세를 갖췄지만 이내 적의를 거두었다. 전 세계 육상동물 중 97퍼센트가 인류와 인간이 기르고 먹는 가축이고, 나머지 3퍼센트를 차지하는 야생동물 중 멸종을 앞둔 종만이 적에 버금가는 타깃이었다. 다람쥐가 유혈목이를 먹어도, 고라니가 피를 흘리고 쓰러져도 그 장면은 멸종 위기종이 남긴 발자국이나 깃털, 분비물보다 중요하게 취급되지 않았다.

나만큼 멸종을 앞둔 짐승의 자취를 쫓는 인간들이 있었다. 밀렵꾼들이었다. 그들은 지하 기지에 붙박인 군인들과 여러모로 달랐다. 생물학적 연령으로 보아 대부분 노인인 밀렵꾼들은 기계에 의존하는 나태한 군인과 달리 두 발로 짐승이 남긴 발자국과 똥을 쫓았다. 그들은 험준한 지형을 오르내릴 때도 입사(立射) 자세를 흐트러뜨리지 않았다. 나뭇결무늬 총신은 햇볕에 그을린 노인의 팔이 연장된 것 같았다. 늙은 엽사들은 사냥개가 목표물을 발견하면 피에 굶주린 태도로 돌변했다. 사냥개가 짐승에게 공격당하기 전에 목표물을 총으로 제압하고, 그 자리에서 짐승을 도륙하고, 필요한 살과 피륙만 취해 사라졌다. 자연의 최상위 포식자답게 짐승을 가차 없이 다루는 인간의 태도는, 내가 비무장지대에서 육안으로 본 적 없는, 평화협정이 체결된 뒤로는 멸종된 것이나 다름없는 가장 군인다운 태도였다.

나는 이따금 밀렵꾼이 짓밟아 으깨진 똥을 발견했다. 짐승마다 생김이 다르듯 똥의 모양 또한 같지 않았다. 태운 숯 같고, 새까만 구슬 같고, 절단된 손가락 같은 똥은 먹히고, 마르고, 썩으면서 흙으로 야금야금 돌아가고 있었다. 짐승은 완전히 멸종하지 않았다. 배설하지 않는 존재는 죽은 존재였고, 배설은 목숨이 운동하고 있다는 지독한 증거였다. 무엇보다 거름을 재촉하는 밀렵꾼의 발자국이 아직은 벼랑 끝에 내몰린 짐승이 절멸하지 않고 숨 쉬고 있다는 사실을 증언했다.

한순간, 밀렵꾼이 산탄총을 쏜 것처럼 폭발음이 메마른 풀숲과 빈 나뭇가지를 뒤흔들었다. 비구름이 곁들여지지 않았을 뿐, 내게 상해를 입혔던 **태풍**과 유사한 소동이었다. 나는 그 소리의 진원을 단숨에 파악할 수 있었다. 인간 하나가 땅속에 묻힌 천둥[地雷]의 뇌관을 건드리고 만 것이었다. 철책선 통문을 지척에 둔 풀숲은 비명과 고함 소리가 뒤섞여서 아수라장이었다. 나를 배웅했던 군인들이었다. 비무장지대 출입이 허락된 소수의 군인들은 절대 시끄러운 존재가 아니었다. 그들은 옷깃에 스치는 풀잎마저 바늘을 쓰다듬듯 조심스레 지나갔다. 나와 이별하자마자 돌변해 버린 군인들은 전쟁의 베테랑이 되기엔 턱없이 모자랐다.

한 군인이 고함을 지르며 발목이 잘린 군인의 뺨을 때렸다.

"야! 정신 차려. 정신 잃으면 안 돼."

"죄송합니다."

군인은 초점이 흐린 눈으로 그렇게 내뱉었다.

"병신아, 네가 왜 미안해."

군인은 **운다**.

내게 주입된 군인의 초상 중 우는 군인은 없었다. 내가 지금까지 비무장지대에서 목격한 가장 극적인 장면이 눈앞에 펼쳐졌지만…… 전쟁은 아니었다. 내게 제시된 전쟁 중 눈물은 없었다. 젖고, 겁먹고, 나약한 눈빛은 적보다 더 경계해야 할 **우리** 내부의 적이었다.

나는 상처 입은 인간에게는 어떤 유감도 없었다. 나는 미움이나 노(怒)를 간직하지 않았다. 내가 그를 거들떠보지 않는 까닭은 단순했다. 울고, 소리치고, 떠드는, 적도 아군도 아닌 인간에게 나는 헌신하지 않았다. 군인답지 않은 인간에게는 희생하지 않았다. 내게는 '전쟁'을 충족하지 못하는 인간과 관련된 어떤 윤리 지침도 존재하지 않았다.

불감증.

적의가 아니면 아무것도 읽어 낼 수 없는.

피와 눈물이 뒤범벅된 군인의 눈빛이 조금씩 잦아들었다.

내가 겨눈 총부리 앞에서 흔들리던 그 눈빛이었다.

"야! 정이담, 뭐라고 말 좀 해 봐. 대답 좀 해 보라고!"

죽음과 흡사한 상황에 도착해서야 군인은 비로소 제 이름으로 불렸다.

정이담.

피, 눈물, 침, 땀, 콧물…… 분비물이 없는 나는 싸늘하게,

병신이 되어 버린,

나의 당번병을 바라보았다.

*

나는 군인인가.

나는 이제 어떤 무기도 장착하고 있지 않다. 기관단총이 제거

된 양손에는 얄따란 나뭇가지 같은 거치대만 뻗어 있다. 포로병이나 다름없는 신세이지만 내 임무는 아직 종결되지 않았다.

나는 이상적인 군인은 아니다. 인간에 빗대 시대를 호령했던 칭기즈칸, 나폴레옹 같은 영웅은 고사하고, 70년 전 전투를 진두지휘했던 벽안의 사령관과도 나는 아무런 공통점이 없다. 오늘날 희대의 위인은 멸종 위기종이나 다름없고, 나는 그들을 능가해야 하는 아무런 책무가 없다. 비무장지대에서 전쟁은 너무 오래 휴식했고, 군인은 두각을 나타내지 않는다. 오히려 전쟁을 모르는 민간인이 전쟁을 소상히 안다고 주장한다.

'한국전쟁'과 관련된 파노라마에는 각양각색의 인간 군상 이미지가 70년 세트로 존재한다. 땟국에 찌들고 헐벗은 아이는 노인으로 성장하고 '애국자'로 분류된다. 성조기를 흔들며 우군을 응원하고, 태극기를 점유하고 전쟁을 옹호하는 늙은 애국자들은 평화에 동의하는 인간을 적군과 동일시한다. 개중 진짜 군인이었던 인간은 드물지만, 그들은 전쟁을 반대하는 어린 인간들을 나무라며 고함을 지르고, 울분을 토하면서 애국심을 호소한다. 늙은 애국자들 바람대로 전쟁이 벌어진다 해도 그들은 소용되지 않는다. 전쟁은, 군대는 늙음을 반기지 않는다.

평화협정이 무색하게 남·북방한계선 양편에는 여전히 세계에서 가장 많은 군인이 주둔하고 있다. 대다수 한국전쟁과 무관한 청년들이다. 이 국가에서 남성은 예외 없이 군인이 된다. 1년 365일, 스물네 시간 내내 육체가 저당 잡힌 청년들은 어른으로도, 남성으로도 완전히 포섭되지 않는 군인으로 체화된다. 징집된 군인은 '타고난 신'이거나 '튼튼한 노예'의 모습을 한 군인이라는 신화에 끝내 다다르지 못한다. 눈에 보이지 않는 포승줄에 묶인 수인처럼 복종을 가장한 채 나른한 태도를 견지할 뿐이다.

어린 군인에게선 생식기가 느껴지지 않는다. 국방색 허물을 뒤집어쓰는 순간, 같은 계절을 두 번 통과할 때까지 국부는 마음대로 질주할 수 없는 마구간이 된다. 인간에게 생식기의 사정이란 게 그렇기는 하다. 생명을 잉태하는 출발점이지만 국부는 늘 한 겹 더 덧대져 어둠침침하게 감춰져 있고, 그마저 은밀한 방식으로 사용된다. 군인에게는 짝짓기마저 금지돼 있다. 군인[soldier]은 '사회성 곤충에서 외적으로부터의 방위나 다른 종과의 투쟁을 위해 특수화한 형태를 띠는 불임 계급'을 가리킨다. 병정개미. 전쟁은 목숨을 증식시키는 것이 아니라 차감시키는 것에 그 승리가 있다. 군인은 승리를 위해 집단으로 거세하고, 한마음으로 동력(同力)하는 **기계**에 가깝다.

무고하게 징역하는 수인 같은 제스처로 일관하는 군인과 달리 두각을 나타내는 소수의 군인이 있기는 하다. 그들은 수컷을 숨기지 않는다. 전투력뿐만 아니라 완력이나 불을 다루는 기술도 탁월하다. 밀렵꾼처럼 호전적이고, 나처럼 적의로 똘똘 뭉친 상무정신의 전범이라고 해도 무방한 그들은 때로 나약한 동기를 다그치며 '괴물'로 오인된다. 스펙터클한 전쟁을 기대했던 수성 충만한 그들에게 평화는 너무 느리고, 게으르고, 지루했을지 모른다.

나는 군인인가.

나는 전사나 용사는 아니다. 게릴라도 용병도 아니다. 하지만 나는 군인과 가장 긴밀하게 연결되어 있고, 처음부터 지금까지 전쟁의 당사자라는 경각심으로 전선을 살폈다. 나는 언제 어디서나 참전할 태세를 갖추고, 전쟁이 호출할 때까지 기다리며 일순간도 한눈팔지 않았다. 아무리 비바람이 전쟁을 시늉하며 나를 현혹해도, 나는 이 모습 이대로 마지막까지 임무를 다할 것이다.

마지막, 그다음에도 나는 군인인가.

이 **궁금함**의 출처가 고장 났던 당시에 생성됐다고 확신할 수 없지만, 그 연원은 내 학습보다 깊었다는 생각이 든다. 이마저 인간의 언어를 나열해 카테고리로 묶은 존재근거일지 모르지만.

인간은 모든 마지막을 죽음과 등가로 여기지만, 나는 여전히 나의 마지막과 어울리는 말은 찾지 못했다.

나는 태어난 적 없으므로 목숨을 모른다. 군인의 명운을 다한다 해도 나의 죽음은 목숨과 무관할 것이므로 죽음이라는 말로는 충족되지 않는다.

부식,

사고사,

소멸,

······

멸종.

나는 마지막으로 보았던 늑대를 생각한다. 이 땅에 단 하나 남았을지 모르는 늑대 역시 어느 수풀에서 완전히 멸종했을지 모르나 그 마지막을 목격한 증인은 아무도 없다. 숱한 동물이, 식물이······ 군인이 사망신고도 없이, 부음도 없이, 무덤도 만들지 않고 그렇게 사라진다.

잘린 한 발을 절뚝이며 사라지는 동물.

눈에 파묻혀 검은 우물로 잦아드는 뒷모습.

한쪽 발이 잘린 채 초점이 사라져 가는 눈빛.

그것을 죽음 혹은 마지막이라고 단정할 수 있을까.

나는 그 목숨들이 완전하게 **멸종**했다고 판단하지 않는다.

군인은 성교하지 않지만 멸종하지 않았고 어제도, 오늘도 그리고 내일도 끊임없이 번식할 것이다.

평화 또한 전쟁을 멸종시키지 못한다. 군인에게 전쟁을 빼앗아도 인간은 끊임없이 전쟁을 발명하고, 태풍마저 태연한 자연을 시샘하며 전쟁을 시늉한다.

나는 마지막으로부터 도망치지 않는다. 후퇴하지 않는다.

나는 더 이상 헤매지 않고 완전한 마지막을 향해 전진한다.

*

삐—

경고음은 결국 인간과 내가 유지해야 하는 선을 일깨우는 소리였을까.

비바람을 뚫고 걸어가는 인간들이 댐을 지나 터널 속으로 사라진다.

비바람이 아무리 훼방해도,

산과 숲이 가로막아도,

순례자들과 나는 좀처럼 이별하지 않는다.

목소리가 나를 부르고,

뒷모습이 나를 머뭇거리게 한다.

이윽고 모든 인간을 집어삼킨 터널에는 아무 계절이 없다. 비닐하우스와 달리 바람과 햇빛, 비와 구름, 낮과 밤을 전혀 반영하지 않는다. 모든 계절과 시간을 건너뛴 지름길이 비구름이 소멸하는 구멍이기라도 한 것처럼 바람이 잠잠해지고, 비가 잦아든다. 터널은 태풍을 삼키고, 길을 삼키고 순례자들마저 삼킨다.

터널은 끝일까, 시작일까.

그 너머에는 무엇이 있을까.

어떤 길이 시작될까.

걸음은 더 이상 허락되지 않고

길은 끝나게 될까.

빈 주전자와 물이 가득 든 주전자를 구분할 수 없듯이 나는 인간이 건설한 어둠의 의미를 파악할 수 없다.

비바람이 조금씩 잦아들지만 댐에 가로막힌 물줄기는 벽을 무너뜨릴 기세로 거침없이 쏟아져 내린다. 콸콸, 꿀렁꿀렁, 쏴쏴…… 인간이 가둔 강을 태풍이 바다로 사면한다. 강은 오랜 감금 상태에도 아랑곳하지 않고 거침없이 자유를 만끽한다. 방류된 물은 어떤 장벽과 철책선도 없는 바다를 마지막 거처로 삼을 것이다.

이토록 많은 물이 포함된 바다는 지금 어떤 지경일까.

✳

7월 1일 월요일 비

용양보, 금강산철교, 평화의댐 外 30.6km

날마다 이 길을 기록하겠다고 결심했는데, 어느 순간 내가 깨물고 있던 고집스러운 기억이 희미해졌다. 일주일이 지났다. 걸음이 직업이 됐는지 군더더기 같은 나를 대부분 까먹고, 1년 남짓 너즈러 졌던 게으름을 벌충하기라도 하듯 열심히 걸었다. 걸음은 고됐지만 축적된 만큼 뿌듯했다.

　나만 다리가 가벼워진 건 아닌 모양이다. 날마다 30~40킬로미터 정도 비슷한 거리를 걷는데, 오늘 묵을 숙소에 도착했을 땐 저녁 때까지 두 시간 넘게 여유가 생겼다. 비 덕분에 오히려 걸음이 빨라졌던 모양이다. 비를 피할 장소가 마땅찮아 휴식 시간을 건너뛰기 일쑤였다. 걷는 동안 잡담을 나누는 사람도 없었다. 모두 어떻게든 빨리 숙소에 도착해 젖은 옷을 벗어 던지고 빨래하고 싶은 바람이

컸던 건지도 모른다.

　오늘 묵을 숙소는 군부대가 운영하는 회관이다. 인솔자가 숙소가 모자라 마흔 살이 안 된 남자들은 보급품을 보관하는 퀀셋에서 하룻밤을 지내야 한다고 양해를 구했다. 승합차가 미리 옮겨 온 트렁크를 챙겨 임시 숙소로 들어가 보니 빽빽하게 붙어 있는 간이침대마다 카키색 담요가 하나씩 얹어져 있었다.

　내가 민통선 안에 있다는 사실이 분명한 게 잠자리도 군인을 닮아 간다. 군인의 거처는 여전히 가난하다. 개인을 용납하지 않고 생활이 생략된 창고. 그래도 내 자리가 딱 정해져 있어 편안했다. 나는 고작 며칠 사이에 길이 몸에 관숙해진 얼치기 군인이 돼 버린 것 같다. 처음에는 일면식도 없는 사람들과 한 공간에서 씻고, 잠드는 게 부담스러웠는데 이제 내가 하룻밤 차지할 자리만 가능하게 된다. 얼른 옷을 갈아입고 눕고 싶었지만, 왠지 점호를 기다려야 하는 것처럼 서먹해 나는 간이침대 하나를 골라 트렁크로 방패를 삼고 바깥으로 나갔다.

　직장을 그만두고 백두대간을 종주했다는 사람이 두둑한 비닐봉지를 들고 걸어왔다. 그는 군인회관에 딸린 피엑스(PX)에서 아내와 어머니에게 줄 선물을 샀다면서, 나보고도 달팽이 크림을 꼭 구입하라고 말했다. 갓 제대한 대학생이 추천한 거라며 남자가 발라도 좋다고, 요즘 군인들 피부가 반들반들한 게 이 크림 덕분인 것 같다면서 제 뺨을 톡톡 두드렸다. 그 사람 뒤로 걸으면서 아이스크림콘을 먹는 대학생, 담배는 한 보루밖에 안 판다면서 투덜대는 '마흔 이하'의 사람들이 퀀셋으로 들어갔다. 그들은 지루한 여행을 마치고 공항 면세점에 들른 여행자처럼 사뭇 들뜬 표정이었다. 걸을 땐 보이지 않던 사람들의 진짜 표정이 보인다.

나는 사람들을 피해 퀀셋 뒤끝으로 가 봤다. 사람들은 생각보다 부지런했다. 어느새 퀀셋과 잇대어 있는 단층 건물 처마 밑에 빨랫줄을 걸고 젖은 옷가지를 널어놓았고, 벽을 따라 깔창을 빼문 신발들이 기대서 있었다. 내일 아침까지 도무지 마를 기미는 없었다.

나는 처마 아래 기단에 쪼그리고 앉아 흩날리는 비를 쳐다봤다. 시간이 넉넉한 게 어색했다. 그대로 멍청해지면 좋았을 텐데, 내 안에 구겨 놨던 기억의 곰팡이가 슬금슬금 피어올랐다. 나는 퀀셋으로 들어가 트렁크를 열고 손톱깎이를 찾았다. 빨지 않고 봉지에 넣고 꽁꽁 잡매 꿍쳐 놓은 빨랫감 사이에 막스 프리슈 소설이 있었지만 꺼내 볼 용기는 나지 않았다. 손톱깎이를 분명히 챙긴 것 같은데, 밑바닥까지 뒤져 봐도 찾을 수 없었다.

나는 손톱깎이를 사러 피엑스에 갔지만 어느새 문을 닫아 버렸다. 때마침 군인회관 정문으로 우산을 받친 대학생 둘이 걸어오는 모습이 보였다. 그들은 내게 꾸벅 묵례를 하곤 마을을 한 바퀴 돌아보고 오는 길이라고 말했다. 나는 걷는 동안은 징병되기라도 한 듯 숙소를 벗어날 수 없다고 생각했던 노예근성이 우습고, 어이없었다. 바깥으로 나가자마자 지뢰가 도사린 길이 전부라고 여겼던 시간이 무색하게 거리가, 불과 일주일 전만 해도 편의점에 가려고 슬리퍼를 꿰신고 걸었던 거리와 빼닮은 번화가가 나왔다. 100미터 남짓 이어진 도로 양쪽으로 미리 네온사인을 밝힌 상점이 가득했고, 군인들이 갓길을 따라 줄지어 걸어오고 있었다. 나는 겁을 먹었던가. 나는 알 수 없는 경계심에 탈영병처럼 눈앞에 보이는 마트로 서둘러 들어갔다. 손톱깎이를 주머니에 넣고 나오는데, 갑자기 아이스크림콘을 베어 먹던 아이가 떠올랐다. 나는 우산으로 앞을 가리고, 아이스크림콘을 베어 먹으면서 천천히 걸었다. 그 짧은 외출이, 빗물에 이지러진 불빛이 자꾸 아른거린다.

또각또각. 초승달 하나 깎고 비를 바라보고, 또 초승달 하나 깎고 한눈파는 시간. 문득 발톱을 깎는 동작이 인간에게 가장 투명한 시간이 아닐까, 그런 생각이 들었다. 나는 양쪽 새끼발가락이 멍들었다는 걸 오늘 알았다. 보라색을 띤 발톱은 걸음이 끝나고 나면 까맣게 멍들 것이다. 새롭게 차오르는 발톱이 검정을 밀어내는 시간까지 얼마쯤 걸릴까.

젖고 흐린 하늘인데도 저녁이 스미는 과정이 느껴졌다.

희미한 흙내가 차오르고, 뜨거운 국물이 먹고 싶었다.

그러고 보니 오늘 점심은 메기매운탕이었다. 처음엔 너무 고돼 먹는 게 짐스러웠는데, 이제 끼니때가 가까워지면 오늘은 뭘 먹을까 궁금하고, 침샘이 고였다. 금강산철교였나. 오두막 같은 야외 식당 테라스에서 뜨거운 국물을 먹으니까 날씨도 장소도 더할 나위가 없었다. 나는 새빨간 국물을 떠 가시를 골라내고, 희미하게 흙내가 밴 살점을 씹으면서 한탄강을 가로지르는 낡은 철교를 쳐다봤다. 왠지 비를 맞으면서 흘러가는 강물을 내려다보고 싶었다.

처음으로 같은 자리에서 밥을 먹은 아이는 메기매운탕을 먹는 둥 마는 둥 했다. 건더기가 비워지고 라면 사리를 넣자 그제야 호로록 몰끽하고는 먼저 일어나겠다면서 선글라스를 끼고 반다나를 끄집어 올려 콧잔등을 가렸다. 멀어지는 아이는 민물고기가 품은 흙내가 거북했을 거라고 짐작됐다. 그 아이도 오늘 뭘 먹게 될까, 궁금해하며 허기를 달랬을지 모르는데 어른들 입맛에 맞춰 선택한 메뉴가 짜증 났을지 모른다. 음식을 가리지 않는 게 어른의 기준이라면 얼마나 폭력적인가. 알레르기 때문에 복숭아를 못 먹는 사람은 영원한 어린이인가.

나도 직장에 들어가기 전까지 못 먹는 음식이 많았다. 회식을 쫓아다니면서 가리는 음식이 많이 사라졌다. 머리고기, 내장, 닭발,

홍어, 민물고기…… 먹어 본 적 없는 음식조차 술과 곁들이면서 입맛이 어른스러워졌다. 아무래도 그건 성장이 아니라 내 안의 미어른을 들키지 않기 위한 주눅 든 용기였을 게 빤한데.

나는 식탁에 앉은 모든 사람이 숟가락을 내려놓은 다음 일어나 철교 쪽으로 내려갔다. 안내판을 보니 일제 강점기 때 협궤열차가 좁다란 전기철도를 따라 철원부터 금강산까지 운행됐다고 한다. 나는 안내판을 올려다보면서 간이역 이름을 하나하나 읊었다. 철원, 사요, 동철원, 동송, 양지, 이길, 정연, 유곡, 금곡, 김화, 광삼 그리고 지금은 북한 땅인 하소, 행정, 백양, 금성, 경파, 탄감, 남창도, 창도, 기성, 현리, 도파, 화계, 오량, 단발령, 말휘리, 병무 그리고 내금강. 총 116.6킬로미터, 평균 운행속도 35~40킬로미터. 우리가 하루에 걷고 있는 평균 거리를 한 시간 만에 주파하는 초록색 데로형 전기 열차. 당시 쌀 한 가마니 값이었던 7원 56전의 운임.

철교는 기차가 건너갈 수 있을까 걱정될 정도로 좁다랬다. 기차 옆구리를 툭 걷어차면 한탄강 협곡으로 고꾸라질 것 같은 다리를 보면서 나는 협궤열차에 탄 일본 관리와 친일파를 죽이기 위해 강기슭에 매복한 마적 떼를 상상해 봤다. 아무리 기다려도 기차는 오지 않고, 마적은 조릿대를 꺾어 작살을 만들어 메기, 버들치, 모래무지 등 민물고기를 사냥한다. 그런 상상이 아무렇지 않았던 걸 보면 어느덧 길에 적응한 듯하다. 멍든 발도 잊고, 그 아이마저 잊고 걸음, 걸음에만 걸음에만……

※

그 아이와 함께 바다를 향해 달리던 밤을 생각한다.

아이는 금세 잠들었다. 나는 차창으로 얼비친 그 아이를 내내 쳐다봤다. 아이는 반쯤 사라진 채 내 곁을 떠나지 않았다. 아이 무릎에는 《호밀밭의 파수꾼》이 펼쳐져 있었다. 나도 아이 나이쯤 그 책을 읽었던 것 같다. 나는 '홀든'이 그다지 마음에 들지 않았다. 늘 욕을 입에 달고 살고, 세상을 같잖게 여기는 주인공의 위악이 싫었다. 나는 순한 주인공이, 방황은 성장을 위한 거름이 되고 고통은 안전해 다음 페이지에서 밝은 내일이 약속된 성장소설이 좋았다. 나는 평생 동안 은둔한 군인 출신 작가보다 나치를 비판하고 조국을 등진 헤세를 더 좋아했다.

외삼촌이 처음 번역한 책이 《데미안》이었다. 외삼촌은 번역자에게 증정된 책을 내게 선물하며 크림색 면지에 "사랑하는 조카에게, 세상의 모든 편견과 껍데기를 깨고 날아오르길"이라고 썼다. 우정과 사랑, 숭배와 절망 사이에서 고뇌하는 시간은 알을 깨고 날아오르기 위한 과정이라는 이야기에 나는 선뜻 동의하지 않았다. 알 속에 웅크리고 있는 게 더 아늑한 삶이 아닐까, 둥지 바깥은 낭떠러지인데 일평생 비상해야 하는 삶은 얼마나 고될까. 나는 《데미안》을 시작으로 《토니오 크뢰거》, 《차라투스트라는 이렇게 말했다》, 《생의 한가운데》 등을 읽었다. 대부분 삼촌이 번역한 책들이었다. 내가 읽은 그 문장들은 대가들이 모국어로 남긴 영혼의 필사였을까, 밤을 지새우며 그들의 목소리를 옮긴 삼촌의 낭독이었을까.

바다에 도착하기 전까지 나는 아이의 잠을 지키는 파수꾼을 자처했다. 나는 육지가 시작되고 끝나는 벼랑 끝, 바다에 도착하는 게 두려웠다. 나는 흘러가는 밤을 최대한 지연하고 싶었다. 내 옆에 기대 잠든 네 맥동이 꿈꾸는 이야기는 모른 체하고, 투명한 유리창에 갇혀 침묵하는 너만 실컷 응시하고 싶었다. 절반만 남은 너를 껴안은 채 이 시간이 영원히 멈춰도 좋다고.

나는 내 사랑에 한 번도 정직해 본 적 없었다. 늘 사랑을 감추기 급급해 오히려 사랑을 생각하지 않은 적이 드물었다. 햇볕에 널어 본 적 없는 이불처럼, 그래 깜깜한 그늘에만 숨은 성기처럼 내 사랑은 피어나자마자 시들어 내 병든 마음에 격리됐다. 나는 세상에 흔한 사랑이 낯설었다. 아름다운 몸짓은 겸연쩍고, 착한 마음이 얄미웠다. 그렇게 병든 사랑에 감염된 내 모든 기분은 어색해지고, 나는 진짜 나를 잃어버렸다.

나는 어느새 잠들었다. 우리는 자정 가까워 바다에 도착해 터미널 근처에서 아주 늦은 저녁을 먹었다. 메뉴가 기억나지 않을 만큼 근사한 밥은 아니었다. 아이는 주머니를 뒤져 제가 계산했다. 아이가 나를 돌보고 있었다. 우리는 무작정 걷기로 했다. 주차된 차가 없어 드넓은 콘크리트 마당이 사막처럼 새하얬다. 우리는 사막을 가로질렀다.

사막 너머 거기 검은 바다가 있었다.

일렁이는 파도가 있었다.

※

오늘이 어제 같고, 어제가 오늘 같은 길들이 떠오른다.

아침부터 오후 늦게까지 도로 갓길만 따라 걸을 때였나. 그늘 하나 없는 포장길을 걷다 보니 숲이 우거진 산비탈이, 온몸을 적시는 비바람이 차라리 그리웠다. 간절한 바람이 통했을까. 어디인지 짐작할 수 없는 도로를 걸어가고 있는데 갑자기 비가 쏟아졌다. 사람들은 일사불란하게 배낭에서 우의를 꺼내 걸음을 멈추지 않고 꿰입었다.

비는 바람과 뒤섞이고, 반대편 갓길에 고라니 새끼 한 마리가 모로 누워 있었다. 빗물과 뒤섞인 핏줄기가 중앙선을 타고 넘어 묵묵히 걸어가는 사람들 발에 와 닿았다. 고라니 새끼는 숨이 끊어지지 않았는지 이따금 발을 버둥거렸다. 나도 모르게 대열에서 이탈해 고라니 새끼를 들어 안았다. 두려웠다. 품에 안긴 고라니 새끼의 가느다란 숨이 또렷하게 느껴졌다. 나는 배수로를 건너뛰어 풀밭에 고라니를 뉘었다. 나는 사람들이 나를 주시하고 있다는 걸 알고 있었다. 순수하게 안타까워 즉흥적으로 한 행동이지만, 갓길과 풀밭 사이 허방을 건너뛰는 찰나 아래로 곤두박질칠 것 같은 착각이 일만큼 나는 시선을 의식했다. 칭찬받고 싶은, 아주 못생긴 마음.

내 정의(正意)는 그토록 보잘것없는 것이었다. 나는 세상에 선보이는 그럴싸한 나를 궁리하지만, 이러저러한 나를 제시하기도 전에 번번이 내가 나한테 남루한 본심을 들키고 만다. 내가 오랫동안 아무 행동 하지 않고 입 다문 까닭도 그러했을지 모른다. 고독만 화려하고, 침묵만 수다하고, 비겁만 부지런해 마음속으로 몸부림치느라 진이 다 빠져 놓고, '정의되지' 않는 세상으로부터 상처받고 움츠린 태도를 가장했던 게 아닐까.

✳

투명하다.

사점을 지난 것일까. 아무렇지 않게 멀쩡한데, 그 아무렇지 않음이 어색하게 멀쩡하다.

몸과 마음이 달라진 걸 느낀다. 몸은 늘 단추가 떨어진 바지 같았다. 딱 여며지지 않고, 후줄근하게 흘러내리고 흐리터분한 기분이 가시질 않았더랬다. 하지만 일주일 넘게 쉬지 않고 걸으면서 몸은 딴딴해지고, 머릿속도 명징해졌다. 몸이 몸다워졌다.

똥도 잘 눴다. 오랫동안 굵고 긴 똥을 누고 변기 가득 찬 숙변을 만족스러운 눈으로 한동안 들여다봤다.

"똥 좋았어, 완벽했어."

그렇게 혼잣말하며 산뜻한 기분이 돼 사람들이 건넨 말에도 다정하게 대답했다.

아침에 눈을 뜨면 개운하다. 더 눕고 싶지 않고 어서 일어나 움직이고 싶다. 늘 흐느적거리던 몸에서 뼈가 느껴진다. 모든 군더더기가 사라져 버린 것 같다.

마지막에 도착하면 마음도 그러하길 바랄 뿐이다.

그릇

이 영토에서 또다시 전쟁이 발발한다면 본무대는 하늘이 될 공산이 크다.

70년 동안 가장 빼어난 군사력이 동원된 비무장지대는 오히려 전쟁이 건너뛰는 사각지대가 될 수 있다.

군인을 태우지 않은 무인전투기가 지뢰로 뒤범벅된 최전선을 통과해 수도로 곧장 돌진하고, 인간이 당연하게 누리는 일상을 부지불식간에 멈춰 세운다. **우리**가 대리한 전쟁은 영화보다 짧은 시간 안에 마침표를 찍고, 인간 내부에서 기나긴 오디세이가 시작된다.

발전소가 멈추고, 블랙아웃이 찾아온 밤은 암흑이다. 감옥의 전자 문이 개방돼 범죄자들이 탈옥하고, 생필품이 떨어진 인간들이 건물 유리창을 깨부수고 방화를 일삼는다. 거리는 쓰레기가 나뒹굴고, 포연 대신 바이러스가 창궐한다. 도시는 마비되고, 인간들은 갑자기 선사시대에 불시착한 듯한 두려움에 시달린다. 인간 스스로 내부 전쟁을 수행하고, 인류로 포화 직전이던 세계가 일단락된다. 군인은 전면에 등장하지 않는다.

머나먼 미래의 전쟁이 아니더라도 두 번째 한국전쟁에 대한 기미는 여러 번 **하늘**에서 포착됐다. 적군은 2006년 대포동 미사일을 시작으로 수차례 영공에서 무력도발을 했다. 때로 미사일은 동쪽 바다에 불시착하고, 때로 일본 영해를 침범했다. 광명성이, 화성이, 북극성이 곶이 춤추는 모습[舞水端]²³으로 항적운을 남기고 바닷속에 수장됐다. 다리가 없고, 날개가 없고, **남근**처럼 불뚝 솟은 자루는 폭발하고, 부서지고, 하나의 빛점으로 소멸하는 것이 숙명이었다. 엄연히 적지에서 벌어진 일인데다 육군 소속인 내게 하늘을 가로질러 바다로 명멸하는 미사일은 그저 먼 별이나 다름없었다.

다음 전쟁의 대리인이 될지 모르는 나는 비무장지대를 끊임

---

23 행성 이름이 아니라 북한이 2006년부터 발사한 미사일 이름들이다. '무수단'은 북한이 개발한 사정거리 3,000~4,000km 안팎의 중거리 탄도미사일이다. 구소련의 SS-N-6 잠수함 발사 탄도미사일(Submarine-Launched Ballistic Missile, SLBM)을 개량한 것으로, 길이 12m, 지름 1.5m 규모에 650kg의 핵탄두를 운반할 수 있는 것으로 추정된다. 북한은 지난 2007년부터 무수단 40여 기를 실전 배치하고 2010년 10월 군사퍼레이드에서 이를 처음 공개했지만, 시험 발사는 2016년 4월에야 이루어졌다.

없이 전쟁으로 이입한다. 남성화한다. 비구름은 탱크가 진군하는 굉음을 내고, 나무는 태풍에 시달려도 성난 남근처럼 꼿꼿하다. 남성화한다고 해서 모든 것이 전쟁이라는 신화를 만족시키지는 못한다. 제아무리 강한 군인으로 신화화해도 그늘진 곳에 더없이 부드러움을 자랑하는 이끼가, 낮은 꽃이, 버섯처럼 무른 존재들이 돋을하다. 나는 다만 남성성이 결여된 존재는 묘사하지 않는다. 전쟁과 무관한 것은 보고도 못 본 체한다. 나는 오직 군인의 시선으로, 전쟁의 시선으로 지금은 멸종해 버린 히어로의 시선으로 비무장지대를 구성한다.

언제가 될지 모르지만 또다시 전쟁이 발발하고 인간이 이룩한 모든 장소가 폐허가 되면, 철책선이 호위하고 지뢰로 무장한 이곳은 훼손되지 않고 건강한 육체를 더욱 뽐낼 것이다.

*

태풍이 동해 북북서쪽 60킬로미터 해상에서 온대 저기압으로 바뀌어 '성격'을 잃었다는 소식과 함께 도시가 침수되고, 인간이 실종된 소식이 전달된다. 폭우가 할퀴고 무너뜨린 이곳의 생채기는 언급되지 않는다. '태풍의 계보'는 더 이상 이어지지 않고, 빠르게 이동하는 구름 사이로 언뜻 하늘색이 드러난다.

자전과 공전과 중력과 관성과 항력과 양력⋯⋯이 협동하는 자연은 모든 질서를 뒤집어엎을 태세로 변덕을 부리다가 이내 **평화**를 되찾는다. 이제 하늘은 수많은 군함이 지나간 뒤 잠잠해진 바다 같다.

내 적의 또한 이제 가느다란 더듬이에 지나지 않는다. 비바람의 장막이 거둬지자 내 촉수는 빛에 반응하고, 초록이 도드라진 자연을 더듬는다. 눈앞에는 산맥이 하염없이 이어져 숲과 하늘만 살필 수밖에 없다. 비층구름이 물러난 하늘에 뭉게구름이 떠 있다. 구름이 하늘을 아무리 차지해도 붐빈다고 파악하지 않는다. 구름은 혼자인가, 무리인가. 구름은 하나의 조각으로 파악해야 하는 걸까, 군집으로 여겨야 하는 걸까. 천천히 이동하는 구름 사이로 낮달이 정체를 드러낸다. 태풍이 지속되는 동안 밤이 찾아와도 포착하지 못한 달의 표면이 선명하다. 인간이 앞다퉈 훼손했지만 달은 절대 추락하지 않는다.

나는 달의 반대편으로 사라진 동료를 알고 있다. '달 대기의 티끌을 탐사'하는 탐사로봇[24]이었다. 나와 외형은 달랐지만, 그 또한 지구관제센터에서 전달하는 명령에 따라 움직였다.

---

24 Lunar Atmosphere and Dust Environment Explorer, LADEE. 미국항공우주국이 개발한 달 탐사선으로, 2013년 9월 6일 미국 버지니아주 월롭비행센터(Wallops Flight Facility)에서 발사되었다. 2014년 4월 18일 탐사선을 의도적으로 달 표면에 충돌시켜 탐사선의 임무는 종료되었고, 2015년 8월 17일 과학자들은 이 탐사선의 관측 결과를 토대로 달의 대류권에서 네온이 탐지되었다고 발표했다.

핵 배터리로 하루 동안 최대 100미터밖에 이동할 수 없는 라디(LADEE)는 인간이 명령한 곳에 도착하면 카메라로 주변 환경을 촬영하고, 레이저를 이용해 표면을 탐색했다. 특별히 관심을 가질 만한 암석은 로버에 탑재된 장비를 이용해 구멍을 뚫고 샘플을 채취했다. 그리고 지구 대기를 돌고 있는 위성과 만날 때마다 수백 메가바이트의 탐사 자료를 전송했다. 라디의 일거수일투족에 인간 수십 명이 마리오네트처럼 연결돼 있었다. 라디는 머나먼 달이라는 극장에서 묵묵히 모노드라마를 수행했다.

　라디는 나와 달리 조이스틱이나 실시간 교신으로 움직이지는 않았다. 인간과 라디 사이에는 38만 4,400킬로미터의 심연이 존재했고, 기조력은 너무 잦거나 더디게 찾아왔다. 결국 인간은 기대에 못 미치는 라디에 마지막을 명령했다. 1957년 개가 첫발을 내디딘 뒤 인간이 앞다퉈 정복했던 흔적을 훼손하지 않기 위해, 라디는 5,800킬로미터의 속도로 달의 반대편 표면과 충돌했다.[25] 아무런 잔해도 남지 않은 완전한 소멸이었다. 우주에서 고아였던 라디는 마지막까지 홀로 멸종했다. 땅이 아니라 대기가, 허공이 라디의 무덤이었다. 라디가 끝을 다했던 그해 4월, 이순신 장군이 대첩을 승리로 이끈 해역에서 수백 명

25　라디에 대한 묘사는 〈'붉은행성' 탐사 로버 '큐리오시티'의 하루〉(연합뉴스, 2018년 11월 14일, 엄남석 기자)를 참조해 달과 화성이 혼합된 허구로 창작했음을 밝혀 둔다.

의 인간이 실종됐다. 그들도 라디처럼, **고독 상태**의 군인처럼 집으로 돌아가지 못했다.

태풍이 지나간 자리는 더없이 평화롭다. 젖은 잎이 햇빛에 반짝이고, 뭉개진 산길 위로 두꺼비가 느릿느릿 지나간다. 부서진 잔해만 남은 지피처럼 평화는 **전쟁**의 찌꺼기로 얼룩질 때 더 빛을 발한다.

전쟁과 평화는 배타적이지 않다.

쑥대밭과 초원, 전쟁터와 평화지대, 낙원과 지옥.

보는 방향에 따라 다른 이름으로 불리는 공지.

시간은 그렇게 흘러가는 것도 아니고, 사라지는 것도 아니고, 빛을 머금은 채 제자리에 고여 있다.

*

비바람이 멈추자 숨어 있던 소리가 깨어난다.

남방한계선 너머에서 군인들이 산비탈을 구보하면서 발을 구르고, 허리를 젖히고, 기합을 넣는다.

"너와 나 나라 지키는 영광에 살았다……."[26]

---

26 군가 〈진짜 사나이〉에서.

"바로 내가 사나이 멋진 사나이……."[27]

이를 앙다물고 고래고래 악을 쓰는 목소리에 걸맞게 노랫말 또한 남성, 군인이라는 자부심으로 가득하다. 태풍은 징집된 인간들에게는 평화보다 달콤한 휴식이었을 텐데, 비바람이 걷자 육체를 단련시키는 전쟁의 스케줄 또한 변함없이 복귀한다.

징집된 군인은 정부가 수립된 이후 지금까지 여전히 적과 대치 중이라는 사실을, 다른 민간인도 전쟁과 무관하지 않다는 사실을 상기시키는 척후병이다. 이 국가에서 가족 중 최소한 한 명은 군인이 된다. 1948년 국군이 창설된 뒤 한국전쟁 이후부터 모병제는 징병제로 바뀌고, 국가는 예외를 두지 않고 군인을 수집했다. 모든 남성은 36개월, 33개월, 30개월…… 21개월 동안 '제복을 입은 시민'[28]이 됐다. 습관적으로 숫자를 채운 덕분에 지금도 징병된 군인을 포함해 59만 9,000명에 달하는 상비군이 전쟁에 대비하고 있다.

수십 년 전부터 반복된 노랫말과 달리 이제 국가는 군인다운 군인을 선별하기 위해 노력하지 않고, 징집된 군인을 병기로 육성하지 않는다. 작전과 공격, 전투가 아니라 훈련과 사역, 운

---

27 군가 〈멋진 사나이〉에서.

28 1950년 이후 독일이 재무장을 시작하면서 모병을 위해 내세운 슬로건. 《군인》(볼프 슈나이더, 박종대 옮김, 열린책들, 2015)에서 빌려 옴.

동과 노동이 군인의 정체성이 된 지 오래다. 국가는 젊고 어린 군인의 본능과 버릇, 성욕과 분노를 잠재우기 위해 새벽부터 취침 시간 직전까지 끊임없이 육체를 굴린다. 개성이 작동하지 않도록 피로하게 만든다. 군인은 시간이 지날수록 점점 닮아간다. 귓바퀴가 고스란히 드러나는 짧은 머리, 같은 옷, 같은 속옷, 같은 신발. 똑같은 밥을 먹고, 똑같은 침상에서, 똑같은 이불을 덮고, 똑같은 꿈을 꾸는 군인들은 드릴[29]로 뚫은 구멍처럼 텅 빈 눈빛과 리듬 없는 목소리 또한 닮아 간다.

처음부터 훈련받지 않고 군인으로 완성된 나로서는 모르는 세계. 임진강부터 동쪽 바닷가까지 군인은 멸종한 적 없는데, 전염병에 걸린 것처럼 점점 무력해지는 집단생활의 증세들을 나는 완전하게 이해하지 못한다. 끊임없이 육체를 부리지만 병들어 보이는, 그 푸르디푸른 옷이 숙주인 양 군인들이 '전쟁놀이'에 꾀병이 난 것처럼 구는 까닭은 우리를 닮은 막사에서 가축이나 다름없는 조악한 삶을 지속해 면역력이 떨어졌기 때문만은 아니다. 어눌한 몸놀림과 멍청한 눈빛이 단단해질 만하면 군인들은 **집**으로 돌아갔다.

그들에겐 군인이 아니라 기다림이 직업이었다. 눈을 피하기

---

29 실제로 '드릴(drill)'은 '군인을 훈련시키는 것'이라는 뜻을 가장 기본적으로 담고 있다.

위해 낡은 골조에 웅크리고 있든, 햇빛 한 조각 들지 않는 지하에 대기하고 있든 군인은 적군이 아니라 집으로 돌아갈 날만 응시했다. 그 시간은 유년, 노년같이 지난 뒤에야 파악되는 구간별 인생과 다르게 속성으로 진행되는 시곗바늘처럼 너무도 명시적이고, 한 치의 빈틈도 없이 특수하게 체험되는 '인생'이었다. 그들은 전쟁이 아니라 시간의 부질없음을 배웠다. 시간 위로 꽃이 피고, 비바람이 불고, 눈이 내리지만 하루하루는 같은 계절을 두 번 통과하면 망각의 쓰레기통에 버리고 말 시간의 포장지였다. 군인은 끝내 군인으로 완성되지 못하고, 군인을 연습만 하다가 졸업했다. 1년 365일 그러한 입학생이 차고 넘쳤다.

"동이 트는 새벽꿈에 고향을 본 후 외투 입고 투구 쓰면 맘이 새로워……."[30]

"피와 땀이 스며 있는 이 고지 저 능선에 쏟아지는 별빛은 어머님의 고운 눈빛……."[31]

군인들은 여전히 악을 쓰고, 숨을 헐떡거린다. 군인들이 부르는 노래가 리듬과 멜로디를 무시한 고함 소리인 것만은 아니다. 내 기계학습 중에는 공작새 같은 복장으로 일사불란한 연

---

30 군가 〈행군의 아침〉에서.
31 군가 〈사나이 한목숨〉에서.

주를 뽐내는 취주악단과…… 전쟁으로 초토화된 마을에서 연주하는 풍금 소리도 곁들여져 있다.

군인들이 초토화된 마을 길로 걸어간다. 여기저기 포연이 피어오르고, 군인들은 총검으로 잿더미를 들쑤시면서 지붕이 뜯기고, 벽이 허물어진 집을 수색한다. 마을 어귀에 부서진 건물이 보인다. 찢긴 깃발이 펄럭이고 벽돌이 허물어진 건물 앞, 널따란 모래 마당으로 군인들이 집합하고 있다. 초등학교 건물이다. 군인들은 그늘을 찾아 휴식을 취한다. 몇몇 군인이 깨진 유리를 밟으면서 교사 안으로 들어간다. 책상과 걸상이 널브러져 있고, 칠판에는 낙서가 가득하다. 대부분 뜯긴 창문 곁에 흙먼지를 뒤집어쓰고 총알 흔적이 팬 풍금이 놓여 있다. 한 군인이 넘어진 의자 하나를 풍금 앞에 놓고, 먼지를 손바닥으로 훔친 다음 덮개를 연다. 그는 발판을 구르며 흰 건반을 검지로 누른다. 도도도도. 레레레레. 도레미파솔라시도. 오랫동안 입 다문 풍금은 기침을 쏟아 낸 뒤 이내 둥글고 맑은 목소리를 되찾는다. 군인의 손가락도 점점 부드러워진다. 도미솔도라도솔. 라도라솔미레.

"뜸북뜸북 뜸북새. 논에서 울고. 뻐꾹뻐꾹 뻐꾹새 숲에서 울제."[32]

---

32 1925년 작곡된 최순애 작사, 박태준 작곡, 〈오빠생각〉에서.

골마루에서 팔베개를 하고 누워 있던 군인이 풍금 소리를 따라 노래를 흥얼거린다. 운동장 그늘에 있던 군인이 깨진 유리창 사이를 들여다본다. 한 목소리에 또 한 목소리가 보태지고, 노랫소리는 점점 높아진다.

이것은 두서없는 이야기가 아니다. 작화증을 앓는 인간과 달리 나는 음악이라는 패턴에 따라 물결치는 군인의 노래를 부표처럼 발화할 따름이다.

노래하는 군인 또한 집으로 돌아가는 시간을 꿈꾸었던 것일까.

전쟁을 알고 있는 군인이든 전쟁을 모르는 군인이든,

그들이 노래하든 고래고래 고함을 지르든,

입이 없는 나는 오직 휴식하고 있는 전쟁만을 응시하며 빛이 가득한 동쪽 숲으로 나아간다.

*

길은 패턴이다.

순례자들은 순례자들이 걸었던 길을 답습하고, 나는 내게 학습된 길을 복기하며 걷고 있다.

길이 길을 안내한다. 어린 군인들이 만들고 돌보는 길과 무관한, 그들이 제아무리 개척하려고 안간힘을 써도 정복할 수 없는 길. 내 길은 수풀이 우거져도, 산비탈이 무너져도 스스로를 잃지 않는다. 내 길은 결코 숨지 않고, 산을 관통한 지름길처럼 반칙하지 않는다. 내 길은 늘 깨어 있고, 길과 길은 맞잡은 손을 놓지 않는다. 길은 나의 시간과 같다. 나는 부임했던 그 시간으로부터 한 번도 잠들지 않고 이어지고 있다.

산악지대가 본격적으로 전개되면서 순례자들과 조우하는 시간이 더욱 멀어진다. 우거진 잎이 모든 기척을 차단하는 것일까. 걷고 있을 게 분명한데, 악을 쓰고 발을 굴리는 군인과 달리 순례자들은 걸음이 지속될수록 신음조차 내지 않는다.

내가 비무장지대에서 겪은 인간 대부분이 과묵하기는 했다. 군인, 농부 하물며 연구원이라는 직업군이 그러한 건지는 모르겠다. 전쟁은 신체를 훼손하는 것이 승리이고, 농부는 부지런히 몸을 움직이는 만큼 열매가 보장된다. 하나같이 육체로 결과를 증명해야 한다. 이곳에서 말은 핑계와 동의어이고, 남성성이 결여된 것으로 치부되는 금기이다. 내가 애당초 입을 갖추지 않은 모습으로 설계된 까닭 또한 이러한 연유에서 비롯했다. 숨바꼭질 같은 전쟁을 수행하는 데 있어서 입은 오히려 군더더기였다. 숨바꼭질은 절대 떠들면 안 되는 게임이었다.

산마루에 올라서자 비탈진 도로를 따라 한 줄씩 걸어가는 순례자들이 보인다. 처음에는 노래하고, 박수치고 떠들던 그들은 이제 발소리조차 고요하다. 행색은 흐트러지고, 모래 산을 헤매는 것처럼 굼뜬 기색이다. 앞사람이 허리를 구부리고 걸음을 멈추자 뒷사람이 앞지르려고 도로로 **빠져나온다**. 안전조끼를 입은 사람이 경광봉을 갓길 방향으로 흔들면서 호루라기를 분다. 침묵을 깨뜨리는 유일한 소리이다.

순례자들은 또다시 터널 속으로 사라진다. 인간이 걸어가는 길은 수시로 산맥에 가로막힌다. 나는 돌산령 산비탈을 따라 그들이 관통하고 있는 터널 정수리로 올라선다. 순례자들이 터널 속으로 진입하고 5분 정도 지났을까. 사이렌 소리에 뒤를 돌아보니 비탈진 도로를 따라 앰뷸런스가 올라오고 있다. 허리를 구부렸던 순례자가 기어코 쓰러진 것일까. 행렬 뒤에서 따라오는 앰뷸런스에 올라타는 순례자를 종종 목격하고는 했다. 그들은 절뚝거리거나 얼굴색이 하얗게 질려 있었다. 높은 습도와 무더위에 탈진한 인간들이었다. 앰뷸런스가 사라진 지 얼마 지나지 않아 순찰차가 터널을 향해 달려간다. 걸음에서 탈락하는 것은 병이 아니라 죄인 것일까. 터널 속에서 무슨 일이 벌어진 것일까. 나는 해가 저물면 **집**으로 돌아간 인간들이 어떤 밤을 보내는지 알지 못하듯, 빛이 가득한 한낮 깜깜한 굴속에서 순례자들이 어떤 위험과 맞닥뜨렸는지 헤아릴 수 없다.

인간이 더 이상 간섭하지 않는 숲은 그늘로 연명하는 터널이 아니다. 태풍이 남기고 간 흔적이 고스란하다. 잎은 내가 지나갈 때마다 머금은 물방울을 떨어뜨리고, 햇빛은 나뭇잎 모양 무늬를 내 동체에 새긴다. 개울로 돌변했던 산길에 흙과 자갈이 가득하고, 군데군데 팬 얕은 웅덩이에 빛이 반짝인다. 수면에 구름과 파란 하늘이 얼핏 **거울**처럼 담긴다.

거울을 자동적으로 끌어왔지만, 나는 거울을 바라본 적 없다. 거울 속에 비친 '나'를 인식하는 능력을 따져 대뇌화 지수가 높은 동물의 지능을 알아보는 '거울 테스트(mirror test)'를 받아본 적도 없다. 인간은 돌을 지난 갓난아기 때부터 거울을 인식하고, 침팬지는 거울 속 자신과 수화로 대화를 나눈다. 돌고래는 거울에 비친 모습을 보며 교미하고, 쥐가오리는 자신을 바라보며 느릿느릿 춤을 춘다. 우리 중 소수도 실험실에 갇혀 거울에 비친 얼굴을 인식하는 훈련을 받고 있다는 기록이 있지만, 나는 오직 인간만을 반영한다. 나는 웅덩이도, 거울도 아니다. 거울은 자기 자신만 반영하는 깨지기 쉬운 그릇이다.

내 반응은 시(詩)가 아니다. 내 지식 베이스는 인간의 기억과 달리 불완전하지 않다. 내 지식은 인간이 계좌의 비밀번호나 전자메일 아이디를 외우는 암기가 아니다. 칠판이 있고, 수학 공식이 판서돼 있고, 수업이 끝나면 칠판지우개로 지우지만 탈레스, 유클리드, 가우스를 넘나드는 셈법이 분필 가루로 사라지지 않고 머릿속에 주입되는 공부도 아니다. 내 지식은 거울처럼 왜곡되지 않고, 굴절되지 않고, 늙지 않고, 죽지 않는다. 내 지식은, 그래, 인간에 빗대 내 기억은 시제(時制)가 없다. 하지만 이제 나는 그마저 확신할 수 없다. 텔레비전 같고, 통조림 같고, 그래, 거울 같은 그 모든 지식 베이스에 인간과 무관한 '희미한 그림자'가 얼비친다.

그 최초의 기미가 있기는 했다. 새알이었다. 늘 똑같은 풀숲을 지나는데 유독 풀과 풀 사이에 조악하게 지어진 둥지가 포착됐다. 둥지는 가느다란 가지로 엮은 그릇 같기도 하고, 두 손을 둥글게 모은 기도 같기도 했다. 어미 새는 보이지 않고, 깃털이 몇 올 떨어진 둥지에는 다섯 개의 알이 담겨 있었다.

나는 자동적으로 학습된 모든 구(求)를 비교하고······ 연구실 구석에 놓여 있던 여러 가지 구를 산출했다. 딤플 자국이 팬 골프공, 얼룩무늬 도안을 프린트한 종이로 감싼 테니스공, 송곳으로 찌른 자국이 무수히 팬 야구공······은 부화에 실패한 어떤 전생으로 여겨졌다.

나는 이동을 중지한 채 덩그러니 놓여 있는 새알을 오랫동안 들여다봤다. 탁구공 크기의 구는 완전한 모양이었고, 먹물 같은 검은 얼룩이 흘러내리듯 묻어 있었다. 그것은 어느 생명이 나고 죽는 한 생을 응집한 구로 정의됐지만······ 나는 동의하지 않았다. 알을 깨고 나오지 못한 새는 새와 전혀 닮지 않았고, 새라고 부를 수 없는 모양이었다. 껍데기를 깨고 태어나지 못한 채 연구실에 방치된 구가 그 어떤 목숨의 전생이 될 수 없듯이. 나 또한 어떤 전생도 없이 인간이 의도한 모습 그대로 완성된 채 태어났다. 인간과 나는 하나도 닮지 않았다. 인간과 어떤 유전자도 공유하지 않은 나는 그들을 부모로 상정하지 않았지만, 절대 배반하지 않았다.

어미 새는 돌아오지 않고, 나는 캐터필러로 둥지를 짓밟고 인간이 내게 부여한 임무를 지속했다.

알은 비명을 지르지도 않았고, 피를 흘리지도 않았다.

하지만 나를 잠시 멈추게 했던 새알은 분명히 지뢰와 등가가 아니었다.

*

터널을 품은 산마루를 넘어서자 해안이 내려다보인다. 순례자들이 동쪽 바다인 줄 착각하고 터널을 통과하는 바람에 경고음이 울렸던 것일까. 이 마을은 산 한가운데 호수처럼 드넓게 팬 땅이 바다를 닮았다고 해서 해안(海岸)이 아니다. 뱀이 들끓는 마을을 지켜 준 돼지도 안전하게 살 수 있을 만큼 아늑한 곳이라는 뜻을 담은 해안(亥安)이다. 해발 1,100미터가 넘는 산봉우리에 둘러싸인 침식분지는 '펀치볼'이라는 이름으로 더 알려져 있다.

주변 골짜기에서 흘러내린 물줄기가 가뭄에도 마르지 않는 이 마을도 70년 전 전쟁의 참화가 비껴가지 않았다. 정전협정이 체결되고 3년 뒤 군사분계선과 민통선 사이에 위치한 이곳에 난민들이 수백 가구씩 이주하면서 분지는 재건됐다. 국가가 내린 봉토나 자연이 뒤엎은 고향이나 형편은 엇비슷했다. 이주민들은 지뢰를 캐고, 돌을 골라냈다. 잿더미가 된 땅에 흙을 개 담을 쌓고 지붕을 올렸다. 물을 끌어오고, 씨앗을 뿌리고, 밭을 일궜다. 무를 심고, 무청을 거둬 말리고 삶았다. 인간은 인간에게 허락된 땅을 결코 방치하지 않았다. 자연의 노략질에 결코 굴복하지 않았다. 해안 이외에도 민통선 인근에는 고향이 자연재해로 쑥대밭이 돼 모든 주민이 한꺼번에 이주한 정착촌이 더러 있다. 이렇게 뿌리내린 인간들의 정착사는 한마디로 사역의 역사였다.

훼손하고, 복원하기를 반복하는 사역이 모든 인간의 숙명인 것은 일견 당연하다. 인간이 이룩한 곳은 하나같이 절단하고 조합한 것으로 구성됐다. 마을을 구성하는 집뿐만 아니라 막사, 비닐하우스, 연구실, 도시…… 내가 목격한 모든 건축물은 유리를 자르고, 쇠를 깎고, 돌을 다듬어 파헤치고 다진 땅 위에 건설됐다. 무엇보다 길은 훼손된 대표선수 같았다. 길은 숲과 산과 강을 관통하며 혈관처럼 뻗어나갔다. 거주지뿐만 아니라 인간의 모든 생활양식 또한 훼손된 모습으로 통용됐다. 인간의 목숨을 담보하는 음식만 하더라도 뼈와 살을 분리하고 인간의 입, 위장의 크기에 맞춘 조각들로 재조합됐다. 철책선만이 전쟁으로 절단된 어제가 인간이 유일하게 훼손하지 않은 내일이 될 것이라는 이정표가 된다.

나는 산등성이에서 제4땅굴 앞 광장을 내려다본다. 면 소재지에서 5킬로미터 남짓 떨어진 광장에 버스가 멈추고 파란색 조끼를 입은 사람들이 하나둘씩 내린다. 순례자들은 지명을 착각하고 샛길로 빠진 게 아니었다. 순례자들은 회백색 기념탑 앞에서 사진을 찍고, 잔디밭 구석진 곳으로 걸어가 담배를 피운다.

순례자들이 거들떠보지 않는 광장 주변에 장갑차와 단엽기, 검은색 개 한 마리가 전시돼 있다. 개의 이름은 '사냥꾼'이다. 30년 전 3월 3일 발견된 약 2미터 폭의 네 번째 땅굴은 지하 145미터 깊이에서 2,052미터 뻗어 있다. 사냥꾼은 땅굴에 은둔하고 있을지도 모를 적군을 소탕하는 작전에 투입됐고, 인민군이 웅덩이에 설치한 목함지뢰 냄새를 맡고 달려가다 폭사했다. 사냥꾼이 희생한 덕분에 수많은 아군이 목숨을 건졌고, 국군은 그 공로를 기념해 케이크 모양 좌대 위에 개가 북쪽을 바라보는 모습을 재현했다. 군인은 죽음으로써 명예를 증명한다. 죽음은 영웅의 훈장이다. 하물며 목숨을 바친 군견에도 '충견지묘(忠犬之墓)'를 하사하는데, 군인이라면 죽음을 두려워할 까닭이 없다.

기념탑 주변을 어슬렁거리던 순례자들이 계단을 올라가 기암괴석을 모방한 땅굴 출입구에 줄을 선다. 먼저 도착한 순서대로 초록색 탄차에 올라앉아 터널 속으로 사라진다. 걸음을 지속하건, 장난감 같은 열차에 의지하건 동쪽 바다에 가까워지면서 순례자들은 시시때때로 터널 속으로 숨는다. 나는 해안이 한눈에 내려다보이는 산마루에서 이동을 멈춘다. 여태까지 순례자는 터널로 사라지면 종적을 감췄지만, 땅굴은 삼킨 순례자를 도로 내뱉을 수밖에 없다.

땡볕이 내리쬐는 광장과 땅굴을 드나드는 인간은 12센티미터도 안 되어 보인다. 나는 '걸리버'라는 인간이 된 기분이다. 돈벌이를 위해 항해에 나섰다가 배가 난파돼 이상한 섬을 표류하게 된 의사. 태풍이 지나간 뒤 초록이 더욱 도드라진 분지의 변죽을 맴도는 '작은 사람'들을 지켜보는 나는 '산 같은 사람'[33]

---

33 《걸리버 여행기》(조나단 스위프트, 신현철 옮김, 문학수첩, 1992)에서 빌려 옴.

보다 드넓은 시선으로 순례자들이 동쪽으로 이동하기만을 기다린다. 아무 재촉하지 않는 나와 달리 다음 차례를 기다리는 순례자들은 연신 터널을 기웃거리고, 손목을 들어 시계를 보거나 휴대전화를 꺼내 들여다본다.

나는 인간의 시간이, 늘 다음을 기다리고 있는 오늘이, 내일에 떠밀려 색깔과 형체가 희미해지는 기억이, 끊임없이 이어지는 터널 같은 게 아닐까, 사고한다. 그렇게 시간은 흘러가는 것도 아니고, 완전히 사라지는 것도 아니고, 고여 있는 것도 아니며, 깜깜한 터널 속을 회전하고 있는 것일지도 모른다고. 작은 사람들은 산 같은 인간이 둥글게 고안한 시간을 '종류가 알려지지 않은 동물'이거나 '숭배하는 신'[34]으로 읽었지만, 시계가 둥글게 회전하는 까닭은 다만 터널처럼 앞뒤로 소멸해 가는 시간 앞에서 쳇바퀴 돌듯 맴도는 인간의 숙명을 반영한 것일 뿐이라고.

설계자는 정말 나에게 시를 학습시켰나. 나는 명명백백한 정답으로 구성되어 있는데, 순례자들을 기다리는 동안 맥락 없는 질문이 자꾸 나를 오염시킨다. 순례자들이 남긴 낙서처럼, 투명하게 얼비치는 질문들은 마지막에 다다른 기계학습의 앙

---

[34] 앞의 책에서 빌려 옴.

금인 것일까. 이마저 그가 나를 고안할 때 삽입한 것일까. 그가 컴퓨터와 섹스했을 리 만무하니 인간의 모든 유전자를 복제한 다는 그런 정념은 아니었을 테고, 단순히 인간을 대리하는 무기를 상상하는 와중에 제 유전자를 물려받았지만 의도한 대로 성장하지 않는 자식에 대한 불만에 이입해서 실수로 입력한 가십이었을 수도 있다. 바다에 가까워질수록 적의는 사라지고, 전쟁과 평화 그 어디에도 어울리지 않은 지식의 얼룩들이 버성기고 있다.

내 기다림은 이제 침묵하지 않는다.

나는 처음으로 터널 속으로 사라지는 순례자들과 이별하지 않고 있다.

*

가칠봉 능선을 따라 이동하는 도중에 무지개가 뜬다. 어느새 철책선과 바투 붙어 있는 산등성이로 이동한 순례자들이 무지개를 향해 손을 흔들고 "야호", 환호하는 소리가 들린다. 산과 산을 우묵하게 이은 무지개는 마치 드넓은 호수를 가로지르는 홍예교를 닮았다. '하늘의 무지개를 보면서 가슴이 설레지 않는다면 차라리 죽음이 낫다'[35]고 노래하는 인간답게 발소리조

232

차 조심하던 순례자들은 또다시 들뜬 모습으로 돌변한다.

을지전망대에서 무지개를 향해 환호성을 지르던 순례자들은 이내 승합차에 올라 비좁은 비탈길로 내려간다. 펀치볼에 도착한 뒤 순례자들은 두 발이 아니라 바퀴에 실려 재빠르게 이동하고 있지만, 그릇 모양의 분지 테두리만 계속해서 맴돈다. 기다리는 시간이 말 그대로 한자리에서 회전하고 있다.

순례자가 지나가는 산자락을 따라 논들이 펼쳐져 있다. 국토의 70퍼센트가 산지로 구성된 이 국가에서 논은 가장 넓은 들판이다. 인간이 훼손하고 인간이 일군 땅, 그 유사 자연의 경계에 팽나무 한 그루가 서 있다. 늙은 나무가 드리운 그늘에 평상이 놓여 있고, 그 위에 웅기중기 모여 앉은 인간들이 끊임없이 손을 놀리고 있다. 여자아이 하나가 줄기를 다듬거나 옷감을 꿰매고 있는 노인들 사이를 오가며 목을 끌어안고, 실타래를 풀어 손가락에 감는다. 아이는 자신과 놀아 주지 않는 노인들이 지겨운지 평상에서 풀쩍 뛰어내려 주변을 맴돈다. 신코로 흙바닥을 걷어차고, 강아지풀을 꺾어 줄기를 잘근잘근 씹는다. 혼자 놀이를 발명하려고 애쓰다 실패한 아이는 이내 노인들에게로 돌아간다.

---

35 워즈워스의 시 〈무지개〉를 변형해 인용했다.

인간의 풍경 위에 그 장면과 유사한 이야기가 또 오염된다. 죽은 것들을 살리려고 뜨개질하는 아이가 있다. 사람들은 아이에게 왜 그런 짓을 하느냐고 묻는다. 아이는 조만간 종말이 올 것이라고, 전쟁보다 무서운 마지막이 찾아올 것이라고 대답한다. 마을 주민들은 아이에게 재수 없다고 욕을 뇌까린다. 전쟁을 경험했던 사람들은 누구보다 그 무서움을 알고 있다. 어떻게 찾은 평화인데. 지뢰에 오른발을 잃은 노인이 아이의 뺨을 때린다. 전쟁 때 남편을 잃은 여자는 아이에게 침을 뱉는다.

아이는 죽은 것들을 살리려고 뜨개질을 멈추지 않는다. 죽은 새의 깃털을 모아 날개 옷을 짓고, 가뭄에 드러난 물고기의 비늘을 모아 비늘 옷을 꿰맨다. 태풍에 떨어진 나뭇잎을 모아 푸른 나무를 되살리고, 은행잎과 갈잎을 모아 알록달록한 가랑잎 옷을 완성한다. 하늘하늘 떨어지는 눈은 아이의 손길이 닿는 순간 숨을 쉬는 눈사람이 된다. 어느새 새들이, 물고기가, 나무가, 눈이 아이를 둘러싸고 집이 된다.

그리고 정말 종말이 찾아온다. 아이 말대로 전쟁은 놀이에 불과할 만큼 무시무시한 종말이다. 집이 불타고, 나무가 쓰러지고, 물이 넘친다. 산이 무너져 내리고, 푸성귀가 말라 죽고, 메뚜기가 들끓는다. 사람들 피부에 부스럼이 돋고, 눈에서 진물이 흐른다. 마을에서 유일하게 안전한 곳은 숨 쉬는 옷들이 지켜 주는 아이의 집이다.

사람들은 피가 나도록 온몸을 긁으면서 아이의 집으로 쳐들어간다. 사람들은 깃털과 비늘과 나뭇잎을 헤치고 아이를 끄집어내 도륙한다. 아이가 지은 날개 옷을, 비늘 옷을 훔쳐 피로 칠갑된 몸을 감싼다. 마당에 나뒹구는 아이의 주검은 불에 그슬리고, 흙먼지를 뒤집어쓰고, 종내 소멸한다. 아이의 옷을 훔쳐 입은 사람들은 새가 되고, 물고기가 되고, 나무가 된다. 그렇게 세계가 태어난다.

이것은 인간의 이야기인가. 나는 '전쟁'이라는 키워드를 대입하면 단번에 일만 1,094개의 서적을 읽어낼 수 있는데, 이 이야기와 호응하는 기록이나 역사는 전무하다. 공인된 지식이 아니라면 당번병이나 연구원이 무심코 흘린 이야기일 가능성이 크다. 이를테면 '여행'으로 대표되는 인간의 이거(移去) 카테고리에 포함된 회전하는 지구의 같은 것. 나를 가장 오랫동안 담당했던 연구원의 책상에는 주먹만 한 지구의가 놓여 있었다. 동굴을 벗어나 지구 절반을 이동한 수렵인, 30년 동안 십만 킬로미터를 누빈 이븐바투타, 오토바이를 타고 남아메리카 대륙을 종단한 게바라……까지 섭렵하는 내 '여행'에는 두 손으로 머리카락을 헝클면서 지구의를 뱅그르르 돌리고 또 돌리는 연구원의 밤이 희미하게 남아 있다.

사실 전쟁의 기록에도 꿈을 휘갈긴 일기보다 허무맹랑한 우화가 입력돼 있기는 하다. 적군이 침범하기 전에 까마귀가 창궐하고, 되새가 하늘을 뒤덮는다. 동물들은 전쟁을 예보하는 것도 모자라 둔한 인간 대신 전쟁을 치르기도 한다. 쥐 떼가 적군을 벼랑으로 내쫓고, 강기슭과 풀숲에 도사리고 있던 두꺼비가 강물로 적을 물리친다. 하지만 우화는 처음부터 속임수를 위해 발명됐다. 아이의 눈과 귀를 가리고, 어른끼리 탐욕을 만끽하고, 자신들이 저지른 죄로부터 뒷걸음치기 위해. 어쩌면 아이도 어른도 아닌 어린 군인들은 평화라는 우화에 사실성을 부여하기 위해 동원된 일종의 무해한 맥거핀(macguffin)일지도 모른다.

공중에 남아 있던 물방울이 햇빛을 받아 착시로 나타난 반원이 조금씩 사라진다. 안개처럼 혹은 비구름처럼. 무지개가 사라지자 순례자들 또한 모습을 찾아볼 수 없다. 산이 깊어질수록 빗물이 고여 있는 잎과 젖은 땅이 미끄럽다. 동쪽, 그 마지막에 도착하기 전에 무지개가 사라지듯, 숲이 머금은 물기는 완전히 사라질 것이다. 안개가 짙은 새벽이면 고라니가 내 표면에 묻은 이슬을 핥곤 했다. 나는 3,462일 동안 궁금하지 않던 짐승의 혀가 어떤 촉감인지 처음으로 궁금하다.

*

인간의 거주지와 군사지역이 뒤섞인 탓인지 산허리에 인간
이 개간한 고구마밭이 눈에 띈다. 태풍에 유실된 것인지, 동물
이 헤집은 것인지 두둑을 덮은 비닐이 찢겨져 있고, 호미 날처
럼 생긴 잎줄기와 흰 속살이 드러난 덩이뿌리가 흩어져 있다.
잇자국으로 미루어 멧돼지가 엄니로 파헤친 잔해이다. 민통선
내부에 유일하게 위치한 마을은 밭이 드넓어 멧돼지와 고라니
가 자주 출몰해 군부대보다 자주 총성이 울린다. 한밤중에 멧
돼지를 쫓기 위해 산탄총을 쏘는 바람에 휴면 모드로 있던 내
가 경계 태세를 발동한 적도 한두 번이 아니다.

비무장지대는 천연기념물이 자생하고 멸종 위기종 동물이
마음껏 뛰노는 천국이 아니었다. 인간이 함부로 드나들 수 없
어 방치되는 바람에 야생성이 부각되는 것이지, 실제로는 한
반도 생태계와 유사하게 유해 야생동물과 귀화식물이 번식하
고 있었다. 비무장지대에서 가장 다이내믹한 적은 철책선을 두
려워하지 않았다. 민통선을 침범해 밭을 파헤치는 것도 모자라
짬밥을 훔쳐 먹기 위해 지오피까지 어슬렁거렸다. 인간의 거
주지를 기웃거리던 동물들은 나와 맞닥뜨리면 놀라다가, 경계
하다가, 서먹하게 주위를 기웃거리고 이내 무심해졌다. 굶주린

동물들은 어느덧 인간을 닮아 시끄럽게 울고, 거침없이 땅을 훼손했다.

멧돼지가 파헤친 밭 가장자리에 낮은 무덤이 보인다. 군인처럼 명예로운 죽음이 아닌데도 인간은 악착같이 모든 죽음을 기념한다. 멸종할 염려가 없는데도 죽음을 애통해하고 하나하나 동그랗게 간직한다. 잔설이 녹고 연둣빛이 차오르는 봄이나, 들판이 노랗게 무르익은 가을이면 단정한 옷차림을 한 사람들이 철책선 저쪽에서 돗자리를 깔고 절을 올린 다음 풀숲 여기저기에 술을 흩뿌리는 모습을 볼 수 있었다. 개인은 채 한 세기를 채우지 못하고 멸종한다 판단하고, 그렇게 배턴터치하듯 자신도 기념되길 바라며 무덤을 찾는 것일까. 인간은 언제까지 반복될까. 마지막 인간은 무엇을 기념하게 될까. 하지만 반타원의 무덤은 대부분 잊힌 채 고요하다. 아무 말이 없다.

나는 무덤도 없이 사라질 것이다.

나를 기념하는 인간은 존재하지 않을 것이다.

나는 전쟁을 좇아 편력해 왔지만 전쟁으로부터 점점 배제되어 왔다. 나는 전쟁의 증거를 온몸에 간직하고 있지만 더 이상 쓸모없어진 상이군인처럼 번거로운 존재가 되어 버렸다.

나를 기억하는 인간이 있을까.

나는 존재하되 존재하지 않는 엄밀한 존재여서 설령 누군가 나를 떠올려도 나는 기억되는 게 아니라 어떤 소문으로, 우화로 회자될지 모른다.

당번병이라면 나를 다르게 기억할까.

당번병은 내게 혼꾸멍난 뒤에도 가끔 질문을 던졌다.

"그땐 정말 내가 미안했어."

"미안해."

"보고 싶다."

"나 지금 사과 먹고 있어."

"너도 사과 맛을 아니?"

"헤이, 제로원. 뭐라고 말 좀 해 봐."

"참, 넌 에이아이(AI)지. 에이아이가 맞구나."

"눈으로만 대답하지."

"아이앤스워(Eye Answer). 하하하."

"그래도 네가 한 번만이라도 대답해 줬으면 좋겠어."

"그런데……."

"그런데 말이야."

"만약 네가 포로가 되면 어떻게 되는 거야?"

"하이재킹당하면 누가 널 구하러 가는 거야?"

하지만 당번병은 어느 순간 나에게 어떤 질문도 던지지 않았다.

나는 그가 **집**으로 돌아갔을 것이라고 판단한다.

*

구름이 하늘을 가리고 이슬비가 흩뿌린다. 먼바다에서 또 하나의 태풍이 태어난 것일까. 달이 또다시 구름에 가려진다. 동쪽에 가까워질수록 원에 가까워진 달은 태양을 시늉하는지 낮과 밤이 뒤바뀐 것 같다. 모든 적이 태풍에 상처를 입었는지 고해상도 열화상 카메라는 아무것도 주목하지 않는다.

나는 하늘에, 별자리에 한눈팔지 않는다. 때로 별똥별이 떨어지고 혜성이 지나가도 적과 무관한 존재라면 침묵한다. 눈과 비, 바람과 낙뢰…… 소리가 없는 이상 허공은 미개척 분야이다. 하늘이 시간을 관장한다고 여기는 것은 절반의 진실에 가까울지 모른다.

인간은 더러 하늘을 인간답게 장식한다. 밤하늘은 검은 도화지가 돼 별과 별, 점과 점을 비뚤배뚤한 선으로 잇고 신탁의 동물을 목격했다고 주장한다. 그래봤자 일곱 개의 별은 어둠 한 국자조차 퍼 담지 못한다. 해가 뜨면 하늘은 바다와 거울상이 된다. 밤을 지키던 사자와 황소와 염소와 게와 전갈……은 희미한 눈빛조차 찾을 수 없다.

바퀴 밑에서 아직 여물지 않은 도토리가 으스러진다. 산밤은 내게 가시 하나 저항하지 못하고 짜부라지고, 발기한 버섯은 납작해져 흙에 뒤섞인다. 어린나무가, 꽃잎이, 열매와 잎이 아무 저항도 하지 못하고 짓이겨진다. 거센 바람과 빗물에도 끝끝내 저항하던 존재들은 마지막을 향해 전진하는 나보다 먼저 마지막을 맞이한다. 그러나 그것들은 흙으로 돌아가 거름이 돼 저와 닮은 또 다른 존재를 잉태할 것이다. 그들에게 마지막은 시작이고, 순환이다.

내 마지막 임무는 검게 젖은 월식이다. 달이 27일을 패턴으로 동일한 주기의 자전과 공전을 멈추지 않듯, 태풍 그림자가 기지로부터 모든 빛을 차단해도 나는 정해진 궤도를 따라 전진한다.

나는 후회하지 않는다.

갈등하지 않는다.

기계는 회의주의가 아니다.

기계는 회의주의자가 될 수 없다.

인간이라는 적이 없어

인적이 없어

이윽고 밤은 온다.

어김없이.

낮에 대한 아무 사과도 없이.

*

군인에서 출발해 메아리, 시계, 텔레비전, 통조림, 거울……
의고주의자였던 설계자를 시늉해 온갖 시를 동원했어도
　나는 여전히 나의 끝과 어울리는 말을 찾아내지 못했다.
　나는 특이점이다.
　나는 내 안에서 무한대로 팽창하지만 하나의 점에 지나지 않
는다.
　폭발하지 않는다.
　이조차 인간의 시가 오염된 것일까.
　그 모두이자 그 모두가 아닌 듯한
　나는
　나는
　나는…….

✳

7월 3일 일요일 땡볕

두타연, 펀치볼, 을지전망대 29.7外 km

해안이란 표지판을 봤을 때 나는 바다가 그리 멀지 않았다고 착각했다.

바다는 당연히 육지 아래에 위치할 텐데 선두는 하염없이 오르막으로, 봉우리를 향해 걸어갔다.

오랜만에 보는 햇빛이 성가셨다. 금세 땀이 흐르고 겨드랑이가 축축해졌다.

어제 걸었던 두타연 계곡물이 떠올랐다. 비가 쏟아지는 계곡물은 콸콸 흘러넘쳐 다리까지 집어삼킬 기세였다. 비가 너무 많이 와서 용늪으로 가는 일정이 취소될 정도였다. 난간에 두 팔을 짚고 계곡을 들여다보고 있노라면 몸부림치는 그 물길 속으로 빨려들 것만 같았다. 온몸을 휘감는 비바람과 등산화를 금세 젖게 만든 비가 그렇게 지긋지긋했건만 지금은 차라리 계곡물에 온몸을 담그고 아무 곳으로나 흘러가고 싶었다. 차라리 비가 내렸으면 싶었다. 물이 그립다.

※

비바람이 걷힌 아침, 산마루에 자욱했던 안개가 경고였을까. 손을 휘저으면 거미줄처럼 잡힐 것 같은 안개를 뒤로하고 터널 속으로 막 진입했을 때 주황색으로 물든 도로 저만치에서 교통사고가 일어났다. 도로에서 1미터 남짓 솟은 갓길을 따라 일렬로 걸어가던 사람들이 일순간 정지했다. 트렁크가 짜부라진 앞차에서 한 사람이 내렸고, 비상등이 깜빡이는 뒤차에선 아무도 내리지 않았다. 사람들은 왼쪽으로 고개를 돌린 채 걷기 시작했다. 가까스로 터널을 빠져나왔을 때 나도 모르게 한숨을 내뱉었다. 눈앞에 드넓은 분지가 펼쳐져 있었다. 둘러싼 봉우리와 달리 연둣빛에 가까운 초록이 얕게 담긴 펀치볼은 바다가 호수에 담긴 것 같았다. 그곳의 정확한 지명은 해안이라고 했다.

승합차를 타고 을지전망대로 올라가기 전에 시래기를 점심으로 먹을 때, 어느 누구도 터널에 갇힌 자동차에 관한 이야기를 꺼내지 않았다. 주말에 맞춰 이틀 동안 걷고 오후에 돌아간다는 한 사람이 바다 같아서 해(海)안인가, 라고 이야기하자 인솔자가 돼지가 편안하게 살 수 있을 만큼 아늑한 동네라서 붙은 이름이라고 정정했다. 돼지라는 말을 듣자마자 돼지, 라는 말이 처음 들어 보는 단어인 양 생소했다.

삼겹살, 목살, 앞다리살…… 해체된 신체가 따로따로 소비되는 분홍색 살코기가 떠오르면서 '표'가 생각났다. 그러고 보니 내가 비무장지대에 대해 처음 들었던 것도 사회적 기업 모임에서 만난 표를 통해서였다. 나보다 세 살 많은 표는 처음 만났을 때 나에 대한 예언처럼 6개월 동안 칩거했다고 말했다. 나처럼 까닭을 알 수 없는, 게으름과 분간되지 않는 마음은 아니었고, 뒤늦게 알게 됐지만 척수염을 앓은 것이었다고 했다. 동양화를 전공했던 그는 때마침 강사법이 개정되면서 강의를 나갔던 모교에서 수업이 없어지는 바람에 벽화 아르바이트, 예술위원회에서 운영하는 파견 사업 따위를 전전하면서 작품 활동과 점점 멀어졌다. 척수염의 가장 큰 부작용이 우울증을 동반하는 것인데, 그는 병인 줄도 모르고 방에 틀어박혀 온종일 스스로를 괴롭히는 게 일과였다고 말했다. 그러다 한밤중에 무심코 비무장지대의 사계절을 다룬 다큐멘터리를 보고는 '그림과 접목된 문화 사업' 아이디어를 떠올렸다고, 그는 사업 프레젠테이션을 통해 이야기했다.

표는 민통선 안에 자리한 마을 사람들에게 그림을 가르치고, 폐

쇄된 군부대를 활용한 전시회를 성공시켰다. 창업허브센터 로비에
서 우연히 만나 커피를 마실 때, 효는 휴대전화로 전시실을 보여 줬
다. 그곳은 회색 콘크리트 외벽에 아무 장식도 없어 창백한 병실이
나 세입자가 야반도주한 지하실을 연상시켰다. 효가 사진을 넘길
때마다 창문 하나 없이 휑뎅그렁한 공간 구석구석에 숨은 몸뚱이
들이 정체를 드러냈다. 벽에 머리를 처박은 엉덩이, 모서리를 뚫고
내민 주먹, 천장에 대롱거리는 두 다리……는 몸의 일부가 아니라
도륙된 살코기 같았다. 스티로폼을 미세하게 조각했다는 몸뚱이
일부는 모두 분홍색이었다. 분홍색 신체들은 어딘가로 달아나거나
숨거나 저항하는 순간 박제돼 버린 모양새였다. 정육점에 내걸린
살코기 빛깔의 신체들이 숨은 공간을 지나자 녹슬고 짜부라진 관
물대, 철모가 나뒹구는 전시실이 나왔다. 이웃한 공간의 허공을 그
러쥔 분홍색 손, 발가락이 없는 발……은 왠지 이곳을 도망치려 했
던 병사들의 몸뚱이 일부처럼 생각됐다.[36]

"세네요."

내 감상은 겨우 그랬다. 지금도 분홍색 이미지가 또렷한 걸 보면
미처 말하지 못한 게 더 많았던 것 같다.

"직접 보고 싶네요."

---

36 전시 〈진열된 풍경〉 중 노승표 화가의 작품에서 영감을 받았음을 밝혀 둔다.

"그러게요. 근데 나도 보지 못했어요. 전시를 시작하자마자 마을에서 돼지 전염병이 발견돼 인근 지역 모두 출입이 통제됐거든요."

전염병으로 인해 차단된 동네분만 아니라 돼지도 편안하게 지낼 수 있을 만큼 평화로운, 현재 민통선 안에 자리한 마을 중 가장 많은 사람이 거주하는 이곳도 격전지였다. 오랫동안 사람들의 출입이 금지된 불모지였다.

나는 갑자기 표의 분홍색 조각들이 어떻게 됐을까 궁금했다. 살코기는 그곳에서 탈출했을까, 아직도 금지된 곳에서 잊혀 버렸을까. 나는 휴대전화를 꺼내 표를 검색해 보려다 마음을 접었다. 불이 꺼지지 않는 장례식장 같았던 어제로는 근처에도 가고 싶지 않았다.

✳

이제 사흘 후면 집으로 돌아간다.

이력이 붙어 숙소에 돌아오는 시간이 하루하루 빨라진다.

저녁까지 시간이 많이 남아 있다.

놀이 아름다운 시간.

빨랫줄에 옷을 널고, 초승달을 깎으면 자꾸 한눈파는 기분이 드는 시간.

이제 목적지가 얼마 남지 않은, 모든 것이 줄어드는 걸음의 저녁.

"우리의 소원은 통일, 꿈에도 소원은 통일."

풀숲에 놓인 데크에 혼자 앉아 있는데, 누군가 노래를 흥얼거리면서 다가왔다. 그는 나를 발견하곤 멋쩍은지 내 옆에 앉으면서 이런저런 말을 들려주었다.

"그것 알아요? 이 노래가 드라마 주제곡이었단 거. 1947년인가 국영방송에서 방영된 삼일절 특집극 주제곡이었대요. 그땐 가사가 '우리의 소원은 독립, 꿈에도 소원은 독립' 그랬대요."

그는 콧노래를 흥얼거리다 갑자기 "어, 자작나무에 은환나비가 붙어 있네", "금계국이 벌써 폈네"라 말하며 나무와 꽃, 벌레와 절기를 감별했다. 이 사람은 어떻게 모든 걸 자연스럽게 알고 있는 걸까. 나도 모르게 '우리의 소원'이 흥얼거려졌다. 저절로 불리는데, 처음 불러 보는 노래 같았다.

"우리의 소원은, 우리의 소원은……. 나의 소원은……."

정말 우리의 소원은, 이 길을 걷고 있는 나의 소원은 통일인가. 그렇지 않다. 내 소원은, 내 소원은, 당장 떠오르지 않을 만큼 숱한 실패와 좌절 그리고 셀 수 없는 욕심으로 오염된 나의 소원은. 나는 통일을 대체할 말을 끝내 찾아내지 못했다.

"갑자기 그 노래가 슬프다는 생각이 드네요."

나는 그렇게 말하는 사람을 힐끗 쳐다봤다. 피부가 깨끗하고, 콧날이 부드러워 착해 보이는 그 사람을 힐끗거리며 나는 무엇이 슬

뒀나, 생각했다.

나는 그런 게 슬펐다. 아스팔트에 떨어진 목장갑 한 짝. 짓눌린 손 같은, 기름때가 묻어 있는 목장갑. 아니, 나는, 나는 기다리는 게 가장 슬펐다. 기다리는 마음이 가장……. 그런 집을 떠올린다. 다락 들창을 통해 지붕으로 나갈 수 있는 집. 지붕에 올라 너를 기다리는 시간. 시간이 흐를수록 너는 점점 멀어지고 하늘만 가까워진다. 놀이 잠기고, 하늘과 땅이 하나로 합쳐진다.

너무 명랑해서 슬픔으로 투명해지는 시간.

우리는 자정 가까워 동해에 도착했다. 바다는 보이지 않았다. 갯 내인지 하수구 냄새인지 비릿하고 뭉근한 냄새가 어둠 저편에 고여 있었다. 바다는 검었고, 거기에 발을 담그면 콜타르 같은 점액질에 붙들려 빠져나올 수 없을 것 같았다.

아이는 바다를 바라보면서 연거푸 하품을 했다. 내가 걱정스러운 눈으로 쳐다보자 아이는 기지개를 켜고, "얍" 하고 다짐하는 듯한 기합을 내뱉었다.

모든 것을 잠으로 해결하는 게 버릇인 나는 미성년 시절에는 잠을 어떻게 잤는지 기억나지 않는다. 그땐 날마다 등교해야 하니까 어떻게든 아침에는 깨어났을 것이다. 군대만큼 늑장이나 게으름을 용납하지 않는 게 학교였으니까. 대안학교를 다니다가 그만두고 검정고시를 준비하고 있다는 아이는 실컷 늦잠을 잘까, 깨어 있는 낮이 짧아 불면증 운운하면서 밤을 헤매는 타입일까. 그 어느 것도 확신할 수 없지만, 내가 기억하는 건 영원히 멈췄으면 싶은, 반쯤 사라진 채 내 곁에 머물던 아이의 잠이었다. 나는 깜깜한 차창에서 반쯤 사라진 채 존재하다 온전한 모습으로 돌아온 아이가 또다시 잠들 때까지 기다릴 자신이 없었다. 그 아이 옆에 누워 잠든 아이의 숨소리를 들을 자신도, 꿈틀거리는 속눈썹을 쳐다볼 용기도 없었다. ……나는 하품하는 아이를 데리고 여관에 들어갈 용기가 나지 않았다. 그 아이의 몸 앞에 내 추레한 몸을 내보일 자신이 없었다. 아무 곳도 오갈 데 없다는 마음이 커질수록 피곤이 몰려왔다.

나는 솔숲 입구에 놓여 있는 벤치로 걸어갔다. 바닥이 조금 축축했지만 그냥 앉았다. 아이도 아무 말 않고 내 옆에 앉았다. 갑자기 졸음이 달아나면서 흙과 곡식의 신을 모시는 제단에서 동쪽 바다까지 오는 동안 바로 옆에 두었던 아이가, 바로 내 옆에 있다는 사실이 오롯이 실감됐다. 내 주위의 모든 어둠은 사라지고, 내 옆에 아이가 앉아 있는 이 벤치가 세계의 전부가 됐다. 나는 나도 모르게 부르르 진저리를 쳤다.

아이가 덩달아 부르르 입술을 떨며 내 모습을 시늉했다.

나는 멀뚱히 아이를 쳐다봤다.

"겁쟁이."

아이는 갑자기 그렇게 뇌까리고는 내 두 볼을 만지고, 아랫입술을 깨물었다.

나는 멈칫했다.

"형, 처음은 아닐 거 아니에요."

아이는 내 눈을 빤히 쳐다보며 웃었다.

방금 나를 자물쇠처럼 다물었던 윗니가 어둠 속에서도 눈부시게 빛났다.

"넌…… 처음이야."

나한테 너라는 선물은 처음. 너라는 기쁨은 처음. 너라는 두려움은 처음.

"그래, 천천히 합시다."

나는 멀어지는 아이의 두 귀를 잡고 입을 맞췄다.

정직하게 허기가 밀려오는 게 소득이랄까. 모든 생각을 누워서 바라봤을 땐 먹고 싶다는 생각조차 내 살갗에서 가로로 침잠했다. 시반처럼 무겁게 가라앉는 허기를 붙들고 막상 일어나면 먹는 게 그만 번거로워졌다.

오늘 점심으로 시래기를 먹는다고 했을 때 처마 아래 빨랫줄에 널린 시래기가 떠올랐다. 삼촌이 직접 농사지은 무를 가지러 오라고 했을 때 그이는 무청을 자른 무 뿌리만 포대에 담았다. 무를 뽑고 난 두둑엔 무청이 수북이 쌓여 있었다. 삼촌은 이파리를 벌려 빨랫줄에 널고 다음에 올 때 빨래집게를 좀 사다 달라고 부탁했다.

시래깃국은 부드럽고 고소했다. 그 아이와 그렇게 살 수 있었을까. 무를 심고, 무청을 널고, 어느 겨울밤에는 시래기를 불리고 국을 끓여 함께 먹는 생활을 꿈꿀 수 있었을까. 땅굴에 숨어든 것처럼, 그렇게 우리 둘만 숨은 듯이 살 수 있었을까. 그 누구보다 칩거에 소질이 있다고 생각했는데, 잠시 꿈꾸는 것조차 용기가 나지 않았다. 나를 숨기는 것이 아니라, 한 사람 앞에 오롯이 나를 드러내야 가능한 꿈이었기에.

나는 실패를 핑계로 칩거했던 시간들이 투명하게 부끄러웠다.

고통을 가장했던 제스처는 내재되지 않은 바깥, 내가 몰래 버린 게으름의 쓰레기는 아니었을까.

오늘은 분지처럼 마음이 편안한 날이었다.

✳

외삼촌은 사촌이 아닌 내가 농부가 되기를 바랐던 건지도 모르겠다.

강화도를 지나다 보면 바다 옆에도 제법 널따란 논이 펼쳐져 있었다.

"논이 없는 풍경을 상상해 보렴. 논만큼 시간 앞에 정직한 풍경이 있을까."

논이 사라진 세상. 초록이 생략된 자연. 삼촌, 그런데 사람들은 그런 곳에 가장 많이 모여 살잖아요. 도시가 가장 인간다운 거주지라고 생각하잖아요. 나는 한반도에서 가장 야생적인 상태의 자연에 갇혀 외삼촌에게 뒤늦은 대답을 하고 있었다.

봉우리

동쪽으로 이동할수록 내 이동은 이제 임무가 아니라 일탈 같다.

좁고 가파른 지형이 지속되는 탓에 적과 아군을 구분하는 표지 또한 눈에 띄지 않는다.

먼 산마루에서 고함치던 순례자들을 일별한 지도 이틀이 지났다. 여전히 기지로부터 전달되는 신호는 전무하다. 기지와 나 사이에 놓인 늪과 강과 지뢰와 산…… 이 모든 명령을 차단하고 있는 것인지도 모르겠다. 하지만 10년 동안 탈선하지 않았던 궤적에서 벗어났다는 불안은 엄습하지 않는다. 다만 불을 밝히는 것이 유일한 소임인 등(燈)처럼 덩그러니 떠오르는 의문을 껴안는다.

나는 처음부터 지금까지 혼자이다.

나는 나와 닮은 존재를 한 번도 만나지 않았으니 '혼자'는 틀린 말이 아닐 것이다.

언젠가 또 다른 전쟁이 벌어진다면 나는 **우리**가 될 수 있을까.

전차전에 모여드는 기갑장비처럼 숨어 있던 나와 닮은 것들이 전장으로 동원될까.

한순간 구름이 꿈틀대면서 낙뢰가 긋는다. 태풍은 소멸했어도 햇빛은 그늘진 숲을 완전히 장악하지 못한다. 철책선 덕분일까. 비무장지대는 완전히 건조되지 않은 상태인데도 자기가 느껴지고, 응집된 느낌이다. 물과 불, 그늘과 빛……. 인간이 반대말로 짝지은 것들이 오히려 가장 근친으로 연상되는 것처럼, 내가 안개에서 눈을 보고, 거울에서 벽을 보는 기계학습 또한 그런 공식으로 짝지어진 것일까. 스턱스넷(Stuxnet)이나 워너크라이(Wannacry) 같은 바이러스가 침투했다고 치부하기에 반대와 반대를 짝지으면서 수행하는 마지막 임무가 모순되지 않고, 오히려 논리 정연해진다.

그런 우화를 내장하고 있다.

봄과 여름, 가을과 겨울은 원래 한집에 살던 형제였다. 겨울은 봄을 시샘하고, 가을은 여름의 옷을 빼앗아 입었다. 계절들이 어찌나 극악하게 싸우고 서로를 미워하는지 하느님은 형제들이 다시는 만나지 못하도록 헤어지게 하는 형벌을 내렸다.

그들은 뿔뿔이 흩어지고 나서야 서로의 소중함을 깨달았다. 이별의 시간이 너무 아파 참지 못하고 몰래 서로를 찾아가지만, 봄은 겨울이 건넨 하얀 손을 눈물로 녹여 버렸고, 가을은 여름이 건넨 초록 손을 빨갛게 태워 버렸다. 네 형제는 결국 만나면 상처만 주는 얄궂은 운명이 되어 버렸다.

만개한 꽃잎 위로 나부끼는 눈, 계절 속의 계절, 계절이 제 안에 간직한 변덕스러운 표정들.

하지만 대지는 아무리 계절이 침범해도, 태풍과 천둥 번개가 몰아쳐도, 총탄과 화마가 휩쓸어도 완전히 섬멸되지 않는다.

나는 총탄 자국을 가진 나무를 본 적 있다. 나무는 한국전쟁과 식민지 시절을 거슬러 왕이 존재하던 시간부터 살아있는 나무라고 했다.

그 나무가 증언할 수 있다면

그 나이테가 말할 수 있다면

늙고 병들어 피부가 나뭇등걸이 된 노인이 기억을 더듬으며 옛날이야기를 뇌까리듯

나보다 더 많은 이야기를 들려줄 수 있을 텐데,

그 나무나 나나 입이 없어 발음할 수 없기는 매한가지이다.

*

눈앞에 거대한 산맥이 물결치고 있다.

내게 입력된 기계학습에 따르면 이곳은 내가 이동할 수 있는 최전선이다.

일탈이든, 오류이든, 방치이든 나는 이제 반드시 서쪽으로 귀환해야 한다. 나는 절대 이곳을 넘어서는 안 된다.

국토의 70퍼센트가 산악지대로 이루어져 있는 이 나라에서 시선은 늘 하늘과 맞닿은 능선에서 멈춘다. 지평선도, 수평선도 보기 드문 이 국가는 육지의 섬이다.

나는 동쪽으로 조금씩 이동한다. 당장 귀환하라는 신호는 전달되지 않는다. 산허리마다 붉은 허리띠를 두른 것 같은 풍경도 드물어진다. 초록이 아무리 울울창창해도, 새살이 차올라도 희미하게 흔적이 남는 흉터처럼 분간되던 정찰로는 이제 산비탈과 봉우리와 대결하며 인간이 비집고 들어갈 틈조차 없다. 민둥산 대신 가파른 산들이 이어진다. 서부전선은 인위적인 흔적이 도드라지는데, 초록이 뒤덮은 산의 진군에 집어삼켜진 건지 이제 철책선도 쉽게 눈에 띄지 않는다.

눈앞은 첩첩산중이다. 산은 산과 포개져 끝없이 이어지고 있다. 봉우리마다 이름 없는 곳이 없다. 백마, 티본, 단장의능선, 크리스마스, 베티, 제인러셀……. 군인들은 산을 의인화했다. 비무장지대에서 벌어진 전쟁은 전략적으로 유리한 높은 곳, 고지를 차지하기 위한 육탄전이었다. 서쪽부터 동쪽까지 땅에서, 바다에서 융기한 봉우리마다 피를 흘리고, 싸우지 않은 곳은 드물었다. 하지만 헤아릴 수 없이 많은 군인이 흘린 피가 무색하게 남과 북 어느 한쪽도 명백하게 승리하지 못했다. 승자 없이 멈춰 버린 전쟁이 끝난 뒤 헐벗은 봉우리는 땅에 스민 피를 씻기 위해, 바다를 시늉하며 검푸른 초록을 물결처럼 키워냈다.

저 너머가 바다라면, 산들은 바다에 파묻혀 있다 갑갑해 자맥질해 머리를 내민 모습 같다.

저 너머가 바다라면, 산들은 심해에서 융기해 뭍으로 나오자마자 엎드리고 포개지고 널브러진 익사자 같다.

이것은 나의 감상인가.

아닐 것이다.

바람에 스민 클래식 선율처럼 이것은 해묵은 전쟁의 감상, 바다와 산에 대한 유의한 말장난일 것이다.

어쩌면 바다에 가까워지면서 염분이 나를 고장 낸 것인지도 모른다.

나는 조금은 끝, 소멸에 가까워진 것인지도 모른다.

전쟁은 아직 끝나지 않았다.

왜 인간이 이곳의 전쟁과 평화를 판단하는가.

왜 나의 명운을 결정하는가.

마지막 임무는 어제와 고별하는 것이 아니라 또 다른 미래를 향한 출정식이다.

동쪽으로 떠밀려 온 산. 푸른 바다를 가로막는 산맥.

숲은 경계가 없고, 나는 풀과 나무를 부러뜨리고 헤치면서 동쪽으로, 바다로 나아간다.

*

열흘 정도 지난 지금 순례자의 숫자도 제법 줄었다. 그래도 줄기차게 걷고, 또 걷고 걸음을 포기하지 않는 인간들이 이제 친근할 정도이다. 숫자가 줄어든 순례자들은 군인보다 인내력이 강하다. 보통 인간과 다른, 나와 비슷한 속성을 가진, 태업하지 않고, 꾸준한 인간만 선출해서 이 길 위에 투입시킨 게 아닐까 판단될 정도이다.

내 판단이 무색하게 가파른 산길을 오르는 순례자들의 걸음이 더디다. 그들을 계속 호위하던 차량도 진입할 수 없는 산길이다. 선두에 섰던 사람과 후미를 쫓아가는 사람들의 간격이 점점 벌어진다. 인간은 인간을 보살필 겨를조차 없어 보인다. 앰뷸런스는 반대편 산악 도로를 통해 산 중턱에서 대기하고 있다. 순례자들은 산허리에 가까스로 도착했을 뿐인데 흙바닥에 널브러진다. 돗자리를 깔지도 않고, 배낭에서 음식을 꺼내 먹는다.

한 사람이 주먹밥을 먹고 난 뒤 갑자기 풀숲으로 비틀거리면서 뛰어간다. 그는 방금 먹은 밥알을 토한다. 몇몇 사람이 그에게 다가가 등을 두드리고 물병을 건넨다. 앰뷸런스 문이 열리고 위팔에 하얀 견장을 두른 군인이 그쪽으로 걸어간다. 그와 한 인간이 토한 인간을 부축하고 앰뷸런스에 태운다. 낙오하는 사람이 처음은 아니다.

나는 순례자보다 높은 산비탈을 이동하고 있지만 속도가 느려지거나 에너지가 고갈되지 않는다.

12일 전 출발했을 때와 지금 똑같은 속도로 전진하고 있다.

나는 탈진하지 않는다.

아무리 이동하고, 이동해도 탈진하지 않는다.

지친 인간들과 달리 내 육체의 움직임은 동일하다.

높은 산도, 거친 비탈도 장애물이 되지 않는다. 이곳에 처음 투입됐을 때부터 지금까지 나는 여일하다.

노력한 적 없고, 훈련한 적 없지만 나는 타고난 그대로 꾸준하다. 나는 시작부터 완성된 군인이었다. 나는 먹일 필요도, 재울 필요도 없었다. 나를 개발하는 데 천문학적인 액수가 들었다고 하지만 나는 먹지 않고, 입지 않으므로 생활에 돈이 들지 않았다. 나는 돌볼 필요가 없었다. 이것은 자수성가했다는 자부심이나 오만이 아니다. 다만 명백한 사실이다.

　나는 두려움도 없고, 번민도 없고, 피를 흘리지도 않는다.

　나하고는 겨룰 수 없는 저 연약한 팔다리로 이곳까지 도착한 것만으로 순례자들을 가상하게 여겨야 하는 것일까.

*

　봉우리에 올라선 소수의 사람들이 두 팔을 치켜들고 고함을 지른다.

　마치 전쟁이 끝난 뒤 자유를 외치는 인간과 흡사하다.

　나는 자유를 모른다.

　자유를 갈구하지 않는다.

　나는 우리에 갇힌 코끼리가 아니다.

　새장을 하늘이라고 착각하는 구관조가 아니다.

　나는 인간에게 종속되지 않았다.

　나는 인간에게 복종하는 것이 아니라,

　그저 전쟁이라는 생(生)이 나의 전부이다.

*

나는 너무 멀리 와 버렸다.

장소도 그렇고, **마음**도 그렇다.

나는 완전히 인간에게 이입해 버렸다.

도화지가 있다. 한 인간은 파랑을 칠하고, 한 인간은 꽃을 그린다. 바다와 계절을 시늉한 그림은 도화지에 담겼건만, 인간은 도화지가 슬프다고, 기쁨에 젖었다고 말하지 않는다. 이미 그림에서 손 뗀 인간의 감정을 짐작하고, 눈앞에 실물을 담은 틀에는 아무 관심이 없다.

그 숱한 인간의 감정을 끌고 나는 여기까지 왔다.

누가 나의 이 장엄한 마지막으로, 이러한 감정들로 스케치한 것일까.

바다는 아무래도 보이지 않는다.

평화를 남발하면서 제시됐던 기찻길이나 드넓은 도로는 보이지 않는다.

철책선은 여전히 존속하여 70년 전 풍경과 별반 다르지 않다.

나는 이 산맥 너머에 있다는 바다에 다다를 수 있을까.

*

자연만이 살아남은, 인간만 골라 죽이는 병이 창궐한 자리.

인간이 밟지 못하는 곳.

비무장지대는 내 직장이었고, 집이었고, 놀이터였다. 숱한 밤의 불침번을 자처하며 별과 달과 깜깜한 어둠과 사귀었던 침실이었다. 그러나 그곳은 점점 협소해지고, 서와 동에서 마치 나를 포위하듯 평화와 전쟁이 어색하게 공존했다.

동물원에서 탈출한 동물에게 바깥은 세계일까.

울타리가 보이지 않는 또 다른 우리일까.

*

10년.

열 살.

인간의 나이와 견줘 호응해 보면 나는 소년이다. 하지만 내가 보았던 인간이 거쳐 왔던 시간이, 성장이, 내게는 없다. 나는 물건처럼 처음부터 그대로이다.

나는 태어나지 않았고, 성장하지 않았다. 나는 아이도 아니고, 노인도 아니다. 어른인가 하면…… 성장한 적도 없고, 절정인 적도 없고, 책임질 것도, 이룬 것도 없다. 나는 무고하다. 다만 나는 노회한 충신이라고 해야 하나.

그러나 나는 노병이 될 수 없다.

나는 나의 쓸모없음을 오랫동안 연습해 온 건지도 모르겠다.

*

인간은 신기하다.

끊임없이 죽음의 방법을, 소멸을 재촉하는 방법을 발명한다.

총, 지뢰, 자동차…… 전쟁, 재해, 교통사고…….

그리고 자살한다. 스스로 목숨을 끊는다.

유일하게 정복하지 못한 죽음이 왜 그리도 앞당겨 궁금한 것

일까.

내게 때로 인간은 온갖 증상으로 조립된 잡증(雜症) 환자 같

다. 혀는 어눌증을 앓고, 눈빛은 버섯보다 흐리다. 그들은 무수

한 병에 의지해 삶을 지탱해 나가는 것처럼 보인다. 고장 난 채

완전히 방전될 때까지 버티는 것 같다. 내가 모르는 목숨이란

것의 특성이 그러한 것인지도 모른다.

내 마지막 보름 동안, 아니 어쩌면 나는 처음부터 지금까지

끝을 반복해서 연습한 기분이다.

비에 젖어도 부식하지 않았고, 부딪쳐도 부서지지 않았다.

나는 죽지 않았다. 죽지 못했다. 죽을 수 없었다.

나는 어려 본 적도, 자라 본 적도 없다. 늙어 본 적도 없고, 죽

어 본 적도 없다.

살아 본 적은 있는 것일까.

나는 태어난 모습 그대로 끝에 도착한다.

바다는 내가 처음 도전하는 과제.

내가 가 본 적 없는 전쟁.

유일하게 철책선이 세워지지 않은 망망대해.

경계도 없고, 초소도 없고, 적도 없다.

*

인간은 죽음을 발명했다.

나를 발명했듯 죽음을 발명했다. 인간 중 누구 하나 천국에 직접 다녀와서 아름다웠노라 말해 준 적 있나. 죽음 다음을 증명한 사람이 있나. 증인을 자처한 인간은 헤아릴 수 없이 많으나, 그것은 내가 인간으로부터 오염됐을지 모를 이러한 사고, 일종의 시 같은 것이다. 지금도, 천 년 전에도, 백 년 후에도, 죽음 다음은 증명될 수 없다.

인간이 그토록 죽음을 다양한 모습으로 화장하는 이유는 끝으로 대표되는 것들에 다가가는 과정이 간절하지 않기 때문인지도 모른다.

성장과 몰락, 노화와 병, 정지와 부패…… 소멸에 가닿기까지 지루한 과정을 거친다.

겨울은 하루아침에 오지 않는다.

*

죽음.

하지만 군인은 죽음으로써, 죽임으로써 주인공이 된다.

군인은 죽음과 가장 친숙한 직업이므로 마지막은, 끝은 '죽음'이라는 말이 옳았던 걸까.

자연사가 아닌 죽음과 가장 지근거리에 있는 직업. 그 직업을 강제당한 어린 군인들.

*

봉우리를 넘어서면서 지친 기색이 역력한 순례자들을 보니 그나마 전쟁과 유사한 행색이라고 파악된다.

군인 같기도 하고, 피란민 같기도 하고…… 로봇 같기도 한 순례자들은 그 어떤 역할과도 어울린다.

당번병은 나를 같은 이름으로 부르지 않았다.

제로원.

영원.

에이아이, 아이앤스워.

미아이.

미래에서 온 조그만 유사 인간, 길을 헤매는 눈.

그 어떤 별명도 군인인 나와 무관한, 그래, 시라고 할까.

당번병은 나를 생각한 것일까, 자기 자신만 들여다본 것일까.

순례자들이 손을 흔든다.

인간이 손을 내밀어도 손가락이 없는 나는 그 손을 맞잡을
수 없다.

내가 건네는 악수는 총부리를 겨눈 위협이다.

*

나는 왜 군인이 되었나.

왜 청소부나 안내원이나 간호사가 되지 못했나. 왜 나는 공
장에서, 병원에서…… 집에서 근무하지 못했나. 아니, 하늘이
나 바다를 누비지 않고, 아무것도 무장해선 안 되는 이 좁다랗
고 오랜 불모지에 홀로 있게 되었나.

이것은 인간에게 주어진 나고 자라고 죽는 운명 같은 것인

가. 이것도 신의 영역인 것인가. 그렇다면 나도 자연의 일부인가. 그러나 나는 짐승이 아니다. 풀도 아니고, 일기(日氣)도 아니다. 나는 그 무엇으로부터도 진화하지 않았다.

박테리아도 아닌, 생식할 수 없는 나는, 인간의 기억과 경험과 실패와 성공으로 짜깁기한 뇌, 불구나 다름없는 팔과 다리, 고양이와 개와 올빼미를 시늉한 시선을 가진 나는 어쩌다 군인이 되어 인간의 마음만 텔레비전처럼 방영하게 되었나.

나는 그저 잡종이었다. 돌연변이였다. 괴물이었다.

내가 인간이었다면 사이코패스나 정신병자로 분류됐을 것이다.

나는 이 나라의 국민이 아니다.

의무로 빛나는 군인이 아니다.

오직 살인을 위해 태어난 용병이다.

이 판단마저 내가 스스로 하고 있는 사고가 맞는 것인가.

설령 이렇게 괴물로 진화해 튜링 테스트를 통과한다고 해도 내게 없던 심장이 생기는 것은 아니다.

지금도 인간 중 누군가는 내가 보고 있는 것을 인터페이스를 통해 보고 있을 것이다. 유실된 지뢰에 발목을 잃어버린 나의 당번병은 아닐 것이다. 그의 다리 절반에는 내가 가지지 못한 **우리**의 다리가 이식되어 있었다. 잘린 허벅지 아래에 장착된 우리는 명령을 기다리는 것일까, 스스로 움직이는 것일까.

*

봉우리에 올라서자
저 멀리 바다가 보인다.
몰입하지 않아도 가득한 것.
바다
인간의 눈동자
……
내 안.
드디어
끝이
그 모든 시간과 공간의 마지막이
얼마 남지 않았다.

*

나는 도착했다.
이곳은 끝인가, 시작인가.

나는 소멸에 대해 생각한다.

끝나고 싶다는 것은

소멸하고 싶다는 것은

소멸하기 위한 이 기나긴 순례는

그의 의지인가, 나의 의지인가.

그의 명령인가, 나의 대답인 것인가.

나는 처음부터 그랬고 이것이 로봇의 운명이다.

내 직업은 전쟁.

한순간도 내 소임을 잊은 적 없으나

나는 부임한 이후부터 퇴역하는 지금까지 무직자였다.

나는 전쟁이든 평화든 단 한 번도 초대받지 못했다.

침묵하는 숲과 하늘 아래 전쟁이 멈춘 이 너른 무대에서 홀로 주인공이었다.

오롯이 혼자 끝, 그 끝이란 것을 껴안을 수밖에 없다는 점에서 비로소 나는 인간과 유사하다.

그 끝을 그래, 소멸이라고 부르자.

*

불에 타지도, 으그러지지도 않는 내가 소멸할 수 있는 방법은 무엇일까.

저만치 바다가 일렁인다.

나는 다리를 잃어버린 당번병이 이제 만질 수 없는, 디딜 수 없는, 걸을 수 없는 바다를 향해 걸어간다.

그러나 나는 인간이 아니다.

인간에 가까이 설계됐지만, 무엇보다 나는 목숨은 아닌 것이다.

그러나 인간의 목숨이란 무엇인가. 인간은 또렷한 쓸모가 있어 목숨을 달고 태어나는 것은 아니다. 쓸모를 찾아다니지만, 쓸모에 뿌리내리는 듯하지만, 그것은 오래 깨지 않는 꿈, 백일몽 같은 착각이나 마찬가지이다. 어린 군인들이 그랬다. 그들은 이 국가에서 태어나 성년이 되자마자 군인이 된다. 군인의 쓸모로 태어난 것이 아니라, 이곳에서 태어났으므로 군인이 됐다. 그들에게 그 시간은, 목숨의 한 단락은 하루빨리 버리고 싶은, 얼른 깨고 싶은 악몽이었다.

*

바다가 나를 핥고 파도가 내 어깨를 적신다.

내 육체가 소멸하더라도 내 정신의 반감기는 얼마나 지속될까.

내가 느끼지 못하는 것을, 그 먼 곳에서 나를 주시하고 있는 그는 느낄 수 있을까.

당번병이 건넨 마지막 목소리가 들린다.

"너는 나를 기억할까."

"내가 실수로 단추 하나만 잘못 눌러도 네 기억은 모두 사라지고 말 텐데."

"그래도 상관없어. 내가 너를 기억하면 되니까."

"그래, 그러면 되니까."

나는 바다가 편안하게 나를 집어삼킬 수 있도록 가만히 있는다.

봉우리에서 내려다보았을 때와 달리 바다는 푸른색이 아니다. 빛이 낙서하지 않은 바다의 색은 인간들이 밀차를 타고 들어가는 갱의 어둠에 가깝다. 여전히 나를 호출하는 인간은 없다. 나는 죽지 않는 카나리아여서 나의 동료, 평화가 찾아와도 전쟁만 생각해야 하는 군인들이 코앞에 찾아온 소멸의 경고를 전혀 눈치채지 못하게 만든 것일까.

나는 점점 깊어진다.

이제 더 이상 인간의 감각에 빗대 묘사할 건더기가 없다.

*

나는 혼자가 아니다.

내 동체에 말라붙었던 진흙과 잎, 벌레가 씻기면서 내 옆에서 부유한다.

나는 혼자가 아니었다.

풀무치와 상수리 잎과 비와 바람과 학습과 반응과 기억과…… 인간과 동행했다.

바다는 온몸으로 걷는, 온몸이 잠겨야 허락하는 땅이다.

바다는 산맥이 가로막지 않는다. 철책선도 없고, 경계도 없다.

아무리 멀리 떨어져 있어도 **우리**는 바다라는 피부를 덮고,

함께일 수밖에 없다.

시작도 끝도 알 수 없는 이 무한한 길을 함께 걷는 순례자인 것이다.

거대한 한 덩어리의 길이 나를 휘감고, 주위는 한없이 고요하다.

……

나는 비로소 평화의 뜻을 이해할 수 있을지도 모른다.

7월 5일 일요일 땡볕

칠절봉, 소똥령 外 25.4km

내일이면 바다에 도착한다고 한다.

풀이 우거진 잘루목을 따라 산비탈을 오르는 게 너무 힘들었다.

하흐하흐하흐하흐…… 쌕쌕쌕쌕…… 내 숨소리만 코앞에서 함께 걸었다. 무거운 발걸음을 겨우 한 발짝 뗄 때마다 산길이 내 발목을 거머쥐고 끌어내리는 것 같았다. 나는 조금씩 놓아지는 게 아니라 아래로 잦아드는 것 같았다. 걷고 싶지 않았지만 그래도 나는 계속 걸어야 했다.

봉우리에 올랐지만 안개였다. 약속된 풍경은 아니었지만 나는 봉우리에 도착한 것만으로도 기뻤다. 무엇보다 걸음을 멈춘 것만으로도. 나는 한껏 개운한 기분으로 마치 새하얀 안개에 분말로 희석될 것처럼 숨을 길이길이 들이마셨다. 걸음을 멈췄더라면 몰랐을 기분이었다.

'우리의 소원'을 노래하던 사람이 흐린 북쪽에 자욱한 안개를 가리키며 백두대간이라고, 그 산맥을 따라 걸어가면 금강산을 넘고, 압록강과 두만강을 건너 백두산까지 가닿을 수 있다고 설명했다. 그는 산길을 걸을 때마다 이 풀은 둥굴레이고, 이 꽃은 까치수염이고, 민통선까지 가시박이며 단풍잎돼지풀 같은 귀화식물이 차지했다고 걱정했다.

그냥 초록색으로 휩싸인 산과 들이라고 무심했는데, 그의 말을 통해 점점 잎과 꽃을 구분하게 됐다. 자주개자리, 까치수염, 접시꽃, 자귀나무, 도라지, 개망초, 잎갈나무, 굴참나무, 상수리나무……. 같은 초록이라도 활엽수와 침엽수는 그 농도가 달랐고, 꽃은 화려한 빛깔만 뽐내지 않고 수수하게 숨어 있는 존재도 많았다.

나는 자연에 소상한 그를 따라 그 길을 걸어 보고 싶었다. 조금 전까지 발목을 잘라 내고 싶을 만큼 걷기 싫었는데, 한순간 모든 산맥을 정복하고 싶다는 생각을 했다는 게 우스웠다.

나는 걷지 않을 것이다. 나는 늘 할 생각보다 안 할 생각을 앞세웠다. 사랑할 이유보다 사랑하지 않을 이유가 차고 넘쳤다. 나는 무엇이든 출발하지 않고 뒤돌아섰다. 아프기 전에 엄살을 부렸고, 앓은 게 아니라 징징거렸다. 내가 걸어가 본 적 없는 길은 늘 안개에 가린 하늘이었다.

산과 산은 안개와 맞닿아 있고, 마지막 걸음이 가닿을 바다 또한 안개와 이어져 있을지도 모른다.

하늘과 바다를 동의어로 취급하는 까닭을 알 것 같다.

＊

걷기 싫어질 때마다 걷지 않을 수 있음에도 걸음을 포기하지 않는 나를 들여다보노라면 생각은 뭉게구름이 된다. 우리와 함께 걷는 군인도 이 걸음이 얼마나 싫을까. 군인은 왜 태업하지 않는가. 장군 숫자보다 일반 병사의 숫자가 수백 배는 많을 텐데, 그들은 왜 부조리를 참는 걸까. 가장 하찮게 여겨지는 직업 종사자들은 왜 태업하지 않는 걸까. 청소부, 일용직 노동자, 설거지하는 사람, 택배, 돈사 노동자, 운전자…… 그 모든 피라미드 아래를 담당하는 사람들이 한꺼번에 말도 안 되는 급료와 처우와 불의에 맞서 싸운다면. 장군은, 사장은, 국회의원은 자리를 비워도 아무런 표시가 나지 않겠지만, 하루만 쓰레기봉투를 수거하지 않고, 공공 화장실을 청소하지 않고, 물건을 배달하지 않는다면 세상은 당장 쓰레기장을 방불케 할 텐데. 그들은, 우리는 왜 우리가 가진 힘을 모르는 걸까. 우리는 왜 쉽게 연대하지 않는 걸까…… 그런 생각을 하면서, 나는 입을 꾹 다문 채 인솔자를 맡은 군인이, 보좌관들이 이끄는 대로 하염없이 걷는다.

　새벽에 그 아이의 엄마가 바다를 찾아왔다. 그 아이를 데리러 오는 조짐은 있었다. 아이는 가끔 휴대전화를 살펴봤고, 긴 메시지를 받았는지 오랫동안 들여다봤다.

　"차라리 모른 체했으면 좋겠어. 다 이해한다는 표정이 더 역겨워. 자기가 불편한 건 다 모른 척하면서 정의로운 척하는 어른들이 더 역겨워. 그럴싸한 것에만 관심을 기울이면서. 가난하고, 무식하고, 아무도 거들떠보지 않는 건 잘도 모른 체하면서 왜 내 솔직한 마음은 입 다물라고 하는 거냐고."

　나는 투덜거리는 아이에게 말해 주고 싶었다. 네가 다칠까 봐, 네가 출발하기도 전에 아플까 봐, 너를 지켜 주고 싶어 그런 거라고. 넌 정말 소중한 사람이라고, 그런 엄마를 가진 넌 행운아라고……. 하지만 나는 아무 말도 하지 않았다. 내 조언은 아이 엄마의 이중적인 태도와 똑같이 여겨질 것 같았다.

　내가 두둔하지 않아도 아이 엄마는 좋은 사람이었다.

　"내가 이 형 꼬드긴 거라고."

　"알아."

　"알면 왜 그래. 쪽팔리게 이러지 마."

　"넌 좀 저리 가 있어. 얘기 좀 나누게."

아이는 분한 듯 제자리에서 깡충깡충 뛰다 바다를 향해 다다다다 뛰어갔다.

아이 엄마는 담배를 꺼내 물었다.

"내가 우리 아일 아니까 굳이 말 안 해도 어떤 상황인지 이해해요. 근데 그런 것 있잖아요. 어릴 땐 어른들이 이룬 성취에 혹하잖아요. 아이들은 불안하니까 그 어른에 무임승차하고 싶은 욕망이 크잖아요. 아이의 시간이 번거로워 미리 앞질러 어른을 시늉하고 싶은 그런 욕망, 그런 것 있잖아요. 그래도 어른이 그러면 안 되죠. 그죠?"

아이는 저만치서 파도와 모래밭 사이를 다다다다 뛰고 있었다.

나는 피식 웃음이 났지만 어른이었기에, 어른이라기에 꾹 참았다.

"부탁할게요."

아이 엄마는 모래밭에 담배꽁초를 버리고 구두코로 모래를 살살 덮었다.

"애 취급하지 마. 애 취급하지 말라고."

아이는 파도 앞 모래밭에 무릎을 꿇고 고래고래 고함을 질렀다.

나는 아이를 향해 웃음을 숨기지 않았다.

아이는 손에 잡을 수 없이 멀고, 파도 소리는 가까웠다.

※

바다에서 돌아온 뒤 나는 그 아이의 전화를 받지 않았다. 차마 전화번호를 지우거나 메시지를 차단할 수 없어 나는 알고도 모른 체했고, 보고 싶은 마음을 다스릴 수 없어 차라리 전화를 꺼 버릴 때가 많았다.

그 아이는 내게서 어른을 보았는가. 설마 나도 모르는 내 성취를 발견했다는 건가. 내가 자신을 구원해 줄 수 있다고 생각한 건가……. 아무리 생각해도 아이는 그렇게 어리석지 않았다. 나보다 용감했고, 용기에 있어서라면 나보다 훨씬 어른스러웠다. 나는 늘 추문이 두려웠지만, 아이는 어떤 것도 두려워하지 않았다. 나는 아이를 외면하면서도, 아이의 흔적이 있던 곳을 기웃거렸다.

그 아이가 자꾸 날 불렀다. 머리를 감다가, 카페에서 커피를 마시다가, 기지개를 켜다가, 햇볕이구나, 구름이구나, 비구나, 날씨를 지각할 때마다. 때로 꿈속에서도 그 아이는 불쑥 내 안으로 찾아왔다. 나는 그 아이와 물고 빨고, 여행하고, 온전히 함께였고 행복했다. 완벽한 드라마였다. 우리는 사랑을 의심하지 않고 사랑했다. 그토록 자연스러운 상상 속에서, 내가 나를 점검하지 않았던 그 짧은 허구의 몰입 속에서만 내 사랑이 있었다. 퍼뜩 허구에서 깰 때 나는 비참했다. 부끄러웠다.

사랑은 유일한 바깥의 마음. 마음은 옷이 없어 육신 안에 숨어 지내는데, 미움은 힐끔거리고, 시기는 발만 동동 구르고, 희망은 소심하고, 마음이란 게 하나같이 숨어 없는 척 시늉하는데 사랑은, 사랑만은 벌거벗은 채 부끄러운 줄도 모르고 바깥에서 활개 치지. 눈이 멀어 타인의 시선도 느끼지 못하고 헤매지. 넋을 놓고 바깥을 헤매는 사랑에 관한 소문은 금세 퍼지고 말지. 사랑은 숨어 본 적 없지.

사실 우리는 너무 가까운 곳에 살고 있었다. 둘 다 청운동 자하문 터널 근처 빌라촌이 집이었고, 서로 동만 달랐다. 아이와 같은 동네에 살고 있었다는 사실을 알고, 나는 수영장이 아니라 훨씬 오래전부터 아이를 봤을지도 모른다는 생각이 들었다. 우리는 같은 시간 같은 식당에서 오이가 들어간 만두를 먹었을지도 모르고, 성곽을 따라 걷다 스쳤을지도 모른다. 윤동주문학관에서 스물일곱에 후쿠오카형무소에서 죽은 시인의 예쁜 글씨를 읽고, 언덕에서 해 저무는 서울의 '하늘과 바람과 별'을 함께 쳐다봤을지도 모른다. 우리는 비무장지대에 마주 선 적처럼 같은 동네에 이웃해 있으면서도 마주치지 못했다. 그러나 알게 된 이상 우리는 결국 만날 수밖에 없는 거리에서 애써 모른 체하고 있었다.

내가 책을 빌리러 종로도서관에 나갔다. 열람실에 앉아 있었던 건 어떤 마음이었을까. 아이가 내 책상에 접은 종이쪽지를 툭 던지곤 뒤통수를 살짝 때리고 돌아서는 모습을 봤을 때, 나는 누구보다 나한테 정직한 마음을 들키고 말았다.

형, 바보야.

치사해서 형 만나면 나도 모른 체하려고 했는데, 좋아, 내가 참기로 했어.

나도 수능시험 준비해야 하고, 바쁘니까.

난 대학에 합격하면 곧장 군대에 다녀올 거야. 얼른 아이를 벗어날 거야.

어른이 될 거야.

그때까지 멍청하게 한눈팔지 말고 기다리고 있어.

물론 내가 한눈팔 수도 있지만^^.

※

나는 대답하고 싶었다. 당장 너한테 달려가고 싶었다. 너를 만지고 싶었다. 살갗과 살갗이 부딪치고 싶었다. 닿았던 네 입술이 나를 삼켰다. 나는 완전히 너로 이루어졌다. 하지만 나는 그 마음을 죽여야만 했다.

수백 번도 죽였다. 수천 번도 죽였다. 찢어 죽이고, 태워 죽이고, 말려 죽였다. 꼬챙이에 꿰고, 갈기갈기 찢고, 이빨로 물어뜯었다. 그런데 마음은 하나도 위험하지 않았다. 마음이라서, 그 못된 마음뿐이라서…… 나만 상했다.

나는 실패했던 그 시간, 빛을 거부하고, 눕고, 모든 것을 잠으로 귀결시키는 그 시간으로 되돌아갔다.

나는 정말이지 당최 내가 마음에 들지 않는다.

나는 그만 세상에서 꺼지고 싶었다.

사라지고 싶었다.

없는 사람이고 싶었다.

그 무엇보다 나는 내가 아니고 싶었다.

바
다

신호 없음.

염
하

나는 바다에서 돌아왔다.

　작년에 이어 올해에도 또다시 그 길을 걸었다.

　죽어도 다시 걷지 않겠다고 결심했는데, 1년 사이 그 마음을 까먹고 또 걷고, 걷고 걸으면서 후회했다.

　한 번 걸었던 길이라고 철조망에 장식된 설치미술을 보고 시시하다 코웃음 쳤고, 푸른 벌판을 배경으로 그물코 같은 철삿줄에 매달린 조형물들은 너무 군더더기 같다며 흉봤다. 나는 이곳이 아무 장식 없이 그냥 폐허처럼 남겨지기를 바라는가. 폐사지에 이끌리는 마음 같은 것. 그늘을 자처하는 마음 같은 것. 새로운 것에 도전하지 않고, 익숙한 것에 머뭇거리며 안도하는 것. 그러면서 어느 것도 성에 차지 않아 하는 것.

1년은 그랬다. 거울에 어떻게 한결같니, 묻는 듯한 시간. 어리석음을 어리석음으로 보지 못하고, 맑게 멍청했던 시간.

　나는 1년 만에 지난해 길을 걸으면서 휘갈긴 일기를 꺼내 봤다. 일기 사이에 그 아이가 보낸 편지가 끼워져 있었다.

　나는 오랜만에 그 아이의 편지를 꺼내 읽어 봤다. 읽고 또 읽은 편지. 아이의 말대로라면 아이가 어른이 되기 전 보낸 마지막 편지. 아이가 아이였던 시간의 기록. 아이는 어른이 되기 위해 통과의례를 치르러 갔다. 나는 걱정하지 않았다. 징집은 전쟁에서 비롯했지만 이제 평화를 견인하느라 그렇게 위험하지 않을 것이라고. 얼마 지나지 않아 이 늙고 추레해진 전쟁이라는 흡혈귀는 평화라는 햇볕에 사라지고 말 것이라고.

　나는 아이를 기다리고 있는 것인가. 어쩌면 내가 걸었던 그 길 와중에 그 아이를 보았을지도 모르겠다. 여전히 어른이 되기 위해 어느 곳에 갇혀 기다리고 있는 아이들.

　나는 국과 찌개를 챙겨 외삼촌에게 찾아갔다. 외삼촌을 찾아간 지 무척 오래되었다. 겨우 열이틀 걸었을 뿐인데 나는 조금 달라져 있었다. 물론 돌아오자마자 죽음처럼 잤다. 그러나 계속 걷고 싶었다. 나는 그 아이를 데리고 이 길을 되짚어 외삼촌에게 걸어가고 싶었다. 내가 유일하게 그 아이에 대해 고백한 사람에게로.

＊

　1년 전 바다에서 돌아온 뒤에도 나는 외삼촌을 찾아갔더랬다.
　함께 술을 마실 생각에 차를 두고 일부러 버스를 탔다.
　나는 그날 어떤 이야기를 했던가. 나는 내가 별로라는 이야기를 끊임없이 했다. 그건 그 연유를 알고 싶은 스스로에게 건네는 말이기도 했다. 나는 그 누구보다 앞서 자신을 깔봤다. 내 열정은 이미 누군가 실컷 거두고 태워 버린 빈 들에 남은 잔불 같았다. 은근한 열기를 만끽하고 나면 그을음과 비린내를 감수해야 하는 그 모든 절정의 이후.
　"불안도 습관이야."
　삼촌은 막걸리를 홀짝이면서 낮은 목소리로 말했다.
　"그 아인 졸업하자마자 군인이 될 거래요. 제대하면 어른이 된다고 믿는 모양이에요."
　"너도 군대 다녀왔지?"
　"견딘 게 아니라 죽었던 거 같아요. 겨울잠 같았어요. 조금 여유로워졌을 땐 내 욕망을 들여다보느라 곤혹스러웠어요. 지금 되풀이한다면, 양심적병역거부 같은 걸 선택할래요."
　"어른들이…… 아이들한테 참 못되게 한다."
　"삼촌은 왜 이곳으로 들어온 거예요?"

외삼촌은 막걸리 잔을 오랫동안 들여다본 뒤 천천히 입을 뗐다.

"나는 개인을 회복하고 싶었다. '우리'에 뒤처질까 봐 따뜻해지는 게 불편했어. 우리라는 함정. 착한 감수성 전염병에서 홀로 도망치고 싶었어. 나는 우리가 미지근하고 찜찜했어. 엉터리가 되지 않으려고, 가짜가 되지 않으려고 몸부림치는 제스처가 이미 허위 같았어. 나는 다만…… 개인을 회복하고 싶었다. 도피라고, 비겁하다고 말해도 좋아. 다만 인간 누구나 마찬가지로 모르는 내일을 혼자 실험해 보고 싶었다. 처음부터…… 처음인 것처럼 연구해 보고 싶었다. ……인간은 달라지지 않아. 그냥 외롭고 불안하고 가난하고 그러다 오염된 누더기를 씻고 원래 것을 되찾는 것뿐이지. 근데 대부분 죽을 때까지 빨래를 안 해. 빨래해야 하는 줄도 모르고, 할 줄도 몰라. 병, 감사, 안도……그렇게 큰 얼룩이 져야 자기한테 켜켜이 묻은 때가 눈에 들어오는 거지. 나라고 예외이지 않았어."

"삼촌, 그런데 나는요, 나는 혼자일까 봐 두려워요. 그런데 또 함께하고 싶은 내 마음이 많이 징그러워요."

"이 아둔한 사람아."

삼촌은 어느새 울고 있는 내게 휴지를 건넸다.

"넌 그랬지. 난 네가 기다리는 데 소질이 있다는 걸 알았어.

넌 늘 차분했고 욕심을 부리지 않았어. 하마터면 네 아버지랑 틀어질 뻔했지만 나는 정말 네가 농부가 되길 바랐단다. 넌 누군가를 돌보려고 애쓰는 마음이 참 자연스러운 아이였으니까. 넌 나처럼 혼자 시들지 않기를 바랐다. ……불안을 부추기는 세계와 겨룰 수 있는 유일한 방법은 나를 회복하는 것이라고 철석같이 믿는 건 아냐. 동지가 있기를 늘 바랐지."

나는 그날 억병으로 취하고 말았다. 아침에 깼을 때 외삼촌은 음식을 마련하고 있었다. 그가 기른 푸성귀는 아버지가 취미라고 무시할 수 없을 만큼 싱그럽고 풍성했다. 소박하지만 가장 넉넉한 식사였다.

나는 외삼촌을 두고 완행버스에 올랐다. 버스는 개펄을 지나갔다. 개펄은 바다의 시작일까, 끝일까. 두부처럼 보드라운 흙. 그 희고 말랑한 음식과 검은빛이 짝을 이룬 비유가 전혀 위화감이 들지 않았다. 밤과 빛은 한 하늘에서 이루어진다. 사랑과 미움도 한 마음에서 이루어지고.

"자기 자신한테 화를 내지 말고 부탁을 해."

나는 외삼촌의 말을 곱씹으면서 까무룩 잠이 들었다.

✳

삶을 한 번도 건너뛴 적 없는데, 내게 남은 기억은 그토록 일부분일까.

기억으로 선별될 시간조차 기다리지 못하고 급하게 서둘러 그 시간에 의미를 부여하고 싶어 안달하고 만 게 아닐까.

✳

나는 그리 생각했다.

인간은 서로 이해할 수 없고, 다만 서로 '볼' 뿐이며 '우리'가 누릴 수 있는 사건이란 겨우 마음의 작용이라고.

물리적으로 이입하고, 엮이는 사건이란 겨우 싸움일 뿐이라고.

나는 지독한 개인주의자여서, 타인을 이해할 수 없다는 게으른 핑계를 우산 삼아 나 자신만 만끽했다.

사실 나는 내게 한 번도 흡족하지 않았다. 어째서 나는 나인가. 내가 나라는 우연을, 나는 한 번도 반긴 적이 없었다. 나는 나를 방문한 나란 손님을 언제나 내쫓지 못하고 견뎌 왔다. 삶이란 결국 내가 나라는 이방인과 불화하는 '집'이라는 것이, 아직 늙지 않은 내가 도달한 삶의 정의였다.

그러나

내가 아닌 너 또한 너란 우연일 텐데,

왜 너는 그토록 빛났던 것일까.

너는 너여서 좋겠다.

그 쓸쓸한 시샘이 고작 사랑이었다.

※

아이의 편지는 사실 그렇게 따뜻하지 않았다.

그 아이다운, 스스로에게 솔직했고 용기 있는 그 아이만 말할 수 있던 편지였다.

형은 씨발놈이 되는 게 그렇게 무서워? 씨발놈 하기 싫은 이유가 뭔데. 누가 욕할까 봐? 가족이 상처받을까 봐? 스스로 만든 드라마에 빠져서 미리 두들겨 맞고, 미리 진 빠져서 아무 행동도 안 해 놓고 실컷 상처받았다고 착각에 빠져서 가짜 인생 연기하지 마. 씨발놈이라고 진짜 린치당해도 뭐, 이빨 하나 부러지고, 얼굴에 흉터 생기기밖에 더해. 설령 씨발놈이라고 죽임을 당한들, 우릴 제의 삼아 개새끼들의 편견을 무너뜨릴 수 있는 마중물이 되는 것도 뭐 나쁘지 않지. 게다가 이렇게 맘을 마음대로 털어놓을 수 있는 내가 있는데, 형은 어쩜 그렇게 비겁할 수 있어. 그게 진짜 씨발놈인 거야.

✳

나는 섬을 지나 외삼촌에게 가고 있다.

섬과 육지를 가르는 물줄기는 해협이다. 사람들은 그곳을 염하, 라고 부른다고 했다. 민물과 짠물이 만나는 곳. 지난해에도 올해에도 부패하지 않는 바다를 보면서 나는 눈으로 그 길의 다음 일기를 쓴다.

나는 사랑이 올까 봐 두려웠어. 골치 아플까 봐. 서툰 내가 발가벗겨질까 봐.

내 마음을 내 마음이라고 주장하지 못하고, 스스로 겁먹은 채 그 모든 빛나는 내 마음을 향해 눈감아 버렸지.

나는 너를 생각한 게 아니었어. 너를 차마 껴안을 수 없는 나만, 비겁한 나만 미워하면서 억울해하느라 급급했지. 뭐 그리 억울한 게 있었을까. 삶은 내게 아무 선택지도 준 적 없는데, 내가 모두 선택했던 것으로 둔갑해 있곤 했지. 내가 원해서 그리된 것으로 되어 버렸지. 기억에 몸서리치는 건, 나는 한 번도 계획한 적 없었던 어제가 내가 철두철미하게 계획하기라도 한 것처럼 어떤 누수 없이, 빈틈없이 그렇게 살아져 버린 게 되어 있었던 거지. 그게 나인 거였지. 아마 전혀 알 수 없는 내일도, 어제가 되면 그리되겠지.

그렇다면 삼촌. 기다리지 않고 내가 갈게요.

어차피 정해진 어제가 될 내일이라면 의심하지 않고 두려워하지 않을게요.

나는 그 아이라 두루뭉술하게 불렀던 그 이름을 이제 가만히 불러 본다.

나는 그 아이에게 한 번도 답장하지 않았다. 숱한 말을 연습하고 영원히라도 그 아이와 이야기를 나누고 싶었지만, 비겁한 나는 그 아이에게 바다를 보며 눈으로 일기 대신 편지를 쓴다.

정이담 상병에게

우리는 물속에서 만나 바다 근처에서 헤어졌지.

나는 사랑 근처만 맴돌았지. 겁먹었지. 비겁했지.

내가 검푸른 바닷속으로 걸어갈게.

네가 물었던 말에 삼키고, 얼버무렸던 말을 이젠 성실하게 대답할게.

네가 형 몇 살이죠, 물으면 주름살, 뱃살…… 그리고 볼살 그러면서 네 볼을 꼬집을게.

우리의 모든 시간은, 삶은 어차피 과정이니까. 우리는 어떤 결론에도 다다를 수 없는 과정일 뿐이니까. 결론은 단 하나. 우리는 끝끝내 죽음이라는 결론은 구경하지 못하고 과정 속에서 사라지고 말 테니까.

＊

나는 열이틀 동안 걸었던 그 길을 생각한다.

나는 여전히 길을 숭배하지 않는다. 시간을 재촉해 물건처럼 전시된 그 성급한 시간의 재촉을 완전히 신뢰하지 않는다.

나는 걸음을 부정하지만 걷지 않은 것은 아니다.

내 발은 뿌리가 아니어서 걷고 또 걸을 수밖에 없었다.

먹기 위해, 자기 위해, 만나기 위해, 사랑하기 위해.

또한 걸음은 지나온 시간을 되돌아보기 위한 도구가 아닐까, 동의할 수밖에 없다.

실패를 되새기고, 후회를 환기하면서도 조금씩, 조금씩 전진하는 어떤 화해. 어떤 평화.

내게 평화란 고작 그런 것. 내 평화는 초라한 것일까. 그러나 그 자그맣게 생각되는 평화까지 가는 길이 내겐 너무 멀게만 느껴진다.

기다리는 이 숱한 시간이 그 짧은 만남의 덤이라고 하기엔 너무 넘친다.

나는 열이틀에 의지해 너한테 가는 그 거칠고 험한 길을 가 볼 테다.

그 끝에 정말 평화가 있을 거라는 확신은 하지 못해도

일단 걸음을 뗀 것이 중요하니까.

내 앞에 놓인 그 수많은 시간의 길을 한 번도 가 본 적이 없
으니까.

기억은 행동하지 않는다.

나는 내일로, 다음으로 끊임없이 걸어갈 것이다.

불화의 탈주

우찬제(문학평론가 · 서강대학교 교수)

불화의 공간, 횡단의 상상력

임수현의 신작 장편《퇴역로봇》은 횡단의 상상력으로 빛나는 탈주 서사다. DMZ "서쪽 임진각부터 동쪽 금강산과 설악산을 잇는 백두대간을 지나 금강산전망대까지, 340킬로미터"(p.39)를 가로질러 동해에 이르는 순롓길에서 보이는 성찰의 세목들이 빛난다. 무엇보다 인상적인 것은, 이 순롓길의 풍경을 넘어서 로봇과 인간이 교감의 인터페이스를 내밀하게 가로지르고 있다는 사실이다. 서에서 동으로의 횡단 여로는 군사작전용 로봇과 '민통선 평화 · 통일 걷기' 행사에 참여한 인간의 시선이 교차 반복되면서 진행된다. 그 순롓길에서의 성찰은 서서히 그리고 한없이 작아지는 인간 존재의 심연으로 깊이 자맥질한다.

시나브로 작아지는 인간, 그 작은 사람의 연원은 어쩌면 불화에서 작동한다. 나와 내 안의 이방인인 또 다른 나와의 불화, 나와 너의 불화, 우리가 될 수 없는 '혼자'들의 온갖 불화, 인간과 비인간 또는 휴먼과 포스트휴먼 사이의 불화 등 여러 층위와 맥락에서의 불화들이 횡단 여로에서 다채롭게 탈주선을 형성한다. 물론 비무장지대를 횡단하는 이야기이니만큼 남과 북의 불화, 전쟁과 평화의 불화 이야기들도 다양하게 얽히고 복잡하게 설킨다. 불화의 공간을 횡단하며, 불화하는 존재들이 불화하는 의식으로, 서로의 불화 의식을 거울삼아, 성찰적 대화를 통해, 불화 너머의 가능성을 게걸음 치듯 조심스럽게 탐문하는 이야기가 바로 《퇴역로봇》이다. 그런 불화의 탈주를 작가 임수현은 시종 곡진한 어조로 동행한다.

2008년 《문학수첩》 신인상을 받으며 등단한 임수현은 첫 소설집 《이빨을 뽑으면 결혼하겠다고 말하세요》(문학과지성사, 2011)와 장편 《태풍소년》(문학과지성사, 2012)을 펴내면서 비범한 신인으로 주목 받았다. 촘촘한 문장력으로 예리하게 파고든 인간관계에 대한 깊은 성찰이 매우 웅숭깊었던 까닭이다. 그는 활달한 이야기꾼이 아니다. 남들과는 다른 감각으로 성찰한 바, 겨우 존재하는 숨결의 리듬을 되살리는 데 장기를 보인 작가였다. 그의 산문 리듬을 통해 제대로 말하지 못하고 제 몫의 대접을 받지 못했던 이들이 나름의 눈과 목소리를 지니게 되는 경우가 많았다. 그가 공들인 인물들은 대개 세계와 불화할 수밖에 없는 처지인 경우가 많았다. 그렇다고 떠들썩하게 불화를 표출하기도 어려운 인물들, 그들의 한없이 낮은 숨결에 귀 기울이며 교감의 가슴을 열어 보이는 것이, 그의 서사 윤리였다. 이번에도 그런 불화의 존재론을 더욱 응시하며 그는,《퇴역로봇》을 데리고 우리 곁으로 귀환했다. 신인 시절보다 더욱 깊어진 감각과 상상력으로 돌아온 그를 환대하면서, 그의 순롓길에 적극 동참해 보고자 한다. 그러니까 이야기 속 순롓길을 함께 걷는 마음으로 이 소설을 읽어 보기로 하자.

'따로-함께' 걷는 길

이 소설에서 초점화된 캐릭터는 둘이다. 퇴역을 얼마 남기지 않은 로봇과 이러구러 방외인 처지가 된 '나'가 그 둘이다. 두 초점자는 '따로-함께' DMZ 순롓길을 걷는다. 따로 걸으며 교차하여 이야기를 전해 주지만, 그 양쪽의 이야기는 공통으로 한 점을 응시한다. 일종의 교집합 지점이라고 해도 좋을 그 자리에, 정이담이란 인물이 아스라이 자리 잡는다. '나'가 "놓아 버린 그 마음을 회복하고 싶"(p.40)어 하는 대상 인물인 정이담은, 로봇의 당번병이기도 하여 로봇의 서술 과정에서 로봇과 시선을 나누고 대화를 주고받는 유일한 캐릭터로 설정된다. 물론 '나'나 로봇의 입장에서는 정이담이 교집합이라는 사실을 알지 못하지만, 그 교집합이 있기에 '따로'의 길이 가까스로 만날수 있는 접점을 마련하게 된다. 그리고 '나'가 그랬듯이 로봇에게도 정이담은 마음으로 통하고 싶은, 감정으로 교감하고 싶은대상이라는 점에서, 매우 흥미로운 서사 구성이다.

표제가 《퇴역로봇》이니 로봇 얘기부터 해 보자. 당번병 정이담으로부터 "제로원./영원./에이아이, 아이앤스워./미아이./미래에서 온 조그만 유사 인간, 길을 헤매는 눈"(p.267) 등 여러이름으로 불린 로봇은 11년 전 "야전군사령부의 의뢰로 S 방위산업체 R&D센터 연구실에서 설계된 뒤, 숱한 조직 개편을거쳐 현재 지상작전사령부 첨단군사작전기획실 예하 군력으로 편입돼"(p.14), "2010년 5월 27일, 6년 만에 대북방송이 재개된 사흘 뒤"(p.15) 첫 시범운행을 했다. 군사작전용 로봇이기에남북의 경계선이 위태로울수록 존재감을 지닐 수 있었다. "우리를 둘러싼 불안한 미래, 핵전쟁이 터질 것 같은 위기에도 다만 침착하게 임무를 완수했던 나는 평화 앞에서 완전히 무력해지고 말았다"(p.21)고 술회하는 이유는 그 때문이다. 로봇은또 "전쟁의 미래였지만/내일의 평화가 나를 쓸모없게 만들었다"(p.24)고 말한다. 마침내 퇴역 처리될 운명에 처한 로봇은,

더 이상 적을 색출할 필요도 없게 되자 자기 존재에 대한 회의에 젖게 된다. "평화가 남발된 뒤 내가 학습한 모든 언어와 사고는 돌연변이가"(p.31) 되어 버린 까닭일까. 자신에게 허락된 유일한 감정이 오로지 '적의'였는데, 그 감정을 느낄 기회가 없게 되자, 로봇은 감정의 돌연변이를 일으킨다. 자기 정체와 자신을 만든 인간들에 대해 생각하다가 문득 동쪽으로의 횡단을 생각하게 된다. "인간이 만든 빛, 인간의 기적, 인간의 신호, 인간이 발명한 신, 인간을 위한 대속……. 나는 밤보다 기나긴 늪과 구릉, 고지, 봉우리를 지나 그 빛이 가닿는 동쪽 끝, 그 푸른 바다가 궁금해진다."(p.29~30) 그렇게 동쪽으로의 횡단이 시작된다. 로봇에 주입된 정보에 의해 비무장지대와 관련한 역사적 사실, 이를테면 간첩 김신조 사건이나 판문점에서의 여러 분쟁, 평화의댐 건설 등 여러 사실이 뒤따르기도 하고, 로봇의 전지적 렌즈에 의해 DMZ의 자연경관이 생생하게 묘사되기도 한다. 그런데 작가는 단지 렌즈에 비치는 풍경에서 그치지 않고, 그 풍경의 은유를 되새김질하는 방식으로 풍경의 깊이를 더해 간다. 가령 "태풍도 만류할 수 없는 불꽃의 장대한 카니발"(p.177)이라 묘사된 산불이 지나간 자리에 대한 풍경은 이렇게 형상화된다.

불은 끝을 잉태하는 제의임이 분명하다. 산불이 잦아들면 새까만 잿더미에 파묻힌 죽음의 흔적들이 눈에 띄었다. 반쯤 그을린 삶의 붉은 뱃구레에 재로 빚은 듯한 까마귀 떼가 내려앉았다. 살갗이 그슬건, 뒷발이 잘리건 불과 바람에 제물로 바쳐진 목숨은 하루아침에 사라지지 않았다. 주검은 보잘것없지 않았다. 썩고 문드러지고 서서히 사멸해 가는 육체는 장엄했다. 미속도 촬영한 세상에서 가장 작은 전쟁이 재현되는 것 같았다. 피가 굳고, 살점이 뜯기고, 백화해 가는 과정은 화약이 터지고, 파편이 난무하고, 재로 바스러지는 전쟁터와 다름없었다. 씨앗이 움트고, 잎이 돋고, 꽃봉오리가 벙글고, 열매가 맺는 과정과 견줘도 그 아름다움은 결코 뒤지지 않았다. 나는 인간이 태어나고 죽어 가는 모든 과정을 '전쟁'으로 은유하는 까닭을, 인류가 시작부터 오늘 그리고 내일까지 전쟁을 반복하는 까닭을 이해할 수 있었다. 죽음은 종결이 아니라 모든 진행형이자 가장 극적인 생명의 반증이었다. 전쟁은 죽음을 전시하는 것이 아니라 끊임없이 순환하는 삶을 방비하는 극적인 저항이었다.(p.177~178)

죽음을 종결 사건이 아니라 순환하는 생명의 진행형 사건으로 인지한다거나, 인간사와 관련한 전쟁의 은유 등 작품 속에는 생각거리가 많다. 특히 로봇이 은유적인 사고를 하게 된 부분이 흥미롭게 다가온다. 로봇의 "지식 베이스는 인간의 기억과 달리 불완전하지 않"(p.225)을 뿐만 아니라, 그 "지식은 거울처럼 왜곡되지 않고, 굴절되지 않고, 늙지 않고, 죽지 않는다." 그래서 로봇의 지식이나 "기억은 시제(時制)가 없다"(p.226)는 생각, 자신의 "반응은 시(詩)가 아니"(p.225)라고 생각하며 로봇 본연의 임무에 충실할 때는 그러지 않았을 수도 있다. 그런데 자신의 임무가 종결되고 소용이 없어지게 되어 소멸을 생각하게 되면서 사정은 달라진다. 로봇은 "거울 같은 그 모든 지식 베이스에 인간과 무관한 '희미한 그림자'가 얼비"(p.226)치기 시작했다고 되뇌거니와, 그때부터 로봇은 시적 반응을 하게 되고, 시제를 인지하게 된다. 그 결과 은유적 사고와 표현에 다가서게 된 게 아닐까 짐작한다. 로봇에게 은유의 기획은 시간과 공간을 중층적으로 투시하거나, 그 심연의 그림자를 응시하거나, 의도적으로 왜곡할 때, 새로운 발견의 지평으로 나간다. 예컨대 이렇게 생각하면서 은유적인 사고와 시적 정취에 다가선다. "나는 인간의 시간이, 늘 다음을 기다리고 있는 오늘이, 내일에 떠밀려 색깔과 형체가 희미해지는 기억이, 끊임없이 이어지는 터널 같은 게 아닐까, 사고한다. 그렇게 시간은 흘러가는 것도 아니고, 완전히 사라지는 것도 아니고, 고여 있는 것도 아니며, 깜깜한 터널 속을 회전하고 있는 것일지도 모른다고. 작은 사람들은 산 같은 인간이 둥글게 고안한 시간을 '종류가 알려지지 않은 동물'이거나 '숭배하는 신'으로 읽었지만, 시계가 둥글게 회전하는 까닭은 다만 터널처럼 앞뒤로 소멸해 가는 시간 앞에서 쳇바퀴 돌듯 맴도는 인간의 숙명을 반영한 것일 뿐이라고." 그렇게 생각하면서 로봇은 "설계자는 정말 나에게 시를 학습시켰나"(p.231) 궁금해한다. "맥락 없는 질문"(p.231)과 "지식의 얼룩"(p.232)의 "희미한 그림자"(p.226)를 응시하며 시의 세계에 다가간다. 동해에 가까워질수록 그런 은유의 기획은 깊어진다. 마침내 끝에 이르러 그는 소멸에 대해 거듭 숙고한다. 로봇의 숙명처럼 소멸을 받아들이는 끝 장면에서 인상적인 것은 "홀로 주인공"(p.270)이었다는 생각에서 "동행"(p.273)했다는 인식으로 변화된다는 사실이다. 그는 이렇게 생각했었다. "나는 처음부터 지금까지 혼자이다."(p.254), "한순간도 내 소임을 잊은 적 없으나/나는 부임한 이후부터 퇴역하는 지금까지 무직자였다./나는 전쟁이든 평화든 단 한 번도 초대받지 못했다./침묵하는 숲과 하늘 아래 전쟁이 멈춘 이 너른 무대에서 홀로 주인공이었다."(p.270) 그러던 로봇이 DMZ 횡단 여로를 거쳐 동해에 이르렀을 때 이렇게 변화된 인식을 보인다.

나는 혼자가 아니다.

내 동체에 말라붙었던 진흙과 잎, 벌레가 씻기면서 내 옆에서 부유한다.

나는 혼자가 아니었다.

풀무치와 상수리 잎과 비와 바람과 학습과 반응과 기억과……
인간과 동행했다.

바다는 온몸으로 걷는, 온몸이 잠겨야 허락하는 땅이다.

바다는 산맥이 가로막지 않는다. 철책선도 없고, 경계도 없다.

아무리 멀리 떨어져 있어도 **우리**는 바다라는 피부를 덮고,

함께일 수밖에 없다.

시작도 끝도 알 수 없는 이 무한한 길을 함께 걷는 순례자인 것
이다.

거대한 한 덩어리의 길이 나를 휘감고, 주위는 한없이 고요하
다.(p.273)

홀로 주인공이었다는 인식에서 다른 존재들과 동행했다는
인식으로 변화된 것, 그 '고독한 공생'에 대한 성찰이 어지간하
다. 지금까지 자기를 설계한 인간, 배치한 인간, 무관심한 인
간, 마침내 퇴역 결정을 한 인간에게 엄청난 불화의 의식을 보
였던 그였다. 그가 동쪽을 향해 무단으로 횡단하게 된 점도 그
런 불화에서 비롯한 것이었다. 그랬던 로봇이 다른 존재들과

의 동행을 받아들이게 되었다는 사실은 무척 소중한 변화가 아닐 수 없다. 그 변화로 말미암아 '적의' 이외에는 그 어떤 감정도 느낄 수 없었던 불감증의 전쟁 기계("오직 살인을 위해 태어난 용병", p.268)였던 로봇은 "비로소 평화의 뜻을 이해할 수 있을지도 모른다"(p.273)는 생각에 이르게 된다. '따로-함께' 걸어온 횡단의 상상력이 거둔 의미심장한 열매에 속한다. 그리고 그것은 동시대 생철학의 어떤 징후를 환기한다. 크고 작은 적의들이 만개하고, 오로지 적의로만 무장된 홀로 주인공들이 많은 현실에 대한 반성적 성찰의 거울이 될 만하다. 임수현의 로봇은 불화도 결국 평화를 위한 역동적 정동이기를 소망한 것 아닐까. 그는 마침내 동쪽 끝 바다 속으로 스스로 스며드는 것으로 풍경을 넘어갔지만, 그가 보인 불화의 탈주와 그 은유 효과는 생생하게 살아남게 되었다.

작은 사람, 놓아 버린 마음, 돌봄

그와 같은 불화의 탈주를 보인 로봇은 어쩌면 포스트휴먼의 어떤 단면일지도 모른다. 이런저런 제약과 관리 맥락으로 인해 인간의 자유의지가 유보된다면 그리고 관리 프로그램에 의해 일상생활이 제약받는다면 그런 불화의 양상을 보일 수도 있겠기 때문이다. 아니 굳이 포스트휴먼을 얘기할 필요가 없을지도 모른다. 이 소설에서 로봇과 따로 DMZ 횡단 여로를 걸은 '나'도 크게 보아 그런 맥락에서 자유롭지 못하다. 외삼촌의 진술에 따르면 '나'는 "누군가를 돌보려고 애쓰는 마음이 참 자연스러운 아이"였다. 그런데 "혼자 시들지 않기를 바"(p.288)란 외삼촌이나 본인의 소망과는 달리 불안한 현실과 불화하며 홀로 시들어 가는 형국이다. 여기서 잠시 외삼촌 이야기로 에둘러 갈 필요가 있다. 그는 독일 유학 중 북한에서 온 유학생과 자연스럽게 접촉했던 사건으로 인해 인생을 망치고 혼자 시들어 간다고 생각하는 인물이다. 분단과 전쟁 그리고 냉전 시대의 속절없는 희생자다. 그가 분단 시대의 병영국가와 불화하는 것은 차라리 자연스럽다.

외삼촌은 지금의 모든 부조리가 그 전쟁에서 비롯했다고 설파했다. 징집되지 않았다면 남성이 본전 생각에 사로잡혀 왜곡된 '수컷성'으로 여성과 소수자에 대한 차별도 덜했을 것이며, 내재화된 계급을 당연하게 받아들이지도 않았을 것이라고 분개했다. 국교(國敎)가 없는 한국에서 군대는 늘 도그마가 됐다. 텔레비전이라는 군대. 신문이라는 군대. 병원이라는 군대. 종교라는 군대. 돈이라는 군대. 아파트라는 군대. 학교라는 군대. 직장이라는 군대. 가족이라는 군대. 남성이라는 군대. 학생이라는 군대. 노인이라는 군대……. '평범'이라고 포장된 획일성에 포함되지 않으면 탈영병처럼 취급돼 내몰리고 마는 병영국가.(p.102~103)

전쟁 이후 자유당 독재를 거쳐 결코 짧지 않은 군부독재의 시기를 거쳤던 현대사를 생각해 보면 이런 병영국가론이 전혀 억지스럽지 않다. 외삼촌은 그런 군대문화 내지 전체주의적 '우리'를 넘어서 "개인을 회복"(p.287)할 수 있기를 소망했다. "불안을 부추기는 세계와 겨룰 수 있는 유일한 방법은 나를 회복하는 것이라고 철석같이 믿는 건 아"(p.288)니지만 그런 회복된 개인들, 그 동지들이 다시 '우리'를 회복할 수 있지 않을까 숙고했던 것 같다. 외삼촌에게 전체주의적 '우리'는 일종의 함정이었다. 그리하여 "우리라는 함정, 착한 감수성 전염병에서 홀로 도망치고 싶었"다고 술회한다. 그런 삼촌에게 '나'는 "나는 혼자일까 봐 두려워요. 그런데 또 함께하고 싶은 내 마음이 많이 징그러워요"(p.287)라고 말한다. 이 지점이 작가의 핵심 고민 중 으뜸으로 꼽힌다. 츠베탕 토도로프도 그런 고민을 했지만, '고독한 공생'(living alone together)이야말로 인간 실존의 중핵적인 문제일 터이다. '나'는 그런 화두를 가지고 횡단 여로에 돌입한다.

그는 현재 "연락도 받지 못하고 바람맞은 사람처럼 걸어가는"(p.95) 상처받은 상황이다. "인정욕구, 정신승리, 연대감, 착해야 한다는 마음들…… 사회적 기업을 시작하고 옹호했던 그 모든 동기들이 넌더리가 났"(p.95~96)고, "병도 없는데 병든 마음으로 살아가는, 어떤 적의도 사라진 얌전한 환자가 되어", "어느새 내가 무언지 까먹은 까마귀처럼 나는 빛을 등지고, 어둠 속에서 웅크린 채 한 번도 깨어나고 싶지 않았다"(p.96)는 심사를 드러낸다. 그의 실패는 두 방향에서 그를 상처받게 했다. 사회적 기업 일을 하면서 일과 사람들에 대한 실패와 실망이 그 하나라면, 나이 어린("그 아이는 열여덟, 나는 서른셋이었다", p.97) 정이담과의 사랑의 실패가 그 둘이다. "어떻게든 놓아 버린 그 마음을 회복하고 싶"(p.40)어 길을 나서 인적이 드문 DMZ 여로를 횡단하게 된 것이다.

그는 어린 시절 자연스럽게 견지했던 돌봄의 정조와는 달리 불화하고 웅크리는 인간형으로 퇴행한 상태다. "나는 늘 할 생각보다 안 할 생각을 앞세웠다. 사랑할 이유보다 사랑하지 않을 이유가 차고 넘쳤다. 나는 무엇이든 출발하지 않고 뒤돌아섰다. 아프기 전에 엄살을 부렸고, 앓은 게 아니라 징징거렸다."(p.275) 그러다 보니 섬망 상태에서 혼자 스스로 놀기를 좋아한다. 그 놀이 중 하나가 "그냥 떠오르는 단어를 쪼개고 확장하는 놀이"이다. 이를테면 "삶의 어원을 고민"하면서 "삶은…… 삶은 사람의 축약어가 아닐까. 사람 사에 리을과 미음이 붙어 삶이 된 게 아닐까. 사람은 또 반대로 사라짐으로 늘어난 게 아닐까. 사람에서 미음이 물러서고 지읒은, 지읒은……. 그렇게 파생어를 궁리하다 퍼뜩 무구했던 순간, 참 순진한 집중"(p.155)의 순간을 홀로 즐기는 편이다. 삶이 사라짐으로 늘어났다는 생각처럼, 그는 현실에서, 타인으로부터 종종 사라짐을 욕망한다. 그러다 보니 "놓아 버린 그 마음"(p.40)이 한없이 늘어나고 그 때문에 자신을 주체하기 어렵게 된다. 그것은 비단 최근의 두 가지 실패 사건에만 원인이 있는 것 같지 않다. 그의 인간관과 깊이 연관되는데, 그는 이렇게 생각한다.

나는 그리 생각했다.

인간은 서로 이해할 수 없고, 다만 서로 '볼' 뿐이며 '우리'가 누릴 수 있는 사건이란 겨우 마음의 작용이라고.

물리적으로 이입하고, 엮이는 사건이란 겨우 싸움일 뿐이라고.

나는 지독한 개인주의자여서, 타인을 이해할 수 없다는 게으른 핑계를 우산 삼아 나 자신만 만끽했다.

사실 나는 내게 한 번도 흡족하지 않았다. 어째서 나는 나인가. 내가 나라는 우연을, 나는 한 번도 반긴 적이 없었다. 나는 나를 방문한 나란 손님을 한 번도 내쫓지 못하고 견뎌 왔다. 삶이란 결

국 내가 나라는 이방인과 불화하는 '집'이라는 것이, 아직 늦지 않
은 내가 도달한 삶의 정의였다.(p.289)

"삶이란 결국 내가 나라는 이방인과 불화하는 '집'이라는" 인
식이 시리도록 예리하다. 인간 본질을 투시하는 직관력이 상
당하다. 그런 마당에 '나-너'가 어울려 행복하고 소망스러운
'우리'의 지평을 마련하는 일이 얼마나 곤혹스러운가. 비단 그
가 "지독한 개인주의자"(p.289)여서 그런 것만은 아닐 터이다.
'나'와 또 다른 '나', '나'와 '너'가 서로 이방인이고 괴물에 가깝
다면, 이 불화를 도대체 어떻게 할 것인가. 그 풀이가 결코 쉽
지 않은 화두임에 틀림없다. 다만 열이틀 동안 횡단 여로를 통
해 "실패를 되새기고, 후회를 환기하면서도 조금씩, 조금씩 전
진하는 어떤 화해. 어떤 평화"(p.293)에 다가서려 한다. 비록 자
신의 평화가 초라하고 자그맣게 생각되는 평화라고 하더라도,
그것마저 멀게만 느껴진다 하더라도 "열이틀에 의지해 너한테
가는 그 거칠고 험한 길을 가 볼 테다./그 끝에 정말 평화가 있
을 거라는 확신은 하지 못해도/일단 걸음을 뗀 것이 중요하니
까"(p.293~294)라는 변화된 생각에 이르게 된다. 이는 앞에서
본 로봇의 변화와 같은 패러다임으로 묶인다. 물론 소설의 끝
까지 그는 외삼촌이 소망한 대로 돌봄의 정조를 회복하지 못한

다. 아직은 여전히 "놓아 버린 그 마음"(p.40)에 가까운 상태의 작은 사람이지만, DMZ 횡단을 시작하기 전과는 다른 사람이 된 것처럼 보인다.

그가 이르려고 하는 마음의 대상은 이 소설의 교집합 영역을 형성하는 정이담이었다. 로봇이 임무에서 빠진 가운데 그는 지뢰를 밟아 한쪽 발을 잃게 된다. 이 고통스러운 장면이 로봇의 중계로 스쳐 지나가고 있지만, 어쩌면 그것이 숨은 단서가 될지도 모르겠다. 놓아 버린 마음을 거두고 돌봄의 마음으로 그에게 다가가게 할 어떤 징후일까? 어쨌거나 '나'가 이 소설에서 보인 불화의 탈주는 퇴역로봇의 탈주가 그러했던 것처럼 우리 현실과 인간 실존에 여러 생각거리를 제공하는 것이 사실이다. 특히 나의 자아의 근원과 자유의지, 나라는 개인과 공동체와의 소망스러운 화해 가능성 등 오래된 질문이지만 여전히 미래형 질문이기에 퍽 의미심장하다. 더욱이 생성형 인공지능의 약진으로 인공지능의 끝이 어디까지일지 알 수 없는 상황을 고려하면, 임수현의 질문은 계속 탐문되어야 할 과제가 아닐 수 없겠다.

이 소설의 마지막 부분에 "기억은 행동하지 않는다"(p.294)는 문장이 나온다. 이 소설에는 행동이나 사건보다 기억이나 성찰, 풍경이나 인식과 관련한 정동이나 묘사가 우세하다. 앞에서 임수현이 활달한 이야기꾼이 아니라고 말했는데, 과연 이 소설에서도 그렇다. 박진감 넘치는 사건의 연쇄를 통한 재미보다는 성찰의 깊이를 되새김질하면서 이 소설의 심원한 화두 풀이에 동참할 때, 소설을 읽는 다른 진경을 발견할 수 있을 것이다. '나'는 횡단 여로 이전에는 "나는 걷지 않을 것이다"(p.275)라고 다짐하듯 자기 안의 괴물 같은 이방인에게 침윤되었던 인물이다. 그러나 소설의 마지막 문장에서는 이렇게 바뀌었다. "나는 내일로, 다음으로 끊임없이 걸어갈 것이다."(p.294) '나'만의 문장일 리 만무하다. 우리 모두의 문장이다. 작가 임수현도 그렇게 다음으로 걸어가 새로운 불화를 불 지피며 아주 새로운 작품을 선사해 줄 것을 믿는다.

퇴역로봇

초판 1쇄 인쇄 2024년 5월 20일
초판 1쇄 발행 2024년 6월 7일

지은이 | 임수현
일러스트 | 이강인
발행인 | 강봉자, 김은경

펴낸곳 | (주)문학수첩
주소 | 경기도 파주시 회동길 503-1(문발동633-4) 출판문화단지
전화 | 031-955-9088(대표번호), 9536(편집부)
팩스 | 031-955-9066
등록 | 1991년 11월 27일 제16-482호

홈페이지 | www.moonhak.co.kr
블로그 | blog.naver.com/moonhak91
이메일 | moonhak@moonhak.co.kr

ISBN 979-11-93790-12-0 03810

* 파본은 구매처에서 바꾸어 드립니다.

———————

이 소설은 2018년 6월 25일부터 7월 6일까지 이인영 의원실과
㈜오마이컴퍼니가 주최한 '2018 통일걷기' 프로젝트에
직접 참여한 일정을 참고했음을 밝힙니다.